Nada além da verdade

Alex Gilvarry
Nada além da verdade

Tradução de
Otacílio Nunes

TORDSILHAS

O autor gostaria de expressar sua profunda gratidão ao Hunter College pela bolsa Hertog, e à Norman Mailer Writers Colony. Agradecimentos sinceros a Seth Fishman, meu agente, pela elegância e pela dedicação, e a Liz Van Hoose, minha editora, uma defensora das palavras. Também aos amigos e colegas pelo apoio incansável, a Dr. Juan e Selfa Peralta, e a Ashley Mears.

Copyright © 2012 Alex Gilvarry
Copyright da tradução © 2012 Tordesilhas

Publicado originalmente sob o título *From the memoirs of a non-enemy combatant*.

Edição publicada mediante acordo com a Viking, uma empresa do Grupo Penguin, EUA.

Todos os direitos reservados. Nenhuma parte desta edição pode ser utilizada ou reproduzida – em qualquer meio ou forma, seja mecânico ou eletrônico –, nem apropriada ou estocada em sistema de banco de dados, sem a expressa autorização da editora.

O texto deste livro foi fixado conforme o acordo ortográfico vigente no Brasil desde 1º de janeiro de 2009.

EDIÇÃO UTILIZADA PARA ESTA TRADUÇÃO Alex Gilvarry, *From the memoir of a non-enemy combatant*, Nova York, Viking, 2012.

PRAPARAÇÃO Ronald Polito
REVISÃO Olga Sérvulo e Andresa Medeiros
CAPA Miriam Lerner, sobre ilustração de Ilana Kohn/Getty Images

1ª edição, 2012

Dados Internacionais de Catalogação na Publicação (CIP)
(Câmara Brasileira do Livro, SP, Brasil)

Gilvarry, Alex
  Nada além da verdade / Alex Gilvarry; traduzido por Otacílio Nunes. – São Paulo: Tordesilhas, 2012.

  Título original: From the memoirs of a non-enemy combatant.

  ISBN 978-85-64406-45-2

  1. Ficção norte-americana I. Título.

12-12434   CDD-813.5

Índice para catálogo sistemático:
1. Ficção : Literatura norte-americana 813.5

2012
Tordesilhas é um selo da Alaúde Editorial Ltda.
Rua Hildebrando Thomaz de Carvalho, 60
04012-120 – São Paulo – SP
www.tordesilhaslivros.com.br

*Para Peter e Vilma Gilvarry;
e para Gloria Reyes.*

Nota da editora: Este livro conta uma história ficcional. Nomes, personagens, lugares e fatos são produtos da imaginação do autor ou foram trabalhados como ficção. Qualquer semelhança a pessoas reais, vivas ou mortas, empresas, eventos ou endereços é mera coincidência.

Nada além da verdade

Com notas e posfácio de
Gil Johannessen

Nota do editor

Com exceção das notas de rodapé, dos agradecimentos do autor, do posfácio do editor e de um artigo suplementar incluído com permissão, este texto é a transcrição literal da confissão de Boyet R. Hernandez, redigida de junho a novembro de dois mil e seis.

*"Como tudo está em nossa cabeça,
seria melhor não perdê-la."*
Coco Chanel

Agradecimentos

O bode expiatório desta história perturbadora gostaria de agradecer a várias pessoas sem as quais eu deixaria de existir.

A meu editor, meu caríssimo amigo no exílio, estimado editor de moda do *Women's Wear Daily*, meu Vergílio, meu barqueiro, meu guia através de um inferno inimaginável – Gil Johannessen, *salamat*.

A Philip Tang, Rudy Cohn e Vivienne Cho, oh, aquelas festas loucas na cobertura do Gansevoort. A John Galliano e Rei Kawakubo, por seus sussurros em meu ouvido. A Catherine Malandrino, você me deu cor, me deu vida! A Coco, Yves, Karl, pela invenção e reinvenção – a roda do ônibus nunca mais foi a mesma, embora continue a girar.

Eu seria negligente se não mencionasse meu advogado, Ted Catallano, da Catallano & Catallano & Associates. (Se não fosse por Ted, onde eu estaria hoje? Não no sentido figurado, mas onde eu estaria, fisicamente? Talvez em algum local obscuro do Egito sendo submetido a um afogamento simulado ou sendo coberto de sangue menstrual enquanto meu interrogador defecaria sobre um exemplar do Corão. Se minha imaginação parece um pouco fantasiosa, me perdoem, pelo amor de Deus, pois passei por uma grande provação.)

Antes de eu repreender todos os órgãos do governo que me sujaram (DOD, DHS, ICE, INS, CIA, FBI), permitam-me dar um grande *salamat* ao

Departamento de Polícia de Nova York, os rapazes robustos de azul, os verdadeiros heróis. Eles nunca me causaram nenhuma aflição.

A Abu Omar, Shafiq Raza, Moazzam Mu'allim, Hassan Khaliq, Dick Levine. A Riad Sadat, por traduzir sua poesia para o inglês de forma que meu coração podia palpitar do lado de fora do Campo Delta. Eles tomaram nossa imaginação, mas não conseguiram tomar nossas palavras.

A todos da OhCmonMove.org.

Ao tenente Richard Flowers, que só encontrei uma vez, mas cujo pequeno estrago tirou o mundo do eixo.

Gostaria de mencionar *O inimigo em casa ou: Como me apaixonei por um terrorista*, de Michelle Brewbaker, ao qual esta memória não é dedicada nem imune. Três atos de rumor e difamação didáticos, que serão publicados em breve pela Farrar, Straus and Giroux – que vergonha!

A Olya, Anya, Dasha, Kasha, Masha, Vajda, Marijka, Irina, Katrina etc. – o sonho enlouquecedor de suas bundas nuas me mantém vivo.

A Ben Laden (nenhum parentesco), meu velho eunuco irlandês.

Ao único povo ao qual ainda pertenço! Meu purgatório e minha terra natal – a República das Filipinas, onde fui cuspido para este mundo, três quilos e seiscentos gramas, em onze de janeiro de mil novecentos e setenta e sete, sob a lei marcial, a pequena bomba morena Boyet Ruben Hernandez.

A você, caro leitor; minha vida *está* em suas mãos.

A meus inimigos: isso termina agora.

B. R. H.

Nova York, 2002-2006

"O homem precisa de fantasmas estéticos para existir."
Yves Saint Laurent

Você me fez

Eu não levantaria – não conseguiria –, nem jamais levantei a mão com raiva contra os Estados Unidos. Eu amo os Estados Unidos, esse grande sacana. Foi onde eu nasci de novo: propelido através do duto do Aeroporto Internacional JFK, passando pelas portas giratórias, *push*, *push* com um suor pós-alfândega gotejando pelas costas, e deslizando para fora até uma calçada do Queens, *respire*. Em seguida, em um táxi amarelo, jogado para as massas. Van Wyck, BQE, Brooklyn Bridge, Soho, West Side Highway, Riverside Drive – essas são algumas das minhas coisas favoritas!

Minha história é uma história de amor não correspondido. Amor por um país, tão grande que me faz chorar por dentro sabendo que ele nunca poderia retribuir meu sentimento. E, mesmo após o tormento que me fizeram passar – me jogando nesta pequena cela na Terra de Ninguém –, você acreditaria que eu ainda trago os Estados Unidos no coração? Você é mesmo burro, Boy Hernandez. Filipino de nascimento, estilista de moda por profissão e terrorista por associação.

Portanto, aqui espero pela revista de meu *status* de combatente. Não uma revista literária acadêmica como aquela em que minha ex, Michelle, publicava seus poemas, mas um tribunal da vida real, me encarando... num julgamento por crimes de guerra.

É verdade que conheci algumas pessoas muito más. Mas sou da opinião de que tudo deve ser digerido no contexto. Se for libertado, como tantas vezes exigi, fatos que provam o erro notório de meu acusador devem ser apresentados de forma clara e cronológica. Por isso o meu agente especial me deu a chance de redigir minha verdadeira confissão (para ser usada como prova formal em meu julgamento). Uma caneta e um bloco de papel ofício me foram fornecidos.

– Não esqueça nenhum detalhe. Não deixe nada de fora – foram as instruções de meu agente especial. – Você pode começar com sua chegada aos Estados Unidos.

De acordo com o *New York Post*, cujas colunas da Página Seis eu uma vez enfeitei – meu nome em negrito, ao lado dos de Zac Posen e Stella McCartney –, eu sou o "terrorista *fashion*". Um imigrante afeminado que virou inimigo dos americanos e financiador do terror. (Meu agente especial me mostrou manchetes selecionadas desde o momento em que fui extraordinariamente trazido para cá. Os jornais acham mesmo que eu sou o cara.) Fui uma ficção desde o início. Vemos apenas o que queremos ver, não é? E, quando o que queremos ver não está lá, nós o criamos. *Tchan-tchan*! Se eu pudesse de alguma maneira montar todas as peças da minha "vida secreta" de acordo com o que foi dito sobre mim nos tabloides, seria algo assim:

Farto de ser o cocô imigrante que jamais desce pelo cano apesar das repetidas descargas, finalmente Boy Hernandez reuniu coragem para mirar nos Estados Unidos. Seja na Casa Branca, no Empire State Building ou em um Boeing 747 partindo de Newark com destino a Tallapoosa, Missouri.[1]

---

[1] "Golpe *fashion*". *New York Post*, 4 jun. 2006.
Eis uma notícia para alegrar sua Mercedes-Benz Fall Fashion Week. Funcionários federais dizem que o terrorista *fashion* Boy Hernandez irá para Gitmo. Esperemos que esse estilista júnior goste de macacões laranja brilhante, porque é isso que ele vai usar vinte e quatro horas por dia.

Mentiras enormes, descaradas, evidentes.

O primeiro dia que passei nos Estados Unidos, treze de setembro de dois mil e dois, foi o mais esclarecedor de minha vida. Nunca tive qualquer intenção maldosa, especialmente para com a cidade que me tomou em seus braços imparciais, me envolveu em sua pele quente de setembro e me deu um grande beijo maternal. *Smak*!

A cidade de Nova York era uma utopia.

Em contraste, havia Manila, minha cidade natal. Eu cresci no extremo norte, em um subúrbio rico. Tobacco Gardens, na esquina da Marlboro com a Kools (sem brincadeira). Mas eu não tinha nada a ver com o dinheiro do tabaco. Meus pais eram donos de uma clínica, o que nos tornava, na melhor das hipóteses, de classe média. Hernandez y Hernandez, Orelha, Nariz e Garganta. Deixei o subúrbio aos dezessete anos para estudar moda no FIM[2]. Foi lá que comecei a me sentir sufocado pelos erros de minha cidade – as autoestradas lotadas, os *barrios*,

---

O presidente autorizou um bilhete só de ida de Hernandez para o complexo de segurança máxima na baía na quarta-feira, estabelecendo um novo precedente na Guerra ao Terror. Hernandez será o primeiro detento de Guantánamo capturado em solo americano.

O terrorista *fashion* vivia ilegalmente na área de Williamsburg desde 2002. Como muitos outros imigrantes ilegais do México, Hernandez passou anos se esquivando da polícia.

Previa-se que sua grife independente de roupas femininas, (B)oy, seria uma grande máquina de dinheiro para Hernandez na próxima temporada. Fontes dizem que, uma vez que a (B)oy decolasse, os resultados obtidos sustentariam células terroristas adormecidas. O paradeiro destas é ainda desconhecido.

"Nós não sabemos onde eles planejam atacar", disse o correspondente da Casa Branca, Mike Anspa. "Seja na Casa Branca, no Empire State Building ou em Tallapoosa, Missouri. Não importa. Pode escrever. Nós pegamos um."

(ver a reportagem relacionada "Pânico em Tallapoosa", p. 13).

2 Fashion Institute of Makati, Makati City, Manila.

a sujeira e o *smog* me proporcionaram um caso grave de acne e um desejo intenso de cair fora de lá. E Manila não era lugar para um estilista sério de roupas femininas. Era preciso ir para Nova York ou Londres. Após a formatura, eu não conseguia imaginar ficar parado. Como é a letra da música? Lar é o lugar onde você se enforca.

No terminal de desembarque do JFK orientei meu taxista a me levar para o pé de Manhattan, Battery Park. Eu havia estudado meus mapas! Sempre sonhara em ver a Estátua da Liberdade no meu primeiro dia nos Estados Unidos, por mais inconveniente que isso fosse a partir do meu ponto de chegada. Queria que ela fosse parte de minha primeira lembrança. Exatamente como nas narrativas de imigrantes que eu tinha lido quando era adolescente. Oscar de la Renta, Diane von Furstenberg etc. "Dê-me seus cansados, seus pobres, suas massas encurraladas ansiosas por respirar liberdade..." Estava sendo sentimental, eu sei. Mas que renascimento é completo sem um batismo adequado? Procurar Lady Liberty era o meu jeito de me batizar como americano, e também nova-iorquino.

Pegamos a Van Wyck (pronuncia-se "uaic", disse meu guia), que nos levou por uma parte desagradável do Queens. Agora, pelo que via dele, o Queens era um lugar ermo, muito diferente do que eu viria a conhecer como a cidade propriamente dita. Casas modulares davam lugar a fábricas; rampas de acesso davam lugar a rampas de acesso. Foi só quando rodamos pela Brooklyn-Queens Expressway, passando por um cemitério enorme com milhares de lápides ornamentadas, que percebi que o Queens também tinha sua beleza imunda. Quando o táxi se aproximou de uma pequena ponte cujo nome eu não conseguia pronunciar, lá estava, à minha esquerda:[3] Manhattan. O horizonte

---

3   À direita dele, na verdade. A Ponte Kosciuszko, ligando Maspeth, no Queens, a Greenpoint, no Brooklyn.

que eu tinha vislumbrado do avião quando o capitão inclinara a asa. O Skyline que eu tinha visto a vida inteira na televisão e nos filmes. Um Skyline que era tanto um símbolo dos meus sonhos na moda como um símbolo dos Estados Unidos, com suas proezas financeiras. Um Skyline que me chamava: "Venha pegar, otário!"

O motorista me acolheu. A cidade me chamava a cada buraco por que passávamos. Tracei um dedo pelo mapa enquanto atravessávamos a Ponte Williamsburg. E então... "Delancey Street", gritou o motorista, "onde a gente vem recolher jovens bêbados".

Ele era um guia bem-informado, apontando os bairros pelos quais passávamos. Chinatown, Little Italy, SoHo, City Hall.

– É a sua primeira vez na cidade? – perguntou.

– Sim – respondi. Estava tonto.

– É só manter a cabeça erguida e os olhos abertos – ele disse. – Você vai ficar bem.

Estávamos no centro, percorrendo a Broadway, entrando na extremidade norte do distrito financeiro. Fulton, Church Street, Maiden Lane. Edifícios me rodeavam por todos os lados. Eu já não podia ver o céu. Em vez de esparramar-se, a cidade subia.

Para minha surpresa, Battery Park não tinha a forma de uma Duracell alcalina. Todas aquelas coisas que eu via nos filmes sobre o lado duro de Nova York – como os bêbados, as drogas, os grafites, os assaltos e os assassinos, o conflito racial – não se encontravam em nenhum lugar. Vi meu primeiro mendigo em Nova York esparramado num banco do parque. Mas ele não estava mendigando. Estava escutando seu radinho, apoiado em um carrinho de mão cheio de garrafas e latas. Havia colegas de escritório almoçando – homens e mulheres flertando uns com os outros atrás de óculos escuros. Havia mulheres negras embalando bebês brancos e mulheres brancas embalando bebês asiáticos e mulheres asiáticas embalando bebês eurasianos. Todo tipo de americano diversificado com sua mãe! Passei correndo com minha bagagem até a beira da água. Porto de Nova York. *Respire.* O rio era uma baía azul-esverdeada. Observei um táxi aquático se aproximar perigosamente de um rebocador, enquanto a barca de Staten Island – a *John F. Kennedy* – vinha de trás e ameaçava esmagar os dois. Inclinei o tronco sobre a grade para poder ver Lady Liberty. Ela estava de luto. Um véu negro cobria-lhe o rosto.[4] No entanto, ela segurava sua tocha no alto, descoberta, como se guiasse uma frota de navios para a batalha longe da Nova Jersey industrial. Fechei os olhos e escutei as águas agitadas. Inclinei-me para fora até que meus pés se ergueram do chão, e equilibrei-me sobre a grade de proteção usando só as mãos e a cintura, flutuando, rendendo-me ao porto. Uma buzina de nevoeiro explodiu ao longe, onde só havia céu claro.

Escutei.

A bem da descrição – para pintar um retrato de seu terrorista *fashion* como ele era em seu vigésimo quinto ano –, sou um homem de proporções modestas, com um metro e cinquenta e cinco de altura. Na época me encontrava no auge da forma física. Estava progredindo na minha prática de ioga. Conseguia ficar parado sobre a cabeça em intervalos de quinze minutos, fazer vinte saudações ao sol e ainda me equilibrar em uma *Virabhadrasana*.[5]

Esse é o homem que eu *era*.

Mantinha o cabelo cortado bem curto e raspava uma risca falsa no lado esquerdo do couro cabeludo e através da sobrancelha correspondente, classicamente inspirado nos grandes artistas do *hip-hop* dos anos oitenta. Meu Nike de cano alto me acrescentava um ou dois centímetros, mas vamos ignorar todas as pretensões e

---

4   De acordo com o National Park Service, na época a Estátua da Liberdade estava passando por restaurações.
5   Também conhecida como posição do Guerreiro 1.

nos ater apenas aos fatos brutos. Sou um cara baixinho! Sou baixo mesmo para um filipino, um povo famoso pela pequena estatura. Muitas vezes fui confundido com uma criança crescida de bigode.

Lá estava eu, debruçado sobre a grade, de olhos fechados. Ainda posso ouvir a brisa do porto, as vozes das crianças ecoando de um *playground* nas proximidades, o farfalhar das árvores apenas um decibel acima do burburinho da cidade. Eu sonhava com o estardalhaço que faria em uma das próximas temporadas de Nova York com uma coleção minha. As reverberações correriam o mundo até Londres, Paris e Milão. As pessoas conheceriam meu nome. Em Manila eu já tinha mostrado uma coleção de malhas durante a Semana de Moda Filipina. Algumas peças foram vendidas em butiques em Makati e Cubao, mas eu não era assim tão conhecido. Em meu país a gente fazia desfiles com estilistas que eram ex-rainhas da beleza e celebridades menores – Miss Mindanao mil novecentos e noventa e cinco e concorrentes recém-saídas do *Pinoy Big Brother*[6] –, e os compradores tendiam a se ater a marcas mais renomadas. Era preciso estar em Nova York para ser levado a sério. E, agora que eu tinha chegado a meu destino, minha mente estava extasiada com as possibilidades. Foi preciso o lamento do sax tenor de um músico de rua para me trazer de volta à terra.

Fiz sinal para outro táxi e segui para o apartamento de Dasha Portnick, uma velha amiga que eu conhecia de Manila, onde ela desfilara em minha primeira apresentação. Ela ia me deixar usar sua casa enquanto estava na Tailândia fazendo uma campanha de clareamento da pele para a Oil of Olay. Dasha era uma beldade morena deslumbrante, mas, com vinte e seis anos, já era considerada velha

---

[6] Edição filipina do *reality show* Big Brother, no qual doze concorrentes são escolhidos para viver na mesma casa sob a vigilância de câmeras. Muitos concorrentes passam a seguir uma carreira no teatro, na música *pop*, em *design* de moda ou, em alguns casos, nas três coisas.

demais para o mercado de Nova York. Então, sempre que chegava a semana de moda, ela propositalmente acertava um trabalho bem visível no exterior. Como havia uma sede insaciável por meninas brancas com cabelo escuro no Sudeste Asiático, era lá que Dasha ganhava a vida. Na verdade, antes de eu sair de Manila, o rosto dela havia sido estampado em *outdoors* ao longo da Rodovia South Super para um novo adesivo cosmético que se aplicava sobre o nariz.

Eu tinha o endereço de Dasha anotado no verso do seu cartão de visitas, bem ao lado da imagem dos seus quadris, cintura e busto. O táxi me deixou na frente do prédio, Ludlow Street, uma daquelas elevadas estruturas brilhantes que se pronunciavam em voz alta contra os antigos prédios de aluguel do Lower East Side.

O porteiro me cumprimentou quando entrei no saguão com a bagagem a reboque. Era um hispânico simpático que tinha um belo bigode bem aparado. Apresentei-me como amigo de Dasha, e ele me entregou um conjunto de chaves de reserva.

– Espere um pouco – ele disse de supetão –, eu ia esquecendo.

Tirou um bilhete dobrado de debaixo de seu balcão e me deu uma piscadinha, como se algo estivesse subentendido.

– Tenha uma boa noite, cara – ele disse.

– Obrigado, cara – eu disse, repetindo-o. Os taxistas também tinham me chamado de "cara". Eu estava aprendendo depressa como conversar com o proletariado de Nova York.

"Boy,

Bem-vindo. Aqui está sua chave. A fechadura de cima está quebrada.

Por favor, não regue demais o fícus. E não se preocupe com a Olya, ela é legal.

Tchau,
Dasha

P. S. Certifique-se de que Olya também não regue demais o fícus. Eu já disse a ela, mas ela é muito esquecida, sabe?"

Essa era a primeira vez que eu ouvia falar em Olya. Mas não estava nem um pouco incomodado. Só quando trabalhava eu exigia completa solidão.

No décimo andar, no final de um longo corredor acarpetado, bati na porta do apartamento e esperei. Como não houve resposta, entrei. Todas as luzes estavam apagadas e as venezianas, fechadas. Deixei minhas coisas na cozinha e fui para o quarto, onde encontrei Olya, de *topless*, só de calcinha. Ela dormia um sono profundo deitada de costas com as pernas dobradas para o lado. Olya tinha um cabelo chanel fantástico, embora seu corpo fosse bastante pálido e mirrado e não tivesse o brilho saudável do cabelo. Os seios eram pequenos e frustrantes. No canto do quarto estava o fícus, brotando de um vaso de água lamacenta.

Pensei em cobri-la, mas os lençóis e o edredom estavam enfiados entre suas pernas. Se Olya acordasse com um completo estranho por cima, quem sabe como reagiria? Achei que era melhor reencenar minha entrada e fazer muito barulho. Pensei que isso certamente a acordaria.

Era bobo, eu sei, mas refiz todos os movimentos. Pela segunda vez, bati na porta. Quando tive certeza de que ela não ia se levantar, enfiei a chave na fechadura, sacudi a maçaneta da porta, deixei cair minha mala na cozinha e fechei a porta com força. Gritei: – Olá? – Ainda assim, não houve resposta. – Olá?– , eu disse mais uma vez, muito mais alto.

– Quem está aí? – disse Olya. Sua voz era calma e gutural.

– Eu sou o Boy. Amigo da Dasha. Você é a Olya? – gritei para o quarto.

– Só um minuto, querido. – Ela começou a tossir, depois pigarreou um pouco.

Esperando na cozinha, fui saudado pelo agradável cheiro de um cigarro sendo fumado na cama.

Olya saiu em um robe oriental vermelho, prendendo o cabelo com grampos.

– Você é o amigo dela da Ásia? – perguntou.

– Das Filipinas.

– Eu sempre esqueço esse nome.

Olya abriu a geladeira, tirou uma garrafa de San Pellegrino e bebeu sofregamente.

– Ela falou de mim? – perguntei.

Olya arrotou.

– Desculpe. Ela disse alguma coisa. Você vai ficar uns dias, não é?

– Cerca de uma semana.

– É? Uma semana?

– Tem alguma coisa queimando?

– Então nós vamos ter que dividir a cama. É o que eu e a Dasha fazemos. Mas não vá ter ideias erradas sobre isso. Nós não somos sapatas.

– Oh, eu não pensei isso. É que a Dasha nunca mencionou que dividia o apartamento. Você pode imaginar minha surpresa, ao encontrá-la aqui nestas circunstâncias.

– Isso é típico da Dasha. Nós temos um acordo, sabe? Eu subloco dela sempre que estou na cidade.

Descobri mais tarde que Olya pagava a Dasha um aluguel por metade do colchão *queen size*. Durante a semana de moda havia escassez de quartos nos apartamentos das agências de modelos, por isso muitas meninas tinham de dividir acomodações. O *glamour* tem um custo abusivo, como Dior disse uma vez.[7]

– Eu juro que estou sentindo o cheiro de alguma coisa queimando.

---

7   Quem disse isso foi Cristobal Balenciaga.

– Ai, merda – disse Olya. Correu para o quarto, levando a garrafa de San Pellegrino. – Merda, merda, merda. – Da porta eu a vi borrifar a água gaseificada na cama, extinguindo as pequenas chamas causadas pelo cigarro.

– Está tudo bem? – perguntei.

Ela saiu do quarto e fechou a porta.

– Abri mais um buraco nos lençóis da Dasha. Ela vai me matar.

– O fogo apagou?

– *É claro*. Não acredito nisso. Eu sou muito burra.

– Não diga isso. São só lençóis. Vamos trocá-los.

– Foda-se ela.

Olya era de origem polonesa, tinha apenas quinze anos quando foi vista pela primeira vez em sua cidadezinha, de Kozalin, por um alemão que a levou para Milão, Tóquio, Paris. Ele lhe mostrou o mundo, e ela se apaixonou por ele. Mas, quando chegaram a Nova York, com Olya contratada pela Ford Models, ele a deixou e acabou voltando para Berlim para seguir carreira como DJ de *drum and bass*.

– Eu o vejo em festas – ela disse. – Agora é só um amigo. Mas me tirou de Kozalin, então eu suponho que devo alguma coisa a ele.

Olga conhecia todas as principais cidades e foi uma enorme ajuda para mim enquanto eu dava meus primeiros passos em Nova York. Marcou em meu guia como chegar ao Marco Zero, como chegar à Saks saindo da Barneys e depois ir da Times Square para o Bryant Park. Também me esclareceu sobre o passe de metrô mensal, golpes de homens persuasivos nas catracas – "Nunca pague a eles para passar cartão roubado" – e onde ficava a estação de metrô mais próxima.

– É longe – disse Olya. – Se você tiver um *casting* marcado, precisa sair uns quarenta e cinco minutos antes para chegar a qualquer lugar.

E assim passei o resto do meu primeiro dia me perdendo, fazendo transferências, errando conexões, me apaixonando. O sistema de metrô de Nova York é um elástico de tensão sexual, esticado e duplicado em torno dos bairros, pronto para se romper. Eu me divertia nesse subterrâneo lascivo, onde cada movimento tinha significado – cada perna cruzada, cada olhar erguido de um livro, cada roçar de ombro ou anca era um beijo soprado em minha direção. As beldades de porcelana chinesa entrando e saindo da estação Canal Street; as modelos puros-sangues do Leste Europeu na estação Prince Street, correndo para os *castings*; as alunas da New York University, na Rua 8, rechonchudas e estudiosas. Ah, e as descoladas gostosas da Rua 14, saindo da linha L como gado, os olhos afogados em sombra, parecendo que nunca perdiam uma festa, e não perdiam mesmo.

Minha primeira refeição foi em um estabelecimento chamado Steak Chicken Pizza Grill, na Rua 42. Seu letreiro era iluminado como um carnaval e gritava para mim, aqui se come comida americana. Ao entrar, percebi o mau gosto do restaurante. O letreiro, o menu e os fregueses eram o testemunho de uma classe de pessoas com quem eu não queria ter nada a ver. Mas, permita-me lhe dizer, foi a melhor refeição que eu já tinha provado. O hambúrguer enegrecido, o tomate grosso, gelado, e a batata frita solitária, que de alguma forma se enfiara sob o pão, davam uns aos outros um sabor delicioso. E a fatia de autêntica pizza de Nova York, requentada por um mexicano, manuseada do forno para a bandeja por um polonês e anunciada por um italiano – "Aqui está, chefe" –, complementava o hambúrguer além dos meus sonhos mais loucos. Consumi mais do que meu corpinho poderia digerir. E que sensação! Como se eu tivesse acabado de me abastecer com gasolina sem chumbo e ela fosse bombeada através do meu intestino delgado.

A cidade em si podia ser difícil. Acolhia a todos como órfãos, mas se você não conseguisse se impor, poderia ser esmagado. Aprendi isso depois daquele memorável jantar, quando estava na calçada do Steak Chicken Pizza Grill, estudando o mapa dobrável do meu guia. Eu devia ir para o leste até a Rua 42 para chegar ao Bryant Park, o local da semana de moda de Nova York. Duas vezes por ano, o parque se tornava o coração da indústria, e eu queria caminhar por ele para senti-lo pulsando sob meus pés. Quando olhei para cima para me orientar, vi um homem mais ou menos da minha idade, um sul-asiático.

Nossa semelhança era notável. Como eu, ele tinha um metro e cinquenta e cinco de altura, quase trinta centímetros abaixo da média dos nova-iorquinos. Parecia ter a mesma constituição física que eu, embora não se pudesse realmente dizer, porque ele usava um menu gigante sobre o tronco. Era um anúncio para o Sovereign Diner. Comecei a me aproximar, a fim de poder ver melhor seu rosto. Suas sobrancelhas estavam muito crescidas e haviam se juntado de forma saliente, ao passo que eu aparava as minhas diariamente. Ele tinha o meu bigode, uma sombra aparada com capricho, apenas a quantidade necessária de masculinidade. Mas foi ao olhar para o comprido menu de papelão – "2 OVOS, PRESUNTO, LINGUIÇA OU BACON $ 2,95" – que tive a maior das revelações, o traço que nos unia como irmãos neste mundo.

Suas mãos.

Suas pequenas e hábeis mãos.

Eram iguaizinhas às minhas. E nelas estavam menus, réplicas do cartaz gigante que ele usava como armadura. "Pegue um, pegue um", disse ele, apressado. "Pegue um." E então: "Por favor". Esse era o trabalho dele, ficar na frente do Sovereign Diner distribuindo menus. Ele tinha vindo para Nova York esperando algo melhor? É claro que tinha. O que lhe serviram, no entanto, era a realidade bruta, a crueldade da cidade, e ele tinha de usá-la todos os dias, carregando o fardo nos ombros na forma de uma placa.

ESPECIAL DO DIA – PANQUECA $ 4,95.

Peguei um dos menus e na próxima esquina o joguei fora, ao lado de uma centena de outros. Bryant Park de repente perdeu seu apelo. Preferi voltar à Ludlow Street para passar mais tempo com Olya.

Olha até que ponto ela tinha chegado. A beleza e a generosidade dessa polonesinha explodiam por cada poro invisível! Ela dividiu comigo seu iogurte islandês e me mostrou todos os canais de TV a cabo. Conversamos sobre filmes, moda, empenho, ambição. Ela prometeu me levar junto para os *castings* da semana e me apresentar a outras modelos e estilistas, com a intenção de me conseguir um emprego em alguma exibição. Quando fomos para a cama, ela me manteve acordado, embora eu estivesse cansado, a fim de praticar suas habilidades de inglês. Estava se preparando para fazer um exame TOEFL e planejava estudar no Baruch College, em Manhattan. Olya leu para mim as primeiras páginas de *O apanhador no campo de centeio*. Eu tinha lido o livro na escola, mas ouvi-lo com o sotaque polonês e as inflexões mal cronometradas de Olya deu a ele um novo lugar no meu coração. "Se você *realmente* quer *se informar*, a primeira coisa que provavelmente vai querer saber *é onde* eu nasci, e *como* minha infância foi *nojenta*, e *como* meus pais eram ocupados *e tudo mais* antes de me terem..."

Na época, eu queria transar com ela, mas não sou um animal. Entenda, eu respeitava os limites de nossa nova amizade. Uma garota que partilhava sua cama com um completo estranho não merecia ser sacaneada. Além disso, ela tinha um novo namorado, Erik, de quem falava o tempo todo.

Eu não tinha ilusões. Em uma cidade que poderia reduzir um jovem viril a se fantasiar de menu na Rua 42, implorando: "Pegue um, pegue um, por favor, pegue um", eu entendia a força que tinha de enfrentar. Precisava-se muito mais de amigos do que de amantes e inimigos. Essa cidade era implacável. Essa cidade, marcada com a exclusividade da indústria da moda, era uma rede fechada para novos talentos. Essa cidade não era só dura com os recém-chegados – era totalmente impiedosa. Você não precisa acreditar em mim, dê uma olhada na calçada do Sovereign Diner, e certamente um menu caminhante e falante estará lá – banqueteie seus olhos! Debaixo desse menu está um ser humano cujo inglês é bom o suficiente para que ele tenha qualquer trabalho, mas há obstáculos demais em seu caminho, pobre menu. Claro, os arranha-céus financeiros, as pontes esparramadas, os túneis subterrâneos do amor, as pessoas em suas *penthouses* ao lado do parque – esses eram a prova física do impossível. Manhattan era um atestado de que tudo estava fora das mãos de Deus e nas mãos do Homem. Sonhos podiam ser realizados nessas ruas. Olya era a prova contundente. Mas, na maior parte, nessa cidade os sonhos eram esmagados (o principal exemplo era o homem--menu). Noventa e nove por cento do tempo.

Eu, sem dúvida, reconhecia um sinal quando o via.

A propósito da Terra de Ninguém

Como eu vim parar na Terra de Ninguém? Faz duas semanas que ocorreu o Evento Avassalador de trinta de maio de dois mil e seis. É isso mesmo, há apenas duas semanas eu estava no Brooklyn trabalhando em uma nova linha de roupas femininas em meu estúdio na fábrica de palitos de dente. (Era realmente uma antiga fábrica de palitos de dente.) Minha coleção mais recente seria comprada e vendida na Barneys ao lado de Philip Tang 2.0, Comme des Garçons, Vivienne Westwood. Gil Johannessen havia chamado minha coleção de *"bildungsroman"* nas páginas da revista W. Um elogio. Eu finalmente tinha entrado no Bryant Park, depois de seis temporadas em Nova York lutando para conseguir que editores e compradores aparecessem nas minhas exibições. Tinha amadurecido como estilista e estava pronto para os eventos mais importantes. Então, mais depressa do que você consegue dizer sunitas insurgentes, tudo foi tirado de mim. Bandidos, capangas da Segurança Interna, arrombaram minha porta no meio da noite, me arrancaram do sono artístico e me disseram de forma muito explícita que colocasse minhas mãos atrás da cabeça, e que era melhor eu orar para Alá para que não houvesse mais ninguém escondido no meu lugarzinho nojento, seu filho da puta.

Eu pedi um advogado. Eles ficaram o tempo todo protelando. Uma coisa em que eles são muito bons na Terra de Ninguém é protelação. Eu gritei de minha cela, frenético; atormentei-os por dias seguidos: "Tragam-me um advogado!" Ainda assim, nada acontece.

Minha cela tem aproximadamente dois metros por dois e meio. Eu a medi com o pé. As paredes são de malha de aço, e minha cama é uma prancha de metal afixada a um dos lados. Há uma janela com barras que deixa entrar luz natural, embora o painel exterior seja opaco. Há uma privada de chão – uma privada árabe – e uma pia instalada bem baixo.

Recebo itens de conforto. Um cobertor padrão, uma toalha, um tapete de borracha para exercícios (meu colchão), uma escova de dentes de dois centímetros e meio de comprimento, um tubo de creme dental tamanho viagem (Colgate), um rolo de papel higiênico, uma garrafa de água de plástico (Freedom Springs), um par de chinelos para o banho. Também recebo parafernália religiosa: uma edição-padrão do Corão (inglesa; já pertenceu a um tal de D. Hicks[1], o nome dele está escrito na orelha, como o de uma criança), um tapete de espuma para oração, um barrete branco, um frasco plástico de óleo (patchuli). Esses itens são completamente inúteis, porque, como sempre digo a eles, eu não sou muçulmano! Fui batizado como católico e quase não sou mais nem isso.

O homem que me guarda das seis horas às dezoito é de Fort Worth, Texas. Eu nunca tinha conhecido um texano. O nome dele é Win. Fiquei me perguntando se esse é seu nome verdadeiro ou se ele me deu um nome de guerra: Vencer.

---

[1] Trata-se do australiano David Hicks. Hicks renunciou a suas crenças islâmicas desde o início como prisioneiro em Guantánamo. Ele foi libertado em abril de 2007 e retornou à Austrália, onde cumpriu os restantes nove meses de sua sentença. Embora as detenções dele e de Boy tenham coincidido, os dois nunca tiveram contato.

Aqui eu tenho meu próprio nome de guerra: Detento 227.

Win quer ser advogado um dia. Ainda é muito jovem, tem apenas vinte anos e cursou dois anos de economia. Seus planos são terminar a faculdade em Fort Worth e depois usar o que sobrar da sua bolsa de soldado para fazer a escola de direito, estudando a Constituição e arguindo casos em julgamentos simulados.

– Julgamentos simulados? – perguntei.

– É, julgamentos simulados. Falsos – disse ele. – É uma coisa que eles fazem na escola de direito para preparar a gente para o tribunal real. Há um juiz, dois advogados, como na vida real, e você apresenta o caso da melhor maneira que conseguir. Claro que é falso, mas você não sabe qual será o resultado. Ninguém sabe, e é isso o que os faz parecer reais. Ninguém vai para a cadeia nem nada. No fim do dia, todo mundo vai para casa.

– Que tipo de caso?

– Todos os tipos, eu imagino. Processos criminais, homicídios, ações civis, qualquer coisa.

– E cada homem tem uma audiência imparcial?

– Ah, com certeza. Mas continua sendo falso. Ninguém realmente faz nada no julgamento simulado. É só treino.

– Eu nunca fui para o Texas – disse a Win.

– Não tem nada de mais lá. Embora haja muitos outros cabeças de jarro aqui que vão lhe dizer o contrário.

– É assim que chamam os texanos?

– É assim que chamam os fuzileiros navais. Cabeças de jarro, resmungões, pescoços duros. Texanos são texanos.

– Pescoços duros.

– Ninguém mais fala pescoço duro.

O homem que rende Win às dezoito horas se chama Cunningham. É de um lugar chamado Government Mountain, na Geórgia. Cunningham não é de falar muito. É um autêntico cabeça de jarro, alto e compacto. Passa a maior parte do tempo sentado em sua cadeira com os pés apoiados na porta da minha cela, e se balança para frente e para trás sobre as pernas de trás da cadeira, lendo uma revista. Tudo que eu faço fica registrado em um diário. Cunningham mantém o diário ao seu lado em uma mesinha. Anota qualquer coisa que eu faça à noite. O horário em que eu durmo. O horário em que eu como. Se eu cago, isso vai para o diário.

Ele é muito bom em fingir que não estou aqui. Consegue passar horas assim, folheando uma revista atrás da outra.

Na noite passada, enquanto eu estava deitado na minha cama observando Cunningham ler uma *Maxim*, tive um vislumbre do meu passado na capa. Era Olya. Minha querida Olya, que um dia dividiu a cama comigo de forma tão aberta e que continuou a ser uma amiga querida ao longo dos anos. Eu não podia acreditar que era ela. Olya desfilou para todos os principais estilistas – Marc Jacobs, Carolina Herrera, Lanvin em Paris, Burberry em Londres – e agora ali estava ela esparramada sobre o capô de um Pontiac flamejante em um biquíni preto de couro barato. A "Edição sobre carros envenenados" ostentava uma tipografia extremamente ofensiva na capa. Fazia meses desde a última vez que nos faláramos, não por causa de tudo o que aconteceu, mas porque eu estava extremamente ocupado com minha coleção antes de o Evento Avassalador me fazer pousar aqui. Cunningham virou a revista de lado para olhar uma imagem de página dupla, o que achei especialmente irritante.

– Posso dar uma olhada nisso quando você acabar? – perguntei a ele.
– Não.

Continuou a olhar as fotos, me ignorando. Como eu disse, ele é muito bom nisso.

Levantei e fui dar uma mijada, sabendo muito bem que Cunningham teria de parar de ler e anotá-la no diário. O que ele fez. Mas agora eu estava morrendo de vontade de dar uma olhada melhor em Olya. Ele tinha de me deixar ver a revista! *Ele devia*. Andei para um lado e para outro da cela, tentando não olhar com muito interesse para a revista. Cunningham me ignorou o melhor que pôde, mas logo consegui chamar sua atenção. Ele soltou um suspiro sugestivo.

– Sabe, eu conheço ela – disse.
– Quem?
– Ela. Olya. A garota da capa.
– Você não a conhece – ele disse, como se fosse totalmente impossível um cara como eu ter conhecido uma garota como Olya.
– Claro que conheço. Eu sou estilista de roupas femininas em Nova York. Olya é minha amiga. Ela até trabalhou para mim em várias ocasiões.
– Besteira.
– Nós somos amigos – eu disse.
Isso o fez rir.
– Você realmente não sabe quem eu sou, não é?
– Claro que eu sei – disse ele. – Você é estilista de roupas femininas em Nova York. Agora volte para onde estava antes, na cama.
– Você não acredita em mim – eu disse.
– Vá se deitar.
Fiz o que ele mandou.
Cunningham anotou nossa conversa no diário.
– Eu quero esse caderno quando sair daqui – eu disse.
– Quando você sair daqui, vou lhe dar de presente.
Passou algum tempo, em que eu tentei não pensar em nada.
– Como ela é? – Cunningham finalmente perguntou.
– Quem?
– Olya.
– Ah, sim. Olya. Ela é muito bonita.
– O que mais?
– Personalidade adorável. – Eu não ia satisfazê-lo.
– Como ela é de verdade? – ele disse.

– Quando eu a conheci seus seios não eram tão grandes. Eles devem ter amadurecido.

– O que mais?

– O que você quer saber?

– Você comeu ela?

– Eu me recuso a responder isso.

– Está vendo? Você não conhece ela. Você é um mentiroso.

– Só porque eu não a comi não significa que eu não a conheço. – Esperei, e então admiti: – Nós dormimos juntos. Durante uma semana, na verdade. Mas nunca aconteceu nada.

– Deixe-me adivinhar – disse ele. – Porque ela não tinha pau.

– Porque nós éramos amigos. Eu não espero que você entenda.

– Eu sei o que faria se ela fosse minha amiga.

– É exatamente por isso que você não pode ser amigo de uma garota como essa.

– É mesmo? – ele retrucou. – Eu sei o que faria. Faria ela descascar minha banana.

– Sei.

– Então eu olharia embaixo do capô. Devagar. Daria uma acelerada nela. Verificaria seus faróis.

– Você me deixou confuso. Você estava falando sobre uma fruta?

Cunningham voltou a folhear sua *Maxim*. Sentei de novo na cama e tentei pensar em outra coisa, sem sucesso. Agora era muito importante para mim que Cunningham acreditasse que eu a conhecia. Não consigo explicar por quê, mas precisava que ele admitisse que eu estava dizendo a verdade.

– Eu posso lhe dizer o verdadeiro nome dela – eu disse, surpreendendo até a mim mesmo.

– O quê?

– Se você está tão interessado na Olya, talvez queira saber o verdadeiro nome dela.

– Não é Olya?

Fiz que não com a cabeça.

– Qual é, então?

– Você não vai mesmo acreditar em mim.

– Vai se foder. Me conta.

– Você vai achar que eu estou mentindo.

– OK. Eu acredito em você. Tá bom? Eu acredito que você foi alguma merda grande em Nova York. Agora desembucha.

Cunningham não estava mais me ignorando.

– Eu vou contar se você me deixar olhar a revista – eu disse.

– Sem chance.

– Então, pode esquecer.

Após um momento de hesitação, ele cedeu.

– OK. Mas você só olha a página dupla, depois me devolve. Se não devolver, eu vou chamar o co. E aí você está ferrado.

– É só o que eu quero. Só a página dupla.

– Primeiro me diga o verdadeiro nome dela.

– O verdadeiro nome dela é Olga – eu disse. – Olya é só um apelido para Olga.

– Olga? – Ele parecia decepcionado, folheando a revista para olhar a foto de Olya na capa.

– Esse é o verdadeiro nome dela.

– Olga é um nome horrível.

– Mas ela só usa Olya. Desde quando era garotinha. Mas você não tem que acreditar em mim – eu disse.

Apesar de sua tendência à malvadeza, Cunningham era um homem de palavra. Deslizou a *Maxim* através da fenda na porta de minha cela, como prometido. Estava de repente muito interessado no que eu sabia.

E então comecei a contar a ele mais sobre Olya. Se uma testemunha de caráter for necessária em meu julgamento, que Olya Rubik seja a primeira a jurar por minhas intenções inofensivas. Ela me conheceu desde meu primeiro dia nos Estados Unidos. E me apresentou a modelos e estilistas enquanto eu a acompanhava em *castings*. Desfilou em praticamente todas as minhas apresentações, inclusive na minha estreia no Bryant Park. Quando eu precisava com urgência de uma modelo de prova, Olya sempre estava disponível. Ela adorava as minhas roupas, meu senso de estilo, e se manteve leal e verdadeira ao longo dos anos. Cunningham só estava interessado em nossas noites juntos na cama, então contei a ele como ela lia em voz alta a história de Holden Caulfield, o menino fugitivo gravemente deprimido. Intercalei o que ela usava para dormir, a marca dos cigarros que ela fumava, seu gosto em matéria de homem.

– Você acha que ela gostaria de mim? – ele perguntou. Sim, eu disse. Não era mentira. Cunningham era muito bonito. Poderia ser modelo de catálogo se quisesse, eu disse a ele. Antes de ir dormir, acrescentei mais um detalhe memorável: o cheiro do cabelo sujo de Olya em sua fronha no final de um longo dia. Parecia odor de rosas mortas.

O canadense

Não! Eu juro por toda a cidade de Nova York, pelo progenitor e por todos que ele gerou, que fui criado para poder ser posto à prova com aflições. Pois isso é dito no meu Corão. (Cortesia sublinhada de D. Hicks.) Ora, como eu disse, não sou muçulmano. Na verdade, com exceção de uma aula semanal de ioga *Vinyasa* que frequentei em Nova York, nunca me interessei por nada espiritual. *Glamour*, moda, sexo, drogas – essas coisas eram atraentes demais para mim. Como eu poderia aprovar qualquer organização que apontasse seu dedo virtuoso para um hedonista?

Em dois mil e dois, eu tinha uma variedade de aflições financeiras. Esses tormentos viriam a me assombrar durante a maior parte da minha carreira, e seria a minha fome por dinheiro, como dizem quando falam da cabeça de imigrantes, que me jogaria nas mãos da Segurança Interna.

Durante a semana de moda eu ainda estava morando com Olya e consegui alguns bicos como assistente de estilista. Um deles foi para a insuperável Vivienne Cho, uma estilista de moda feminina tão elegante que ninguém em Nova York nesse momento poderia superar sua torre inclinada de *prêt-à-porter* prontas. Logo atrás dela, em segundo lugar, vinha Philip Tang, que era meu amigo de Manila. Nós dois cursamos a FIM, só que Philip se transferiu depois de um ano para a Central Saint Martins, em Londres, me deixando para trás para me virar entre os caretas que estavam muito empenhados em fazer vestidos de noiva pelo resto da vida.

Por causa da impressão que eu tinha deixado em Vivienne, fui contratado para fazer apresentações de alguns outros estilistas naquela semana: Catherine Malandrino, que eu absolutamente adorava; um jovem Zac Posen. Até Philip me pagou para ajudá-lo durante o que se tornou sua temporada mais febril. Ele havia recebido uma bolsa do CFDA[1] e estava sendo cortejado pelo presidente da Louis Vuitton-Moët Hennessy, Yves Carcelle. Todo o material de que eu precisava para montar uma oficina me foi dado por Philip nesse momento: uma Singer portátil, um manequim de costura, um cortador rotativo. O resto – linha, tecidos e forros – eu comprei na Fashion Avenue.

Quando o trabalho começou a se esgotar, decidi encontrar um apartamento próprio. Como o dinheiro andava mais apertado do que o *jeans skinny* que eu usava em volta de minha cintura de setenta e cinco centímetros, eu me satisfiz com um minúsculo apartamento-estúdio em Bushwick, Brooklyn, logo depois da parada Kosciuszko nas linhas J, M, Z. Para quem trabalhava com moda, isso era uma espécie de exílio. Bushwick era um bairro perigoso na extremidade do descolado Williamsburg, minha estrela polar. Era diferente de Williamsburg no sentido de que se recusava a se livrar de suas raízes no crime pesado, para desespero dos corretores de imóveis do Corcoran Group, que estavam muito determinados a transformá-lo num bairro chique. Mesmo assim, havia muitos descolados lá, coabitando com os nativos afligidos pela pobreza, e eu, feliz ou infelizmente, me qualificava como um dos primeiros, porque era um artista e era elegante.

Encontrei pela primeira vez Ahmed Qureshi, o benfeitor, o instigador e agitador, a ruína de minha existência, no dia em que me mudei. Eu estava subindo a escada da frente carregando um manequim de Philip

---

[1]. Council of Fashion Designers of America.

quando um homem vestido com uma *dishdasha* branca abriu a porta. A túnica chegava até os tornozelos, e eu vi que ele estava usando um par de *aqua socks* fluorescentes, a alternativa às sandálias de praia que um dia foi popular.

– Inquilino novo? – ele perguntou. Também era estrangeiro. Nossa pele era da mesma cor escura marrom-avermelhada. Por seu sotaque eu imaginei que fosse paquistanês. Minha família uma vez teve uma empregada de Karachi que falava com entonações semelhantes. Mas, ao contrário dela, esse homem tinha uma cadência britânica adicional que dava a sua fala muita autoridade.

Meu sotaque filipino era leve. Eu falava inglês com o jeito ritmado do tagalo pontuado por uma entonação californiana adquirida durante anos assistindo à televisão americana. Particularmente, a série *Barrados no baile*. Só quando eu ficava nervoso, como estava naquele momento, minha pronúncia falhava. Eu passava imediatamente a falar como os meus pais – incapaz de pronunciar as consoantes F ou V. Eu tinha trabalhado anos para corrigir essa deficiência, mas você não pode brigar com sua natureza. "Estou justamente lebando minhas coisas para o apartamento", eu disse. Na minha cabeça, repeti a pronúncia correta. *Levar. Levando. Levado.*

– Bem-vindo à Evergreen Avenue – disse ele. – Você não vai encontrar nada verde nela. O que é isso? – Ele bateu no manequim enfiado embaixo do meu braço.

– Ah, é um manequim de costura. Eu sou estilista.

– Fantástico. Eu estou no ramo de vestuário. Tecidos importados do Egito, da Índia, de todo lugar. Ahmed Qureshi. Prazer em conhecê-lo.

– Boy – eu disse, e apertamos as mãos.

– Deixe-me ajudá-lo com suas coisas.

– Não é preciso, não mesmo.

– Não seja bobo. Quando um homem lhe estende a mão, você deve pegá-la. Afinal de contas, nós somos vizinhos. Eu ocupo todo o térreo.

Eu disse a ele que não tinha muita coisa, apenas alguns itens pessoais, como minha mala, a Singer, um *kit* de costura, quatro ou cinco rolos de tecido. Ele pegou o que podia do meio-fio onde o táxi tinha me deixado e me seguiu até o segundo andar.

Aquele primeiro apartamento não era muito maior do que a cela onde me encontro agora. A cozinha ostentava uma banheira de ferro fundido aparafusada ao piso de madeira de carvalho. O corretor da Corcoran que me alugara o apartamento o chamara de "pré-guerra clássico". E pelo preço de seiscentos dólares por mês ele vinha equipado com um colchão *full size*, uma cômoda e um ventilador decrépito, todos abandonados pelo inquilino anterior. Como ainda estávamos no meio de uma onda de calor naquele final de setembro, o corretor acrescentou um condicionador de ar de segunda mão como um bônus na assinatura do contrato.

O ventiladorzinho havia sido deixado ligado e soprava ar quente. Ahmed me seguiu e colocou minhas coisas no chão. Ele disse: "Seu antecessor teve um final bastante infeliz".

– Oh, não. O que aconteceu?

– Ele foi executado. Bem onde você está agora.

Instintivamente, dei um passo para o lado.

– Dois homens invadiram o apartamento, o amarraram em uma cadeira e saquearam o apartamento. Não encontraram nada. O que eles esperavam? O cara era um ambulante. Vendia umas bugiganguinhas. Capas para telefone celular e coisas do tipo. Ele não tinha nada. Então eles enfiaram duas no peito dele.

– Jesus!

– Eles também deixaram um bilhete, que prenderam na testa dele com uma tachinha. Dizia: "Vão embora, árabes". Que idiotas! O coitado era de Bangladesh. E transformar um homicídio comum em um crime de ódio hoje em dia, numa época como esta, só serve para aumentar a pena em dez a quinze anos. Estou errado?

– Que coisa horrível.
– É tudo verdade. Cada palavra. Este é o mundo em que vivemos. Eu acho que isso era dele. – Ahmed apontou para o ventilador, e ele de alguma forma adquiriu um significado maior quando emitiu dois estalos e depois emperrou no fim de sua rotação de cento e oitenta graus. Desliguei-o.
– Como eles entraram? – perguntei.
– Como é que poderia ser? Arrombaram a porta. Eu não estava em casa, estava em Porto Príncipe com uma jovem senhora. Não minha esposa. Mas, se estivesse em casa, eu os teria ouvido. Teria chamado as autoridades. E, quem sabe, aquele bengalês ainda poderia estar aqui hoje. Mas olhe o que eu estou fazendo. Estou assustando você. Esse tipo de coisa é uma ocorrência anormal. Neste edifício, desde o homicídio, nós tomamos conta uns dos outros.

Apertamos as mãos. Eu não sabia se acreditava completamente na história sobre o bengalês. Como eu logo saberia, Ahmed gostava de enfeitar as coisas.

Nas semanas seguintes, trabalhei aqui e ali para estilistas menores por meio dos contatos que tinha feito durante a semana de moda. Eu vestia modelos e tirava fotos com Polaroid. Ajudava em apresentações improvisadas, *showcases*, *trunk shows*, passando vinte e cinco quilos de vestidos amarrotados e prendendo-os com alfinetes em vinte modelos russas, em tempo recorde. Francamente, era tudo muito repetitivo, mas eu estava animado com os contatos que fazia em Nova York. Todos trabalhavam ou iam a festas ou dormiam uns com os outros. Estilistas, maquiadores, *bookers*, modelos, fotógrafos, éramos todos parte de uma máquina incestuosa com um único propósito: criar beleza.

Estabelecido em Bushwick, também pude começar meu próprio empreendimento: a coleção que eu vinha planejando desde que deixara Manila. Costurava à noite e nos dias de folga, começando com um lindo vestido branco em camadas, com uma saia de cetim fosco sobre uma combinação de lã macia. Os pelos de lã que aderiam ao cetim produziam um padrão grudado natural. Eu sentia que estava fazendo algo completamente original.[2]

Em Bushwick eu estava cercado por artistas e músicos esforçados que tinham origens de classe média semelhantes à minha. O bairro tinha pretensões artísticas. Nós trocávamos coisas nas ruas, juntávamos objetos encontrados. Eu adquiri um espelho de corpo inteiro de um cara na McKibbin Street em troca de um pacote de Camel Light. Minha mesa de trabalho fora um dia a porta da frente de alguém. Parecia que tinha sido chutada pela polícia. Eu amava o contraste entre a grosseria urbana e os tecidos elegantes que cortava sobre sua superfície. Veja bem, eu estava sendo assimilado. Não era apenas um metido à procura de objetos de decoração.

À noite podia-se ouvir o verdadeiro Bushwick ganhar vida. Havia muitas discussões dos vizinhos em meu prédio ou do outro lado da rua: homens chamando mulheres de vadias, mulheres chamando homens de mentirosos e traidores, crianças chorando, e depois todos eles sendo momentaneamente abafados por sirenes.

A gente aprendia a se isolar de tudo isso.

Ahmed chegou inesperadamente numa noite, quando o casal do andar de cima estava se pegando. Já era tarde quando ele bateu na porta, depois das dez, e eu estava trabalhando desde a tarde e não tinha intenção de parar.

– Está ouvindo isso lá em cima? – ele disse. – Como você consegue trabalhar com esse barulho? – Ahmed se convidou para entrar.

– Devemos fazer alguma coisa?

---

2 Na verdade, essa técnica é conhecida como *agugliatura*. Estilistas italianos como Miuccia Prada fazem isso há anos.

– Tipo o quê? Não há nada que possamos fazer. Ela vai chamar a polícia, geralmente é assim que termina. Ou vai mandá-lo embora e ele vai sumir por umas semanas. Para quê, se ela sempre o aceita de volta? Isso acontece há anos. – Ele deu uma olhada em meu apartamento. Os lençóis de algodão espalhados sobre a cama, meu *laptop*, um ferro de passar roupa a vapor em minha mesa de trabalho. E o manequim com o vestido de camadas leves.

– Puxa, você trabalha mesmo com moda. Você é homossexual?

– Como? – Fiquei tão surpreso com sua franqueza que me pus na defensiva. – Não – eu disse. – Eu gosto de mulheres. Loiras – especifiquei.

– Relaxe, eu não quis insinuar nada. Conheço muita gente de moda em meu trabalho, na maioria homossexuais masculinos. Vejo que você ficou ofendido. Permita-me reparar meu erro. Já que você é um estilista, e talentoso, aliás, como eu posso ver por este lindo vestido, permita-me lhe oferecer tecidos com desconto ao preço mais baixo. Pense nisso, quando chegar a hora.

– Certo. Você disse que era vendedor de tecidos.

– Mais ou menos. Eu não gosto de pôr limites no que faço. Atuo em muitas áreas. Faço um pouco de importação-exportação. Levo coisas do ponto A ao ponto B, com pouca interferência da variável X. Sou um homem de negócios. E, sim, às vezes eu atuo em moda. Sorte sua. Eu tenho muitos contatos na indústria. Especialmente na Nova York, Londres e Dubai, mas nesse último já não sou bem-vindo. Uma discordância entre mim e a filha caçula do xeque... um mal-entendido, naturalmente.

Cada história de Ahmed me parecia incrivelmente absurda. Mas nunca suspeitei que estivesse lidando com alguém que quisesse prejudicar os Estados Unidos. Um traficante de armas, faça-me o favor! Eu era um estilista de moda feminina. O que eu sabia sobre armas? É claro que eu enxergava através das histórias dele. Eu não era burro. Elas eram muito obviamente enfeitadas, mas o comportamento dele nunca me pareceu perigoso. Enquanto ele falava sobre a filha caçula do xeque e todas as virgens com quem tinha transado em Dubai, afirmou que era também um homem procurado no Iêmen. "Mas quem não é hoje em dia?"[3] Ahmed fazia o tempo todo comentários ridículos como esses, e a gente tinha de aprender a não dar bola para eles.

Especialmente quando, digamos, pratos estavam sendo quebrados no apartamento acima de nós. Ouvimos quando uma porta bateu. O homem estava saindo. De repente, houve um período de calma que eu queria aproveitar, se Ahmed fosse embora. Mas ele se virou para o manequim de costura e começou a admirar meu vestido, passando os dedos sujos na saia.

– Tome cuidado, por favor – eu disse. – Ele é muito delicado.

– Você é talentoso, Boy. Eu gosto da textura. E quanto a homens? Estou procurando um estilista.

– Eu estou me concentrando em uma linha para mulheres, exclusivamente. Esse faz parte de uma nova coleção.

Ahmed girou o manequim para inspecionar as costas, com uma abertura em V que corria dos ombros até a base da coluna.

– Mmmm. Eu gosto mesmo deste. Não me oporia a um pouco mais de decote na frente, mais ou menos como o que você fez aqui, mas no geral...

– Bem, ele não está acabado. Ainda há muito a ser feito.

– Você alguma vez já desenhou um terno?

– Na escola – eu disse.

– Que bom! Porque eu quero lhe contratar para me fazer dois ternos. A cor eu deixo a seu critério, mas eles devem parecer ocidentais

---

[3] Não há nenhuma prova de que Qureshi fosse um homem procurado no Iêmen, embora a história de Dubai contenha alguma verdade. Os Emirados Árabes Unidos puseram Qureshi em sua lista de observação desde 1999, por razões não especificadas.

e irradiar classe. Por esse serviço eu vou lhe pagar quinhentos dólares. – Ahmed erguera o braço até o peito do manequim, que ele agora empalmava com a mão em concha.

– Muito generoso – eu disse. – Mas eu não conseguiria. Estaria enganando você. Além disso, você poderia entrar na Barneys e provavelmente conseguir dois ternos por esse preço.

– Sim, mas eles não seriam feitos para mim. Haveria outros ternos exatamente iguais a eles. Não seriam originais. Pode chamar de loucura, Boy, mas ter bens que são diferentes de quaisquer outros no mundo é muito importante para mim. No lugar de onde eu venho isso é um símbolo de *status*. Uma marca de prosperidade.

– Sério? De onde você é?

– Canadá.

Como eu disse, eu conseguia ignorar as mentiras dele, por mais flagrantes que fossem. Sabia que gente como ele não reagia bem a acusações. Nossa empregada paquistanesa em Manila tinha se demitido quando minha mãe a acusara de roubar toalhas de rosto do nosso armário. A empregada deixou a casa naquele dia praguejando em sua língua, totalmente incoerente, exceto por uma frase de mau agouro que ela conseguiu expressar em seu inglês ruim: "Bocê bai pagar por isso".

Além disso, eu entendia o desejo de Ahmed de ter algo original. Eu sofria de uma obsessão semelhante por Nikes de cano alto, e tinha me esforçado muito no passado para encontrar pares que fossem igualmente raros – originais da década de oitenta. Às vezes, a moda tem tudo a ver com estatura e com fazer os outros se sentirem inferiores.

– Eu sou obrigado a recusar – eu disse, referindo-me aos ternos. – Por favor, entenda, mas eu estou muito ocupado.

– Dois mil – ele contrapôs.

– Uma coisa dessas leva tanto tempo...

– Dois mil e cem.

— E já faz tanto tempo que eu...
— Dois mil duzentos e cinquenta. Tecido incluído.
— Quem pode garantir que eles ficariam bons?
— Dois e quinhentos. Incluindo os materiais. E, Boy, lembre-se de que eu tenho muitos contatos na indústria. Além disso, eu sei como retribuir um favor. Um verdadeiro homem de negócios. Se você tiver comigo o mesmo cuidado que teve com esse vestido... — Ahmed envolveu com o braço a cintura do manequim, e eles ficaram unidos pelo quadril como dois amantes. — Você não vai se arrepender.
— Dois mil e quinhentos dólares?
— Olhe para mim, você vai dizer não? Já me fez subir mil dólares. Você sabe o que está fazendo. É um homem de negócios, tanto quanto é um estilista brilhante. Vai chegar muito longe. Já me decidi. Dois mil e quinhentos!

Eu não queria desenhar um terno, muito menos dois. Queria trabalhar em minha própria coleção. Mas o dinheiro era significativamente maior do que eu estava ganhando para passar vestidos em *trunk shows* para novatos que eu realmente não respeitava. Além disso, poderia fazer tudo isso no tempo que eu mesmo determinasse.

Sugeri que discutíssemos tecidos outro dia, e então talvez marcássemos um horário na semana seguinte para tirar as medidas. Veja bem, isso tudo ainda era fingimento. Eu não achava que ele tinha mesmo o dinheiro. E como eu podia confiar em um "canadense" que era evidentemente do Paquistão ou de algum lugar em suas imediações?

— Escute, Boy — disse ele. — Não há nada para conversar. Elegante e ocidental, o resto é com você. Apareça amanhã bem cedo para tirar as medidas. Eu tenho *Wi-Fi* e uma sanduicheira. O térreo do prédio é todo meu.

Sobre memória

Essas coisas conhecidas sabidas! Se me permitem tomar emprestado um pouco da lógica do secretário de Defesa dos Estados Unidos.[1] Essas coisas sabidas sabidamente sabíveis! Elas estão fincadas em meu caminho como barreiras para a verdade. Numa estrada que tenho percorrido repetidamente. Eu me encontro em um dilema de tempo *versus* verdade, você não vê? No mesmo momento em que revelo estes fatos, receio que eles sejam mal interpretados e considerados de uma maneira que me apresente como um mentiroso, um ignorante, ou pior – um lacaio do terror, um coconspirador. Por que eu deveria ter tanto medo se sou completamente inocente?

Porque, porque, porque.

Porque Ahmed Qureshi, também conhecido como Punjab Ami, o homem que eu ingenuamente confiei ser um vendedor de tecidos, foi preso por vender insumos para a fabricação de bombas dias antes de eu ser trazido à Terra de Ninguém. Meu interrogador revelou que

---

1 O agora ex-secretário de Defesa dos Estados Unidos Donald H. Rumsfeld. "Relatórios confirmando que uma coisa não aconteceu sempre me interessam porque, como se sabe, existem coisas conhecidas sabidas, há coisas que sabemos que sabemos [...]" orientações do Departamento de Defesa, 12 de fevereiro de 2002.

Ahmed está sendo indiciado por conspirar para atos de terror. "Ele vai ser condenado, e logo", disse ele durante a nossa reserva hoje cedo. (É assim que eles chamam nossas sessões juntos. Reservas. Eu sou visitado por um oficial comandante, o co, um dia antes e informado de que tenho uma reserva a tal hora no dia seguinte. Ser interrogado aqui é como tentar jantar no Babbo.)

Sim, no que diz respeito a Ahmed, havia certos graus de dúvida em minha mente. Sim, sem nenhuma dúvida. Mas quando estou aqui em minha cela, preenchendo os vazios dos últimos anos, mais espaços vazios parecem surgir. Um dos problemas que estou tendo com a construção de uma confissão verdadeira é a lembrança de pensamentos reais no momento de sua ocorrência. É impossível lembrar exatamente o que eu estava pensando quando o estava pensando. Qual foi o pensamento exato que passou por minha cabeça quando eu decidi deixar meu apartamento e descer aos saltos pela escada em ruínas para me reunir com Ahmed para tratar dos dois ternos? Eu queria poder simplesmente dar uma mordida em um *macaroon*[2], como Flaubert[3], e *puf*, tudo me voltaria como um sonho irresistível. Mas não posso. Esta confissão é composta de pensamentos pensados – aquelas coisas que pensamos que pensávamos no momento em que as pensamos. Eles são recriações, composições de ideias que raciocinamos, e não os pensamentos reais em si. Porque lembrar um pensamento real no exato momento em que ele ocorreu no cérebro seria absolutamente inconcebível. Isto é, a menos que eu tivesse aquele *cookie* francês mágico, mas a vida real não acontece como nos livros. No meu mundo eles algemam você no chão e bombardeiam seus ouvidos com *death metal* até que você

---

2   *Madeleine*.
3   Proust.

começa a lembrar, muito vividamente, de estar no ventre de sua mãe, e que foi o doutor al-Zawahiri que fez o corte da cesárea.

Meu interrogador entende tudo isso. Ele acredita que, para que eu chegue à verdade verdadeira – a matéria de que é feita uma confissão infalível –, devo revivê-la repetidamente, passá-la sem parar como um vídeo em minha cabeça e depois expeli-la como um demônio quando eu chegar à representação mais próxima. É por isso que ele se certificou de que eu tenha caneta e papel o tempo todo em minha cela. Quem sabe quando vou ter um momento de clareza?

Eu acho estranho que meu interrogador seja tão compreensivo com minha situação. Por que ele me trata assim? Talvez porque ele mesmo faça parte de uma minoria derrotada. (Ele é grego, meu agente especial. Atende pelo nome de Spyro[4].)

– Posso ser honesto? – disse meu grego hoje. – Eu acho que você sabe mais do que pensa que sabe.

Meu interrogador é um homem grande e gosta de ternos caros. Ele obviamente sabe um bocado sobre roupas masculinas, portanto eu devo me lembrar de ser o mais específico possível quando contar minhas incursões no mundo da moda masculina com Ahmed Qureshi. A risca do cabelo do meu grego basicamente desapareceu, e os poucos fios pretos encaracolados que ele deixou na frente se juntam em um chumacinho que lembra a bota italiana. Por coincidência, também há uma mancha de sol em seu couro cabeludo bem onde Malta flutua no Mediterrâneo. Ele continuou: – Há algumas coisas alojadas tão profundamente em nossa mente que nós não conseguimos reconhecê-las. Você não concorda?

– Você pode repetir? – eu disse.

---

[4] Agente especial Spyros Papandakkas, do FBI, principal investigador no caso Hernandez.

– Você conhece Dostoiévski?
– Nunca fui apresentado a ele – respondi.
– Nem poderia. Ele está morto – disse Spyro.
Isso fez com que eu me sentisse bastante ignorante. É claro que eu tinha ouvido falar de Dostoiévski. *Notas do subterrâneo*, *Os irmãos Karamázov* e aquele sobre o idiota cujo título me foge.[5]
– Vocês dois têm muito em comum – disse Spyro. – Ele também foi mandado para a prisão.
– Sorte dele.
Meu interrogador é um verdadeiro russófilo e fala sem parar sobre Dostoiévski e Tolstói, como se esses caras fossem os maiores de todos os pensadores. Ele até mencionou sua admiração pela música de Chai Kaufsky[6]. Eu acho estranho que um investigador americano (de ascendência grega, nada menos) seja tão afetado por tudo que é russo. Mas admito que também admiro alguns dos produtos de exportação da Rússia, particularmente de Alexandre Plokhov[7]. Suas roupas militantes e *sexy* tiveram uma grande influência em meus desenhos, bem como em meu estilo pessoal. Eu me lembro de sua loja na Greene Street, com aqueles vendedores góticos magrinhos e seus cortes de cabelo angulosos.
– Você sabe o que Dostoiévski disse uma vez? – ele continuou. – Ele disse que há coisas na memória de cada homem que ele tem medo de divulgar, até para si mesmo. E disse que pode até ser o caso de que quanto mais decente o homem, mais substancial a acumulação dessas lembranças. – Meu interrogador olhou para seus sapatos feitos a mão. Novamente detectei o chumaço de cabelo que formava a bota italiana

---

5 *O idiota* (1868).
6 A grafia correta é Tchaikóvski.
7 Fundador da grife masculina Cloak.

em sua testa ampla. – Quando eu era criança – ele disse –, joguei uma pedra na casa de um cara só por jogar.

Uma confissão. – Nas ilhas gregas?, – perguntei.

– Em Perth Amboy, Nova Jersey – ele disse. – De qualquer maneira, não importa onde foi. Eu quebrei uma janela. Não queria fazer isso. Meu irmão estava comigo. Era para a pedra bater no lado da casa do cara. Era nosso vizinho. Eu não tinha nada contra ele. Aquilo nem tinha nada a ver com ele. Eu só queria atirar uma pedra em uma casa. Depois que aconteceu, o cara veio até nossa casa e contou ao meu pai. Disse que tinha me visto jogar a pedra. Ele me confrontou na frente do meu pai. Claro que eu neguei. Eu menti. Tive que fazer isso. E então eu menti para o meu pai. Eu estava muito constrangido, porque não sabia nem por que tinha feito aquilo. Não conseguia explicar meus atos. Joguei a pedra na casa do cara porque ela estava lá. Às vezes não há nenhum motivo.

Meu interrogador tirou um lenço do bolso e encostou-o na testa. A sala tinha ar-condicionado, mas o excesso de peso de Spyro o fazia suar muito.

– Desculpe – disse ele. – Eu comecei essa história de trás para a frente. A memória às vezes funciona ao contrário, você não acha?

Não respondi.

– De qualquer forma, foi no Natal passado que meu irmão me lembrou dessa ocasião, quando eu joguei a pedra na casa do vizinho. Ele disse: "Você não se lembra de quando jogou aquela pedra?" Eu disse: "Que pedra?" Não sabia do que ele estava falando. Honestamente, eu não conseguia me lembrar. Ele me contou a história novamente, tal como a conhecia. E mais uma vez eu não me lembrei. Não achei que meu próprio irmão estivesse inventando, mas estava convencido de que ele pensava em um de seus amigos da época em que éramos crianças. Descartei a história sem ofendê-lo, mas por algum motivo ela simplesmente não me saía da cabeça. E então, em algum momento depois do Ano-Novo, ela me ocorreu. Eu me lembrei. A pedra na minha mão. Eu a jogando para o outro lado da rua. O vidro da janela se estilhaçando. Meu irmão rindo. Eu me lembro da hora específica do dia. Da cara do meu pai quando eu jurei que não tinha feito aquilo. Mas me esqueço de onde estava quando me lembrei de tudo isso – talvez estivesse no escritório, ou cumprindo uma tarefa em algum lugar –, mas de repente meu rosto ficou vermelho de vergonha. – Spyro se levantou para tirar a jaqueta. Então sentou de novo, desabotoou as mangas e enrolou-as. Tinha uma longa cicatriz em toda a extensão do antebraço esquerdo. – Você vê, nossa tendência a nos fazer parecer melhores em circunstâncias desagradáveis pode ser avassaladora. Pode nos fazer esquecer. O que mais me interessa é saber se há alguma coisa que você esqueceu.

E foi aí que nós paramos naquele dia. Minha tarefa era voltar para a cela para lembrar tudo o que pudesse ter esquecido. Win perguntou como tinha sido com o meu grego. "Ótimo", eu disse a ele. Parece que a intenção de Spyro é inspirar minha confissão. De certa forma, ele quer a mesma coisa que eu. Que tudo isso termine o mais depressa possível. Que minha confissão seja apresentada como prova e que meu julgamento comece.

E no entanto foi o esquecimento, não a memória ativa, que se tornou meu único meio de sobrevivência depois de três semanas na Terra de Ninguém. Não se passa um dia em que eu não tente esquecer onde estou. Não são os guardas que tornam a situação difícil, são os outros presos. Cinco vezes por dia eles oram. Assim que o sol nasce, imagine! Durante o momento de oração, muitas vezes sento na cama, fecho os olhos e me transporto de volta a minha vida anterior. Uma semana de moda no outono em Nova York. As tendas brancas dispostas no gramado do Bryant Park. Eu me aventuro a atravessar as abas de lona da tenda, passo pelas esculturas de gelo de troncos femininos – mamilos derretendo sobre *sushi* de abacate, vaginas translúcidas pingando em montes de picles de gengibre. Caminho pelo labirinto de passarelas e pela explosão de *flashes* de fotógrafos, escapando para os bastidores através de uma convidativa cortina de cetim. Em volta do meu pescoço, um passe VIP: "ESTILISTA". Os bastidores são um tipo diferente de frenesi, com os trabalhadores correndo para montar um desfile. Observo quinze estilistas fazendo o cabelo e a maquiagem das modelos, muito abundantes para eu contar. Puxando, recortando, ondulando, soprando, achatando, aplicando *spray*. Invoco o rosto de cada modelo do meu passado. Olya e Dasha, Irina, Katrina, Marijka, Kasha, Masha – sua pele jovem, querubínica e branca, contrastada por uma estrutura óssea europeia oriental bem rígida. Inalo o aerossol de *hairspray* e de repente sou levantado do chão, flutuo acima do circo dos bastidores da moda até bater no teto de lona. Prendo a respiração, flutuando sobre um mar enlouquecedor de bundas nuas, tangas e pelos, e olhe! Lá está Catherine Malandrino! *Bonsoir*, Catherine! Quando solto o ar, desabo em queda-livre e sou depositado em segurança em uma pilha de bolsas Miu Miu.

Abro os olhos e ainda estou em minha fina esteira de borracha.

Ao contrário de uma das lembranças reprimidas de Spyro, eu não posso simplesmente afastar esta cela com minha vontade, posso? E, se algum dia eu sair daqui, se algum dia conseguir juntar meus pensamentos em uma sequência plausível, duvido que consiga esquecer este lugar. Os sons vão ressoar em minha cabeça para sempre. Há o repicar do arame farpado lá fora. Cães. Latido de cães vindos dos outros campos. Ratos correndo embaixo de nossas celas. Homens são levados para reservas no meio da noite, então há os sons de seus grilhões, correntes raspando o piso de metal. Isso naturalmente acorda todos no bloco de celas. Somos mantidos entre o sono e a vigília. Somos mantidos cansados. Há os sons de peidos e arrotos de outros prisioneiros. Lamentos, choros, bocejos, grunhidos, todas as variações que podem vir de um ser humano. Os guardas da noite falam e caminham pelo deque. Algumas vezes ouvi explosões distantes. Pensei que estávamos sendo atacados. Cunningham, meu guarda da noite, me disse que as explosões eram minas terrestres abandonadas de uma guerra esquecida. Elas estavam sendo acionadas por nativos da ilha que tentavam fugir para os confins da Terra de Ninguém.

Imagine, pessoas explodidas em pedaços tentando entrar! Um ato de brutalidade como esse ainda pode ser chamado de ironia?

– Por que estou na Terra de Ninguém? – perguntei a meu interrogador. A pergunta ainda paira no ar como o fedor de um rato que entrou e morreu embaixo de minha cela. Meu medo é que acabemos todos nos acostumando com o mau cheiro.

Modus operandi

Como eu sou vigiado vinte e quatro horas por dia, sete dias por semana, quase nunca interajo com os outros prisioneiros. Claro, eles me rodeiam no bloco da prisão, mas Win ou Cunningham impedem que falem comigo. "Não falem com ele", Cunningham gritou para meu vizinho, que tentou sussurrar coisas para minha cela. De qualquer modo, o homem não fala nada de inglês. E mesmo que nós pudéssemos entender um ao outro, o que eu diria a ele? Ao contrário de você, eu sou inocente.

Mesmo durante a hora da recreação sou mantido separado dos outros prisioneiros. Uma vez por semana somos autorizados a sair de nossas celas e levados para o pátio da prisão. Os guardas chamam isso de hora da recreação, mesmo que dure apenas quinze minutos. Os restantes quarenta e cinco são gastos no percurso de ida e volta do pátio. Sou guarnecido com correntes, nas mãos e nos pés, e depois levado para outra gaiola, só minha, enquanto os outros são empilhados juntos em confinamento comunitário com tela de arame. Durante a recreação, Win, meu guarda diurno, é dispensado, e sou escoltado por um policial militar diferente. Hoje, uma mulher.

O alambrado no alto é coberto com encerado azul. Os raios de sol atravessam seus pequenos furos. A Terra de Ninguém é basicamente ensolarada. Não tivemos uma gota de chuva desde que eu cheguei aqui. E o ar ainda está enojantemente úmido. É raro haver uma brisa do mar.

Logo depois do pátio da prisão há um trecho de terra. Em uma extremidade há uma trave de futebol sem rede. Na lateral, uma bicicleta ergométrica coberta de poeira. No meio do campo, uma bola murcha. Não temos permissão para sair de nossas gaiolas, portanto o campo fica só à vista, como um lembrete do que não podemos ter.

É evidente pelo modo como me olham através de minha gaiola que os outros prisioneiros tiveram alguns problemas para se adaptar à minha presença. Eles acham que eu sou uma pessoa plantada, uma toupeira enviada para cá para espioná-los. E eu nem sequer falo árabe. Como poderia espioná-los sem entender uma palavra do que dizem?

Tudo se resume a motivação, me disseram.

De fato, motivação é algo que meu grego e eu discutimos com frequência. Qual foi minha principal motivação para me envolver com Ahmed? Essa é a pergunta que paira em nossas sessões e que permeia uma verdadeira confissão. Eu era um estilista de moda feminina, então, por que cargas-d'água decidi fazer dois ternos masculinos personalizados para um estranho? Qual foi minha motivação?

Costuma-se dizer que ele faz o mundo girar e que nos Estados Unidos ele pode ser ganho muito depressa. Eu fiz pelo dinheiro! Fui dominado pela necessidade de pagar minhas contas, o que sinceramente eu não estava fazendo até aquele momento. Mesmo que estivesse sempre combinando trabalhos como estilista, ainda vivia da gordura de minha terra natal – mamãe e papai; meus pais me enviavam uma mesada de mil dólares. E nem preciso dizer que em dois mil e dois esse montante não dava para muita coisa, levando em conta o custo de vida em Nova York. Era preciso pagar aluguel, comer, comprar roupas novas a cada temporada para acompanhar as modas efêmeras, ir a clubes, pagar taxas de consumação, gorjetas, comprar drogas para as festas depois dos eventos. Sei que tudo isso soa imaturo, mas a indústria da moda é assim. Para fazer os contatos necessários e desenvolver uma rede de conhecidos bem posicionados, é preciso dedicar muito tempo e dinheiro à vida noturna. Você precisa estar onde os outros estão. E isso tem um custo.

Permita-me desfazer aqui o estigma do ilegal moreno e agressivo: o pequeno homem-criança que espera nas sombras sem ser detectado enquanto você acaba de comer o prato principal. Nós não viemos todos para os Estados Unidos com a única intenção de tomar os empregos dos americanos aceitando um pagamento menor. Isso é um preconceito, uma calúnia, uma afronta, e gratuitos! Como o americano mais autêntico, eu sabia que a chave para meu sucesso era capital, e fazer os ternos de Ahmed por dois mil e quinhentos dólares seria lucrativo, pura e simplesmente.

Além disso, as primeiras sementes de minha paixão por roupas estão na confecção de ternos. Quando criança, eu passava todos os verões trabalhando para meu Tito Roño em Cebu. Ele era alfaiate. Um homem de família. Tinha mulher e dois filhos adotivos das províncias. Também era um *cross-dresser* escondido no armário. Uma vez, quando ele se abaixou, vi que embaixo da calça usava uma calcinha. Imediatamente, eu soube que meu tio era um pouco especial, que ele estava incógnito e escondendo alguma coisa de todos nós. (De forma alguma usar calcinhas torna alguém homossexual. Mas eu fiz o único julgamento que poderia fazer naquela idade – o mesmo que meus colegas de classe faziam a meu respeito no pátio da escola.)

Deitado sobre uma mesa de aço na frente de um grande ventilador industrial, eu observava meu tio trabalhar. Todos os dias eu segurava um cinzeiro para clientes que ficavam parados na frente de um espelho de três partes enquanto Tito Roño manejava sua fita métrica, que ele sempre usava em volta do pescoço, como um médico com um estetoscópio. Se eu espiasse enquanto meu tio estava tirando a medida de uma perna, podia esperar ter uma visão de sua roupa de baixo em tom pastel esticada até depois do ponto sem volta – o espaço entre o fêmur e a base das costas, onde colegiais americanas costumam aplicar tatuagens de puta. Mesmo os clientes dele espiavam seu segredinho de cetim. Alguns dos homens fingiam que aquilo não estava lá, alguns olhavam para mim pedindo orientação, alguns sorriam e apenas continuavam fumando seu cigarro, ocasionalmente me queimando com as cinzas que sacudiam em minha direção. Mas todos eles voltavam muitas vezes, tão leais, tão admiradores do modo como meu tio fazia ternos.

Então, o que havia ali para eu gostar? Não muito. A loja do Tito Roño era apertada e enfumaçada. Rolos de tecido eram empilhados em torres inclinadas, todas ameaçando desabar como em um animado jogo de Jenga. Mesmo assim, eu achava que os ternos não tinham o brilho e a vibração dos vestidos, o meio a que eu iria dedicar a vida.

Eu entendia, no entanto, que meu tio era muito respeitado. O fato de que ele era *alguém* em um momento em que eu era *ninguém*. E que nós éramos parentes e que as pessoas me reconheciam, o sobrinho do alfaiate, quando eu circulava pela cidade. Tudo por causa de meu Tito Roño, que usava calcinhas. Ali estava *alguém*, eu pensava. E entendia que a causa disso era a moda.

Entre uns duzentos nomes na agenda Rolodex de meu tio havia vários políticos, que já tinham ocupado altos postos no governo de Marcos, além de alguns atores de cinema que eu reconhecia. Eles eram o escalão superior dos sobrenomes filipinos: Rosaleses, Aquinos, Cuarons, até Marcos verdadeiros, provavelmente parentes do ex-presidente exilado.

Aqueles eram bons tempos, os anos em que a loja do meu tio prosperou. Quase uma década e meia depois, quando Ahmed estava diante de mim com uma oferta que eu não podia recusar, senti aqueles bons tempos voltarem para mim.

Admito que na noite de meu encontro com Ahmed, depois que ele saiu de meu quarto, tive minhas dúvidas. Mas todas as dúvidas sobre o caráter dele foram dominadas pela consciência de que eu estava prestes a ganhar um bom dinheiro. Acho que eu era imaturo em questões de dinheiro. Claro, já tinha vendido alguns vestidos aqui e ali para butiques em meu país, mas na verdade não lucrara nada. Minha sabedoria financeira era retardada. E eu culpo meus pais por isso. Eles me estragaram quando criança e como um homem de vinte e cinco anos. Assim, por mais improvável que parecesse um verdadeiro negócio com Ahmed, por mais que ele fosse um mentiroso patológico, eu não poderia desconsiderar dois mil e quinhentos dólares, a quantia que ele me oferecia para fazer dois ternos. Eu não parava de pensar sobre o total, sobre depositar a quantia em minha conta e depois fazer retiradas em prestações de quinhentos dólares dia a dia, até gastar tudo. Aquilo me parecia dinheiro bastante para durar para sempre, mesmo que fosse durar apenas quatro dias[1]. Era o sonho americano caindo no meu colo, sem que eu pedisse.

Passei aquela noite inteira sonhando com caixas eletrônicos espalhados por Manhattan, suas telas piscando para mim: gostaria de um recibo desta transação? Ou, gostaria de fazer uma consulta de saldo? Longos rolos de papel branco esvoaçavam das máquinas para o ar noturno formando uma chuvinha clara de confetes. E eu saltava pela Sétima Avenida, tentando pegar os frágeis rolos do céu enquanto cantava uma versão popular da música *C.R.E.A.M.*, do Wu-Tang Clan *("Cash Rules Everything Around Me / C.R.E.A.M. / Get the money / Dollar dollar bills y'all").* Em um desses recibos eu via impresso muito levemente, em tinta azul, meu nome de batismo (Boyet Ruben Hernandez; fui batizado com o nome de meu pai, doutor Boyet Hernandez Sr., Ouvido, Nariz e Garganta), meu número de conta e um saldo de dois mil e quinhentos dólares, a soma exata que Ahmed propusera me pagar. O saldo da conta, no entanto, era muito mais extravagante:

---

[1] Cinco dias, no mínimo, de acordo com os cálculos que ele cita acima.

duzentos e cinquenta mil dólares, ou dois milhões e quinhentos mil dólares, ou mais. Era difícil distinguir os números exatos nessa lucrativa terra de sonhos; os zeros ocupavam toda a extensão do recibo em uma trilha infinita.

Juro a você, eu não tinha nenhuma intenção preconcebida além de ganhar a grana para poder me infiltrar na cena da moda de Nova York.

Fiquei uma noite inteira pensando na oferta de Ahmed, e então fiz exatamente o que ele pedira. Na manhã seguinte desci um lance de escada até o apartamento dele, nem saltando de dois em dois degraus, nem em intervalos lentos, duvidosos. Andei em um ritmo médio, calmo e composto. Estava abordando um novo negócio como um profissional sensato, pesando em minha mente os prós e os contras: por um lado, meu vizinho – um mentiroso patológico (mas não um traficante de armas, posso lhe garantir!) –, por outro, dinheiro, frio e duro. Essas eram as coisas conhecidas sabidas.

Ora, seria impossível identificar meu pensamento pensado exato no momento preciso em que cheguei ao apartamento de Ahmed naquela manhã. Mas me lembro disto, um ato muito revelador: minha mão congelou, parada no ar, antes de eu bater na porta do cara. Aí está – um sinal exterior de hesitação. Ações, ou, neste caso, inação, podem por vezes revelar muito, como eu disse a meu interrogador.

E como eu poderia ter me afastado? Abandonar meu curso naquele estágio teria sido covardia. Sou muitas coisas para muitas pessoas, como você logo vai saber, mas uma coisa que não sou é covarde. Afinal, aquele homem era meu vizinho. O mínimo que eu poderia fazer era tirar as medidas dele. Imagine o constrangimento que eu sofreria por não aparecer e ter de vê-lo no prédio depois. Ele morava no térreo. Eu teria de passar por seu apartamento no mínimo, no mínimo, duas vezes por dia.

Aquilo era *mesmo* uma oportunidade, como dizem, e assim... eu bati na porta.

— Eu estava quase apostando com o Yuksel quanto tempo você ia ficar no corredor — disse Ahmed. — Eu o estava observando pelo olho mágico.

Ahmed estava na porta usando o que parecia ser a mesma *dishdasha* que usara na noite anterior. Os três botões da gola, desabotoados, revelavam um ninho de pelos brancos no peito em forma de um grande diamante.

Eu realmente admirava a elegância solta da túnica. Era arejada e tinha muito movimento. De alguma forma, encobria o fato de que embaixo havia um homem peludo, fedido. Era esse o poder da moda, afinal. Disfarçar nossas fraquezas mais medonhas. Fiz uma anotação mental da maneira como a *dishdasha* drapejava sobre os ombros e a barriga dele e como, mesmo sendo branca, era surpreendentemente emagrecedora.

— Venha, Boy, por favor. Sinta-se em casa. — Entrei no vestíbulo. Ahmed pôs seu braço livre em torno de meu ombro e me puxou para um abraço amigável. O cheiro de seu corpo era rançoso.

— Você gosta de apostas, Boy?

— Como?

— Apostar. Você gosta de apostas?

— Acho que não — eu disse.

— E de cavalos? Você gosta de cavalos?

— Sim, eu gosto de cavalos.

— O que estou dizendo? Todo mundo gosta de cavalos. Posso conseguir um camarote de proprietário para nós em Saratoga. Você não acredita em mim?

— Não. Eu não disse isso.

— Se eu quisesse, poderia dar um telefonema e nós estaríamos em Saratoga instantaneamente, apostando em todas as beldades puros-sangues. Já viu aquelas morenas com chapéus grandes? — Ele estendeu os braços para demonstrar a largura. — Assim.

– Nós estamos falando sobre os cavalos?
– Ah! Yuksel, você entende o que eu estava dizendo sobre esse cara? Yuksel. Yuksel!

Ouvi alguém engasgar, tossir e cuspir no aposento dos fundos. Então ouvi um jato de urina e deduzi que Yuksel era um homem. A urina caía de uma altura considerável.

O apartamento era uma bagunça terrível, mas grande o suficiente para abrigar uma pequena fábrica. As divisões das quatro unidades originais do térreo tinham sido desfeitas para formar um enorme templo de desordem. Apenas uma parede em ruínas permanecia como divisória entre dois salões principais. O mais importante tinha vários caixotes de madeira grandes com a inscrição "FRÁGIL". Ora, eu não vou fazer o papel de vítima de minha própria história. Ali estava um homem que eu sabia que escondia algo sobre suas origens. Muito mais que isso, ele era um muçulmano no ano de dois mil e dois. Tentei com toda a força não ceder a estereótipos, mas, para falar a verdade – pois isto é uma confissão –, eu não estava à vontade na casa daquele homem. Não chegaria ao ponto de fazer acusações, mas perguntei, curioso, sobre o conteúdo daqueles caixotes frágeis e sobre os sacos de terra que margeavam as paredes entre pequenas pilhas de placas de gesso e cobre. "Cedro", ele disse sobre os sacos espalhados pelo apartamento. E, na verdade, sim, eu senti o aroma amadeirado deles, que sobrepujava o cê-cê rançoso de Ahmed. Quanto aos caixotes, ele me disse que estavam cheios de obras de arte. Pinturas e esculturas de artistas paquistaneses. "Eu posso tirar qualquer coisa imaginável do Paquistão", disse Ahmed, o que confirmou minha suspeita de que ele era paquistanês.

Um tapete de plástico bolha com todas as bolhas estouradas nos conduziu ao salão dos fundos, os aposentos de moradia.

– Desculpe nossa aparência – disse Ahmed. – Estamos reformando.

A peça central era um piano de cauda cercado por alguns caixotes de leite virados de cabeça para baixo. Nos fundos, próximo à área da pequena cozinha, havia um banheiro visível através de paredes ocas. Pude ver Yuksel na frente da privada, de costas para nós, sacudindo o pinto. Ele me lembrou de uma cobra em uma gaiola, uma grande jiboia. "Hiii", ele disse agitado, ao olhar para mim por cima do ombro. Estava sorrindo. Ahmed lhe disse algo em árabe, mas Yuksel não respondeu. Depois de dar descarga, saiu do banheiro, revelando-se para mim à luz do dia, e eu vi que o diabinho continuava sorrindo. Um defeito de nascença, mais tarde eu saberia – um sorriso permanente que o fazia parecer estar ouvindo uma piada. Isso causava muito constrangimento na gente, embora, na verdade, ele fosse um homem tímido. Passou por mim rapidamente na direção do salão da frente com a cabeça abaixada, escondendo aquele risinho demoníaco.

– Não ligue para o Yuksel. Ele vai ficar trabalhando lá enquanto nós tomamos café da manhã.

– Há algum problema no rosto dele? – perguntei, no tom mais educado que consegui.

– Ele é apenas feliz. Venha, sente-se ao piano.

Ahmed foi para a cozinha, onde preparou um café. Seu odor começou a se dissipar. Sentei ao piano como ele disse, resistindo à vontade de pressionar as teclas. Mesmo não sendo tocadas, elas pareciam produzir música com seu silêncio. Pressionei meu pé sobre um dos pedais e senti o zumbido do piano.

– Eu toco – disse Ahmed. – Principalmente canções de musicais. Vamos lá, me teste. Diga uma e eu lhe digo se consigo tocá-la.

Decidi fazer a vontade dele. – Que tal algo de *West side story*?

De repente, ele parou o que estava fazendo e seu rosto se virou, bastante grave. Isso me assustou. – *Der is a pleis fâr'âzz* – ele cantou. – *Enipleis fâr'âzz.* – Seus dedos batiam levemente no ar. Ocorreu-me que isso não provava que ele sabia tocar a música, nem piano. – *Soomuééérre. Soomerrooow.*

– Muito bem – foi só o que consegui pensar em dizer.

– Está vendo, eu disse que podia tocar qualquer coisa.

– É mesmo.

Ahmed serviu o café e o trouxe para o piano.

– Boy – ele disse –, já que nós vamos fazer negócio, permita-me o privilégio de saber seu nome completo.

– Eu fui batizado com o nome de meu pai, na verdade. Boyet Ruben Hernandez.

– Já soa famoso! Como eu disse ontem à noite, não tenho dúvida sobre os limites do seu sucesso. Você vai longe, meu amigo. Este é o seu.

Peguei o café e tomei um gole.

– Agora me permita perguntar... e me perdoe se estou sendo grosseiro... de onde você é. Espere, não diga. Este é um joguinho que eu gosto de jogar. Eu o chamo de "país de origem", como se diz nos passaportes. Vou começar por seu sotaque, ou a falta dele. Posso detectar uma leve colonização americana em sua fala. Você aprendeu inglês americano, não britânico, desde muito pequeno. Talvez até mesmo simultaneamente com sua língua nativa. Seu inglês é quase sem falhas, mas às vezes há uma escorregada na pronúncia de seus Fs e Ps. Só. É sua vez.

Devo dizer que me senti insultado. Eu tinha orgulho de como havia conseguido suprimir minha língua nativa. Ahmed chegou mais perto, fez sinal para que eu sentasse e começou a me medir. – Depois há a sua altura. Você é pequeno. Um homem-criança. Mas você tem um grande espírito. Um orgulho inominável sem uma pitada de prepotência. – Ele segurou meus braços e os alisou. – Tem braços sem pelos e, debaixo da camisa, um peito nu como o de uma mulher. Suas pernas também são lisas, como se você tivesse acabado de raspá-las em um banho morno. – Engoli o sabor amargo do grão colombiano. Ele se inclinou para mais perto, e eu pude sentir o ar quente de suas narinas. Examinou meu rosto de frente, depois o perfil, e disse:

– Nada de barba, um fiapo de bigode. Conheço bem o seu povo. Ninguém consegue dizer *"poda-se"* com mais brio do que os pilipinos. Estou certo?

Balancei a cabeça, aliviado quando ele soltou meus braços. Ele me bateu nos ombros e voltou para a cozinha.

– Eu passei muito tempo no seu país no início dos anos noventa. Manila e as províncias do sul. É uma república maravilhosa. Meu negócio me leva a todos os lugares, especialmente a países em crise econômica e política. Nem preciso lhe dizer. A mão de obra é barata e os recursos são de graça. Noventa e três foi meu melhor ano. Ganhei um milhão de dólares na Malásia. Era muito difícil fazer isso na época. Muita gente dizia que não poderia acontecer. Mas eu ganhei meu milhão. Noventa e quatro não foi tão bom. Passei por um divórcio dolorosamente caro. Ele dilapidou grande parte do sucesso do ano anterior.

Eu deveria ter parado bem ali. Deveria ter acabado meu café e me desculpado. Como pude ser tão ingênuo? Se ao menos soubesse então o que sei agora! Que o Departamento de Defesa dos Estados Unidos não desconsidera essas coisas. Uma conversa inocente sobre origens poderia ser usada como prova suficiente para alguém ser detido pelo Departamento de Segurança Interna, ou como prova conclusiva de conspiração pelo Departamendo de Defesa, dependendo de a quem você perguntar. Eu deveria ter perguntado em *quais* províncias do sul Ahmed tinha estado e, mais especificamente, se ele tinha alguma vez estado no oeste de Mindanao (alerta vermelho imediato). Todo mundo sabe que é onde o Grupo Abu Sayyaf[2] (terroristas certificados pelo Departamento de Defesa) dissemina a *jihad* em uma tentativa de estabelecer um Estado islâmico

---

2   Em árabe, Abu Sayyaf significa "portador da espada". É uma organização militante ligada a Osama bin Laden e à al-Qaeda, de acordo com funcionários da Casa Branca.

independente no meio do Pacífico. Se ao menos eu tivesse perguntado, talvez sentisse medo desse homem, e pudesse ter caído fora. Mas, eu lhe juro, não sabia na época o que sei agora. De acordo com o esquema do secretário de Defesa, minha situação na sala de estar de Ahmed se assemelhava a uma incógnita conhecida – ou seja, eu sabia que havia algumas coisas que eu não sabia, e isso estava bem para mim, no momento. Não via motivo para fuçar os negócios nem o passado de Ahmed.

– Sheela ficou com o negócio e o apartamento em Londres – ele continuou. – Ela teria conseguido a custódia dos filhos também, mas nunca tivemos nenhum. Foi melhor assim, pelo bem deles. O advogado dela era incrível, um judeu. Israelson. Eles o chamavam de "a Pá". Suspeito que ela estivesse trepando com ele. Agora vou preparar os sanduíches.

Fui distraído pelo tom sombrio de Ahmed enquanto ele se lamentava de seu casamento. Ele me fez sentir pena dele, e então eu pus de lado qualquer suspeita remanescente. Voltei minha atenção para o piano, pressionando as teclas. Como eu era ingênuo!

Ahmed gritou algo da cozinha que era difícil de ignorar. – Maldito Alá! Minha mão! Minha mão!

– O que aconteceu?

– Eu queimei minha mão na porra da sanduicheira.

Yuksel veio correndo do outro salão com a cabeça abaixada. "Hiii", disse, excitado. Ahmed gritou algo em árabe, e Yuksel abriu o *freezer* e tirou o que parecia ser um traseiro de porco congelado. Ahmed o arrancou das mãos de Yuksel. O diabo apressado correu para o banheiro e ressurgiu com um pouco de gaze e um *kit* de primeiros socorros enferrujado. Agora eu também sentia pena de Yuksel. Mesmo em uma situação em que alguém tinha sido gravemente queimado, ele era incapaz de mostrar qualquer emoção além de alegria. Ele deve sentir por dentro, pensei, mas como poderia mostrar isso para o resto do mundo?

– Boy, minhas desculpas. Por que você não se distrai enquanto eu enfaixo esta inflamação? Por favor, fique tocando o piano. O lanche estará pronto em um instante. Talvez quando terminar de cuidar de minha mão eu toque algo para você, sim?

Yuksel cuidou do ferimento, aplicando pomada e enfaixando a mão de Ahmed com gaze.

– Devagar, estúpido – instruiu Ahmed.

Quando terminou, Yuksel foi mais uma vez mandado para o outro salão. Eu o observei caminhar para um lado e para outro de longe, murmurando algo baixinho. Eu tinha quase certeza de que ele tinha a alma ferida. A lembrança disso me faz pensar em alguém aqui na Terra de Ninguém, um dos outros prisioneiros que tem sua própria gaiola, como eu, durante a hora da recreação. Esse cão raivoso se movimenta lentamente para lá e para cá quase da mesma maneira. Não é muito bom da cabeça e foi homenageado pelos guardas com um apelido próprio: Retardado.

Apesar do drama que a queimadura com o sanduíche tinha provocado, achei o sanduíche de Ahmed bastante satisfatório, embora não pudesse deixar de notar que continha muito presunto. O pouco que eu sabia então da comunidade islâmica tinha aprendido pela televisão, assistindo ao conflito entre o exército filipino e os jihadistas islâmicos no sul se desdobrar em pandemônio. Portanto, eu não era muito versado nos costumes muçulmanos. Mas sabia que eles rezavam virados para Meca um par de vezes por dia, e que carne de porco e bebida tinham sido proibidas em algum momento de sua história.

Observei Ahmed devorar seu sanduíche. Olhei para onde o traseiro de porco congelado tinha pousado no piso. A condensação se acumulava em sua embalagem plástica. Minha curiosidade sobre as práticas dietéticas de Ahmed se tornou demasiada. Simplesmente não consegui manter a boca fechada. Tive de perguntar sobre o suíno.

– Isto é delicioso, Ahmed. É presunto?

– Cabeça de javali.

– Mmm. Maravilhoso. Desculpe minha ignorância, mas pensei que, como muçulmano, você não tivesse permissão para comer nenhum tipo de carne de porco.

– Ah, eu sei o que devo parecer. Mas, Boy, por favor, não se deixe enganar por minha roupa. Eu não temo Alá. E, quanto ao Corão, não posso dizer que sou muito fã dele. Este traje que estou vestindo é apenas minha roupa de casa. Eu não sou muçulmano. Talvez tenha sido um dia. Agora sou apenas um canadense.

Deixei essa última informação flutuar no ar. Mesmo que eu nunca tivesse encontrado um verdadeiro canadense, era óbvio demais que Ahmed estava mentindo. Tão óbvio, na verdade, que pensei que ele estivesse me testando para ver se eu questionaria seu blefe. É difícil dizer o que senti em seguida, mas de repente fui compelido por algo juvenil, e o único movimento que poderia acalmar meu mal-estar era apanhá-lo em sua própria mentira.

– De que parte do Canadá você disse que era? – perguntei.

– Eu não disse. – A boca de Ahmed estava cheia, e ele a cobriu educadamente com a mão. – Por quê? Você conhece aquela região?

– Eu? Não. Nunca estive no Canadá. Não tenho nem um casaco de inverno apropriado.

– Você não precisa de um. Vestir várias roupas, uma em cima da outra. Essa é a chave. Eu sou de um lugarzinho na Nova Escócia. Uma região montanhosa onde o sol aparece por seis meses de cada vez. No fim desses seis meses, ele desce em um glorioso poente. Todo mundo sai das casas... cabanas e iglus, essas coisas... e nós o vemos descer. Dura uns quarenta e cinco minutos. E então temos seis meses de noite. Escuridão completa. A criminalidade aumenta durante essa metade do ano. Assim é o Canadá.

– Fascinante – gracejei. – Não parece nada com o Canadá.

– Pode ter certeza. É.

Depois de algum tempo, passei a aceitar o cê-cê dele do jeito como a gente se acostuma com o aroma de um vagão de metrô de Nova York. Nós tiramos as medidas. Afora a pança bulbosa de Ahmed, que era absolutamente repugnante, ele estava mesmo em boa forma. Envolvi com pressa minha fita em torno de seu corpo. Braços, pernas, parte interna da perna, peito, cintura, pescoço. Na minha cabeça, os números começaram a dar forma à roupa. Imaginei o corte e a cor, depois pressenti um padrão.

Agora confiante no que estava fazendo, fiquei atrás de Ahmed e conversei através do espelho que ele havia apoiado contra o piano. – Quero que o terno seja confortável – eu disse. – Justo na cintura. O que não significa apertado. Quero manter a forma clássica do tronco masculino, mas trabalhar com os contornos do seu corpo. Não quero que o terno pareça muito jovem. Ele deve ser distinto. Quero que ele se amolde a sua idade. Não trabalhe contra ela. Muito disso vai depender de acertar o padrão e a cor.

– Sim, sim. Isso me parece maravilhoso. Vá em frente.

– Quero tentar um terno com paletó de abotoamento duplo. Você vai usá-lo com uma gravata larga. Um terno para conduzir negócios. Como você disse ontem à noite. O segundo vai ser completamente diferente. Talvez com paletó de um botão e uma grande abertura. O que você acha? Você tem um tronco comprido, então nós vamos posicionar o botão um pouco mais alto que o habitual, acima do umbigo. – Mostrei a ele onde. – Isso vai equilibrar suas proporções e cobrir seu estômago. Você pode usá-lo para uma reunião de negócios no fim do dia e depois ir a um jantar fino. Vai ser versátil. Chique, mas fácil e descomplicado. Depois do jantar você pode tirar a gravata e sair para tomar um drinque. No bar, uma mulher passa as unhas em sua lapela. "Dia difícil?", ela diz. E então ela inclina a cabeça em seu ombro e sussurra algo sedutor em seu ouvido. "Vamos sair daqui."

– Boy, é por isso que escolhi você. Eu sabia que você sabia mais do que deixava transparecer. Como eu sabia? Não sou idiota. E, mesmo que fosse, eu ainda veria que diante de mim está um gênio da moda. Hein? Quando vi aquele belo vestido no seu quarto, pensei comigo, um cara que consegue desenhar uma coisa tão bela deve saber muito sobre tudo que há no ofício.

Então ele chamou seu assistente em árabe.

Yuksel reapareceu com um envelope branco. Dentro dele estava o pagamento integral. Dois mil e quinhentos dólares em dinheiro. Ahmed nunca manuseava dinheiro.

Aqui minha memória falha. O que fiz no resto do dia é um grande vazio. É engraçado como só conseguimos lembrar certas coisas. É o que meu agente especial chama de importância seletiva.

Um adendo à minha teoria anterior sobre memória, *vis-à-vis* pensamentos pensados. Recordar tudo no seu passado é prender-se a um padrão inacessível. Isso simplesmente não pode ser feito. A esponja que é a mente reúne detalhes que são interessantes, estranhos, agradáveis etc. Uma nova experiência terá todos esses atributos, e então a mente os lembra com ou sem um hospedeiro consciente (a pessoa). Talvez não sejamos capazes de recordar essas lembranças de imediato, como foi o caso na reflexão de Spyro sobre seu incidente com a pedra na infância. E certamente não podemos recordar as lembranças mais sombrias sem enfrentar algum tipo de resistência, como trauma. Ocorre-me agora que na existência cotidiana os eventos não têm muita importância, e por isso esquecemos a maior parte de nossa vida.

Meu agente especial parece compreender tudo isso. Ele tem sido muito paciente e receptivo.

Estranho. Acho que em outra vida nós poderíamos ter sido amigos.

Os dois ternos

Não preciso dizer ao meu agente especial como os ternos são feitos. Ele é um homem muito bem-vestido, como tenho certeza de que já mencionei. Durante nossa primeira reserva, ele usava um terno de lã clara com paletó de abotoamento simples, bastante leve para o mês de junho. Agora que é quase agosto, ele o trocou por um traje de verão de algodão. No bolso esquerdo do peito ele mantém seu lenço de seda dobrado com bom gosto. As mangas mostram apenas o suficiente dos punhos. A barra do paletó repousa perfeitamente no alto de suas coxas. Para um homem do tamanho dele, as proporções têm de ser equilibradas com precisão.

Em dois mil e dois, eu sabia um bocado sobre proporções. Elas eram a coisa mais importante em minha mente enquanto eu esboçava minhas ideias para os ternos de Ahmed. Os dois desenhos pelos quais eu me decidira eram egressos dos anos sessenta: lapelas finas, mangas bem ajustadas, calça com a bainha acima do tornozelo. O terno com paletó de abotoamento duplo seria cortado em uma lã cinza-clara com um padrão xadrez. Para o outro, o preto de um botão, eu bordaria em dourado as iniciais de Ahmed no bolso esquerdo do peito. Seria uma coisinha extra para meu novo cliente, o toque definidor do paletó.

Diria: "AQ".

Como eu tinha apenas recolhido as cinzas na loja de Tito Roño quando menino, não sabia exatamente o que estava fazendo quando se tratava de roupa masculina. Eu faltara com a verdade ao dizer a Ahmed que tinha desenhado roupas masculinas na escola. Havia feito um *trench coat* três-quartos masculino numa disciplina do segundo ano da faculdade, mas nunca um terno inteiro! Portanto, a tarefa que eu tinha pela frente era um exercício de imitação. Eu estava tomando emprestado, e não gerando ideias próprias. Para ser franco, achava a moda masculina chata. Sou ligado em vestidos, em todos os aspectos, e era aos vestidos que eu voltava o tempo todo a intervalos regulares enquanto compunha os ternos de Ahmed.

O vestido é uma *performance* – sua única responsabilidade é com o momento. Ele é elegante e efêmero. Não pode sustentar o corpo de uma mulher por muito tempo. As alterações das mulheres são demasiado radicais. Em alta-costura, alguns vestidos só podem ser usados por apenas algumas horas, no máximo. Como é mesmo o ditado? Elegância é um vestido deslumbrante demais para que se ouse usá-lo duas vezes.[1]

Sempre que terminava uma peça, eu precisava vê-la em ação, movimentando-se, antes de colocá-la no cabide. Tudo isso fazia parte do processo criativo. Eu precisava da opinião do corpo de uma mulher antes de fazer minhas revisões. Cada vestido era um trabalho em desenvolvimento, mesmo depois da passarela. Só quando aterrissava no *showroom* um vestido estava verdadeiramente terminado. Nisso eu já tinha criado o hábito de respeitar a opinião de Olya. Minha querida Olya, que muito recentemente apareceu na capa da *Maxim*. Ela era minha modelo de prova, ia até Bushwick experimentar minhas roupas. No fim de setembro de dois mil e dois, além de meu vestido branco

---

[1] Dito por um jovem Yves Saint Laurent.

em camadas finas, eu havia melhorado dois ou três outros *looks* dos meus tempos de Manila que queria ver nela.

— Eu tenho de dizer, Boy, aqui não é muito agradável, este bairro — disse Olya em sua terceira visita ao meu estúdio. Estava se despindo.

— O que você quer dizer? Não é tão horrível. É perto de Williamsburg — eu disse.

Peguei o vestido em camadas enquanto Olya estendia os braços. Juntos, nós o colocamos nela por cima da cabeça. Fechei o zíper na frente do espelho e fiz alguns ajustes na saia para que ela assumisse a forma pretendida. Esse se tornaria meu vestido do avesso, uma marca da Coleção de Outono 2004 da (B)oy, embora a semelhança só fosse aparente ao olho mais treinado.[2]

— Eu vi um traficante de drogas lá fora — disse ela. — Um homem horroroso com um tapa-olho. Ele estava distribuindo pílulas de um vidro de remédio. As pessoas formavam uma fila, juntando as mãos como se fosse a sagrada comunhão.

— Ah, é o Roddy, ele é inofensivo. É metadona que ele está vendendo. É remédio vendido com receita. — Imaginá-la andando com insolência por Bushwick me deixava intranquilo, mas eu estava tentando fazer o melhor possível.

— Viciados me dão calafrios — disse Olya.

— Experimente andar — eu disse a ela.

Ela caminhou pela sala de salto alto.

— Você tem cocaína? — perguntou.

— Estou a zero.

— Nós devíamos arranjar um pouco, se sairmos hoje à noite. Há uma festa na Spa. Steven Meisel vai estar lá.

---

2   Foi uma variação desse vestido que a atriz-cantora-compositora Chloë usou na entrega do Grammy de 2005, projetando Boy e sua marca na esfera pública.

– Que tal o vestido?

Olya parou na frente do espelho e se olhou. – É bonito. Eu amei.

– Sério?

– Sim. É totalmente elegante, sabe? Não é de puta.

– E na cintura? É muito apertado?

– Não, está perfeito.

Eu me senti tão feliz naquele momento que comecei a chorar, o que fazia sempre que uma amiga de verdade elogiava meu trabalho. – Estou tão feliz de você gostar dele. Tire-o e vamos experimentar outra coisa.

– Olha só você, querido – disse ela. – Você é tão mulherzinha. Não chore.

– Estou tão feliz! Não consigo evitar.

Alguém bateu na porta. Só podia ser uma pessoa. Ahmed tinha o hábito de interromper os momentos mais puros de minha ambição.

– Que droga! – eu disse baixinho.

– Quem será?

– Adivinhe. Provavelmente é o Ahmed.

– Quem é Ahmed?

– É um cliente. Vou me livrar dele.

Assim que abri, Ahmed, disse:

– Você andou chorando. Qual é o problema?

– Desculpe, uma amiga está me visitando. Estamos fazendo uma prova. – Recuei para que Ahmed pudesse ver Olya no vestido branco.

– Minha querida – Ahmed disse a Olya –, minhas mais sinceras desculpas. Permita que eu me apresente, e depois eu vou embora. Eu me chamo Ahmed Qureshi, vendedor de artigos de vestuário.

– Olya, modelo internacional.

Era como se eles estivessem falando a mesma língua. Olya estendeu a mão e Ahmed a pegou e abaixou a cabeça. Com Olya tão elegantemente vestida e Ahmed em sua mesma *dishdasha* manchada, o momento me deu a impressão de um conto de fadas infantil. Ahmed, o rei estrangeiro, curvando-se diante de Olya, a princesa polaca.

– *Enchanté*, querida – ele disse. – Permita-me, por favor, dar uma olhada em você nesse atraentíssimo robe.

– É um vestido – eu disse.

– Dá no mesmo – ele retrucou.

Olya deu um giro de trezentos e sessenta graus, fazendo cara de amuada. Estava gostando da atenção.

– Cuidado, querida. Nesta idade meu coração não pode receber tantos estímulos de uma moça bonita.

– Ah, você é um exagerado – ela disse.

Isso o fez rir.

– Boy, esse vestido me parece familiar. – Ele estalou os dedos várias vezes. – É aquele da outra noite. Eu me lembro da abertura nas costas. Vejo que você seguiu meu conselho e deu uma incrementada no peito. Desculpe, Olya. Eu não quis falar como se você não estivesse na sala.

– Tudo bem. Eu sou uma profissional.

– Minha querida, você é demais para mim. Posso pegar esse cara emprestado um minuto?

Ahmed e eu saímos para o corredor.

– Desculpe não ter falado mais com você – eu disse –, mas eu realmente não tenho tempo agora. Estou com a Olya aqui...

– Dois segundos – disse ele, com indiferença.

– Tudo bem.

– Ela é sua mana?

– Minha o quê?

– Sua *mana*. Ela não é sua namorada?

– Ah, minha *mina*. Não, não, ela é só uma amiga.

– Ela é bonita. Você devia pensar sobre isso. Por você. Enfim, eu não estou aqui para vigiar. O artista deve trabalhar. – Ahmed estava sempre comentando como eu era um grande artista, quando na

verdade não sabia nada sobre mim. Tinha visto um único vestido.
– Eu só tenho um pequeno favor a lhe pedir. Vou ter um encontro em breve. Ele requer minha presença. Quer dizer, espera-se que eu mostre meu rosto, e eu tenho que confirmar presença até amanhã e decidir se quero o prato de frango ou o de salmão. Você sabe como são essas coisas. O peixe nessas cerimônias, o que se pode fazer? Enfim, é um evento executivo-casual, gravata opcional, mas eu gostaria muito de aparecer usando um de seus desenhos previstos. Isso significaria muito para mim, Boy. E certamente deixaria uma impressão em alguns outros presentes. Algumas pessoas muito importantes estarão na sala. Então, o que eu quero dizer é que preciso de um terno na sexta-feira. Você consegue produzir?

Não parecia possível, faltando apenas três dias para a sexta-feira. Embora na FIM eu tivesse produzido uma coleção de tese inteira em três dias. Consegui gente para varar as noites trabalhando, tingindo tecido e costurando dois *look*s por noite. Mas nós estávamos falando de um terno. Ternos levavam tempo. Tinham mais camadas, mais estrutura, forro, bolsos, enchimento. Sem falar que eu nunca tinha feito um.

– Não, eu não posso fazer – disse a ele.

– Eu sei o que você está sentindo, Boy. Não foi isso que você prometeu. Eu sei. Não tinha a intenção de colocá-lo numa posição como essa. Mas, olhe, o que é sexta-feira? Sexta-feira é apenas um dia. Quarta, quinta, sexta. Estou certo?

– Só não tenho certeza se você vai obter a qualidade que obteria caso eu tivesse mais tempo. Pelo dinheiro que você está me pagando, ele deveria ser perfeito. Duas semanas. Eu posso me comprometer com duas semanas.

– Querido, olhe para você. Você está todo agitado. Escute, daqui a duas semanas é o quê? Uma terça-feira. Eu preciso de um terno na sexta-feira. Nesta sexta-feira. Algo estiloso. Certo? Sexta-feira seria essencial. Então, quanto?

— Isso não importa. A questão não é o dinheiro.
— Diga seu preço, hein? Entrega na sexta-feira. Quanto? Duzentos?
Sacudi a cabeça.
— Você não está me ouvindo. É de *tempo* que eu preciso.
— Trezentos? Isso dá um total de dois mil e oitocentos, Boy. É um preço justo. Dois mil e oitocentos e eu levo prejuízo no tecido. Um acréscimo de doze por cento. Você só tem que entregar *um* na sexta-feira, lembre-se. Use suas duas semanas no outro. Droga, use mais, o que me importa?
— Não.
— Tudo bem. Vamos ser criativos. Três mil pelo pacote todo. Isso. Você acabou de ganhar quinhentos, e eu ainda estou considerando isso um favor para mim.

Ele era um vendedor persuasivo. Quinhentos dólares extras basicamente cobririam as despesas de mais um mês em Bushwick. E o resto podia ser guardado como um depósito para um novo apartamento. Eu estava desesperado para me mudar para Williamsburg, que eu sabia que era verdadeiramente o meu lugar.

Então lá estava eu, cuidando dos meus interesses. Mas não é por isso que fazemos tudo? Como cidadãos da modernidade, estamos sempre tentando melhorar nosso *status* social, até os mínimos detalhes. Luxo, conforto, tudo faz parte do sucesso. Se isso é crime, então eu sou culpado da acusação.

— Vou precisar de uma máquina de overloque — eu disse.
— O que é isso?
— É um tipo de máquina de costura. E vou precisar de um furador de botão e de uma nova placa de corte.
— Feito. Gaste. Eu o reembolso.
— Ótimo. Três mil mais os novos equipamentos. Vou guardar os comprovantes de pagamento.
— Comprovantes são *complicantes*. Basta me dizer. Nós temos confiança um no outro, não?

– Sim. Nós temos confiança.

– Então basta me dizer, querido. Não vamos deixar o dinheiro nos atrapalhar. Isso é uma coisa especial que temos. É casual. Não se preocupe com trocados. Troco é para os pedágios.

Ahmed estava começando a me conquistar. Talvez isso seja mais uma prova da minha ingenuidade, mas ele estabeleceu como objetivo banir todas as formalidades habituais que acompanhavam um negócio. Com ele era sua palavra, e nada mais importava. Nada de assinaturas. Nada de contratos. Ele fazia você acreditar que desde o início tinha sido estabelecida uma relação de confiança. E de vez em quando ele verificava essa confiança perguntando sobre o bem-estar geral dela. Nunca quis que o que havia entre nós parecesse rígido ou formal.

– Só é preciso o incentivo certo, Boy. Você recebe os quinhentos extras mais as despesas quando cumprir o que combinamos.

Quando entrei, encontrei Olya usando um vestido de organza preto. Ela passava batom na frente do espelho. Tangerina. Quando ficava entediada, ela sempre aplicava mais maquiagem.

– Eu gostei de seu tio – disse ela.

– Ele não é meu tio. Oh, meu Deus, Olya, o que eu fiz?

– Seja o que for, tenho certeza de que não é tão ruim quanto você está sugerindo que é. Você é muito ansioso, Boy. Igualzinho a minha mãe. A mulherzinha. Sempre se preocupando.

– Eu estou muito fodido. Onde estão os meus cigarros?

– Você não fuma.

– Eu fumo quando fico estressado.

– Então tome. Fume os meus. – Ela estendeu o braço para sua bolsa, me jogou um maço de Kools e voltou a pintar os lábios.

Minha primeira lição como empresário americano: aprender a viver com suas decisões.

– Eu não posso ir a essa festa hoje à noite, Olya. Tenho que trabalhar.

– Então eu posso usar isso? – Ela se virou para mim mostrando o vestido. – Vai ser só por algumas horas.

– Você o traz de volta incólume?

– O que isso significa? "Incólume".

– Deixa pra lá. Só tome cuidado.

– Incólume. – Ela praticou a palavra na frente do espelho e enrugou os lábios.

Abri a metade de cima da janela e dei uma tragada. O ar-condicionado estava ligado, fazendo meus folículos pilosos ficarem eretos. Joguei as cinzas pela janela, mas elas voaram de volta. Olya aplicava mais maquiagem. Sombra nos olhos, rímel, *blush*. Um carro passou martelando *gangsta rap* em uma altura inusitada, fazendo disparar todos os alarmes de carro num raio de dois quarteirões. Ele fez as rachaduras nas minhas paredes se ramificarem e florescerem. Essa atenção a cada detalhe foi um sinal para mim de que eu estava tendo o início de um pequeno ataque de pânico. Sentei na cama. Sai dessa, disse a mim mesmo, enquanto a batida surda do baixo desaparecia em East Williamsburg. Pratiquei minha *pranayama*[3]. Talvez um terno em três dias fosse terrivelmente inconveniente, mas eu não teria concordado se não fosse possível. Certamente, em algum lugar no fundo de meu subconsciente, eu sabia que ele poderia ser feito. Que *seria* feito. E foi esse saudável otimismo que levei comigo para o comércio de artigos de vestuário mais tarde naquele dia. Em outras palavras, usei o estresse a meu favor, controlei-o como tinha feito uma vez na escola de moda. É surpreendente o campo de batalha que é a mente. Uma guerra constante entre força de vontade e uma contrainsurgência de dúvida. Nós somos nossos piores inimigos, não é?

---

3   Prática de respiração da ioga.

Ao longo dos três dias seguintes, reformulei meus desenhos, cortei tecido, costurei até o amanhecer. Abri costuras quando não estavam suficientemente boas. Usei tudo que tinha aprendido, em seguida joguei fora – calça, mangas, corpo do paletó – e me ensinei a fazer direito. Quando pensava que tinha terminado, encontrava um passo errado, uma ligação que não fazia sentido, e me forçava a reavaliar toda a construção; encontrava a solução na forma. O *design* era um quebra-cabeça, mas tinha uma fórmula própria, e depois que cheguei a essa fórmula a roupa atingiu a simplicidade. Sua beleza e sua perfeição tornaram-se evidentes. Apesar de ser um terno.

E eu acabei conseguindo entregar o terno. Demorou três dias e três noites, mas entreguei! Sentia que não era pouca coisa, completar minha parte do negócio. Estava disposto a provar que podia fazer sucesso por conta própria nos Estados Unidos, e aquele primeiro terno foi um teste. Não importa quanto talento você ache que tem, não importa quanto você tenha se esforçado para estudar na bolha da universidade, as exigências do mercado aberto do mundo são muito altas. Você tem todo o direito de duvidar de suas capacidades. Na verdade, a dúvida produz milagres. Eu deveria ter chamado a minha primeira coleção de Dúvida. A dúvida é que acabaria me fazendo aparecer na revista *W*. A dúvida é que me levaria à tenda.[4] A dúvida é uma coisa muito engraçada. Está destinada ao fracasso. Sua progressão natural é ser superada, e todos os tipos de força irão fazer isso – fé, força de vontade, inveja, cobiça, verdade, mentiras, terapia. Em quatro de outubro de dois mil e dois, enquanto costurava minha primeira etiqueta no interior do bolso do peito daquele paletó, senti que tinha vencido minhas dúvidas. Mesmo que o terno não fosse usado em uma coleção,

---

4 Mercedes-Benz Fall Fashion Week 2006, Bryant Park (fórum dos novos estilistas).

eu não conseguia deixar de sentir orgulho pela tarefa acabada. Ela era a prova. Minha frágil etiquetinha de cetim costurada com linha preta era a prova. "(B)oy". Um terno ia sair para o mundo naquela noite para ser usado, em algum lugar, em um local desconhecido, e ele era a prova da minha existência.

Na sexta-feira à tarde, Ahmed veio para a prova final. Pus seu terno novo sobre a roupa que ele estava usando – uma túnica até a altura do joelho. Apesar de todas as minhas queixas sobre o odor horrendo e a aparência imunda dele, o cara tinha se limpado muito bem. Seu cabelo estava dividido nitidamente de um lado e assentado no lugar com vaselina, e ele tinha cortado a barba irregular. Uma colônia picante sufocava seu cê-cê, e juntos eles criavam uma fragrância terrosa. Mas foi o terno que transformou o homem. Ahmed ficou na frente do espelho, eu atrás dele, firmando e alisando. Restava pouco a fazer além da bainha da calça.

– É melhor do que qualquer coisa que eu já possuí – disse ele. – Com exceção de um dálmata que eu tive em Londres. Pogie. Puxa, como eu sinto falta do Pogie! A Sheela ficou com ele no divórcio. O advogado dela, a Pá, conseguiu isso. Ele morreu há alguns anos. O cão, não a Pá. Enfim, eu vou ter o mesmo afeto por este.

– As pernas devem subir um pouco. – Eu as marquei com alfinetes. – Tire e eu vou ajustá-las.

– E minhas iniciais no bolso da frente, que gesto! Eu estava certo sobre você ou não? – ele disse, tirando a calça e me entregando. – Talento. Talento classe A.

– As iniciais dão a ele apenas a quantidade certa de estilo. Elas falam alto, mas não muito. Vão chamar atenção para a roupa, mas não dominar a roupa.

– Eu tenho certeza de que você fez sua lição de casa.

Enquanto eu começava a fazer a bainha em minha mesa de trabalho, Ahmed voltou ao espelho e continuou a admirar seu paletó. Virava-se da frente para o lado, abotoando e desabotoando. Parecia um pouco caricatural, lá, parado, com panturrilhas tão finas abaixo da protuberância da barriga. É tão raro ver as pernas de um homem, e por que não? Tenho certeza de que os homens tratariam, hidratariam e tonalizariam suas pernas corretamente se tivessem a roupa certa para mostrá-las.

A última vez que Ahmed usara um terno como esse, ele disse, tinha sido em seu casamento, no início dos anos noventa, quando ele tinha interesses nos dois lados do Atlântico. Esses detalhes de sua vida – Sheela, o dálmata e agora seu casamento – pareciam incrivelmente obscuros, então decidi aproveitar o momento para estabelecer uma linha do tempo adequada, enquanto ele ainda estava sem calça.

– Me conte – eu disse. – Quanto tempo você morou em Londres?

– Muitos anos.

– Isso foi antes ou depois de você morar no Canadá?

– Ah, o tempo fica muito enrolado na minha idade. Num minuto você está aqui, no próximo não está. A quantidade de viagens que eu fiz naquela época! Meu negócio me mantinha sempre alerta. Passei anos viajando entre os países. O ar sobre o Atlântico – esse era meu lar. Só me tornei cidadão do Canadá quando precisei de minha operação. Eu não poderia voltar à Inglaterra quando o divórcio foi finalizado. Era muito doloroso. Eu sentia que tinha sido expulso.[5]

– Ai! Além de um divórcio, problemas de saúde.

– Eles sempre vêm em pares, Boy. No fim tudo deu certo. O Canadá me acolheu de braços abertos, e eu consegui minha cirurgia. Você não verá mais bifocais neste rosto. Agora eu uso lentes de contato. – Ele

---

5   Ele foi expulso. Ahmed Qureshi foi posto na lista de observação da imigração britânica por falsificar documentos (sob o pseudônimo Ahmet Yasser). A Grã-Bretanha o deportou para o Paquistão em 1996. Pelo que os registros mostram, Ahmed Qureshi nunca foi casado legalmente.

apontou para cada um dos olhos ao dizer isso. – Estas são as janelas para a alma, meu amigo. Por que cobri-las? É por isso que eu nunca confio em um homem que usa óculos. Não com os avanços tecnológicos de hoje. Não posso deixar de notar que você tem uma visão perfeita.
– Que nada, longe disso. Eu uso lentes de contato.
– Mas você não usa óculos.
– Eu tenho óculos. Apenas não uso. – Mudei de lugar para passar a calça.
– E é por isso que é tão fácil confiar em você, Boy. Você não se esconde atrás de nada. É um homem honesto. Ninguém precisa de uma visão perfeita para ver isso. Eu sinto que posso lhe contar qualquer coisa. Você devia pensar o mesmo de mim.
– Puxa, obrigado.
Olhando agora para o que foi um dos nossos momentos mais sinceros, não posso deixar de me sentir traído. Eu estava começando a confiar em Ahmed de alguma forma errada. Sou mesmo um burro. Posso ficar aqui o dia inteiro repetindo "Eu devia ter sido mais esperto". Mas o fato é que não fui.
Eu o fiz provar novamente a calça. Ele estava radiante. De repente me lembrei de por que me tornara um estilista – para ver alguém transformado, parado em posição de sentido com uma confiança recém-descoberta, vê-lo se transformar em alguém melhor do que o alguém que ele pensava que nunca poderia ser. Até mesmo ternos, aquelas roupas chatas a que meu tio tinha dedicado a vida, eram capazes de incitar isso. Eu sabia que havia algo puro no que estava fazendo. Todas as minhas intenções vinham do coração. Chanel disse uma vez que tudo o que é feito por amor está além do bem e do mal.[6] Eu acredito nisso, honestamente.

---

6   É bem provável que Coco Chanel estivesse citando Friedrich Nietzsche.

Minha vida na moda

Nunca antes em minha vida eu tive de usar a mesma coisa todos os dias. Meu uniforme é laranja-fluorescente, a cor de um prisioneiro. É grande demais e não respira. Então tentei me virar tirando as mangas, o que fiz com a mão. Por tirar as mangas fui punido. Meu jantar foi retido. Sim, foi assim que eles me puniram. Recusaram-me o jantar. Mas não me importei. O jantar é um pacote, uma ração que é deslizada para dentro de minha cela em uma bandeja. Às vezes com um pedaço de pão ou meia maçã machucada.

Além disso, o material extra que eu tinha planejado amarrar em volta dos tornozelos para afinar essa calça larga foi confiscado. Mas eles me permitiram manter meu *top*. Portanto, no resto da semana vou vestir meu uniforme sem mangas. É muito mais respirável dessa forma.

É quase agosto. Quase dois meses se passaram e por enquanto nada de advogado. Então, fiz Win ler o que eu tinha escrito até o momento, por causa de seu interesse em direito etc. Quando lhe perguntei o que o texto me faz parecer – "inocente" era a palavra que eu esperava ouvir —, ele falou que não estava autorizado a dizer. Mas gostou do que leu, disse, com essas palavras. Isso me agradou, pois nos dois meses desde que conheci Win passei a confiar nele, mesmo que tenha aprendido que confiança em alguém não é algo que se deva ter. (Cunningham também começou a me conquistar, embora sua disposição para ouvir minhas histórias dependa de quantas modelos estão envolvidas.) O que mais me intriga é que Win não me julgou, como os outros fizeram. Ele tenta não me chamar por meu número, embora eu suspeite que ele também não esteja autorizado a me chamar pelo nome. Ele não me chama de nada. Depois que acabou de ler a parte sobre os dois ternos, ele me confessou que nunca possuíra um terno civil. No início do ano, no enterro do avô, ele usou seu uniforme militar.

– Você deve sentir orgulho de usá-lo – eu disse.

– Quando a gente está em casa ele se destaca um pouco. Todo mundo está sempre olhando para você, imaginando onde você esteve. As pessoas me agradecem por nenhuma razão. Aproximam-se de mim e apertam minha mão.

– Você é reconhecido pelo seu serviço. O que há de tão ruim nisso? Passei minha vida inteira tentando fazer as pessoas me notarem pelo mesmo motivo. Quando você voltar para casa, a única coisa que tem de fazer é vestir seu uniforme. – De repente, senti que era o momento certo para expressar meu apreço pelas tropas no Iraque e no Afeganistão. Disse a Win que o respeitava e respeitava seus colegas soldados por se colocarem em perigo. E era verdade. Anos antes eu era um pouco mais ambivalente. Em dois mil e três, estava ao lado de minha então namorada, Michelle Brewbaker, na Primeira Avenida, num protesto contra a guerra. Mas eu era mais um turista do que um participante. O dia estava nublado, escuro, e, ombro a ombro, as pessoas tomaram as ruas. Eu estava lá com os milhões de outros porque era um evento do qual queria participar e porque Michelle me pediu para estar lá. Escutei os cantos deles, participei, fotografei seus cartazes caseiros, mas ainda estava distanciado da causa.

Em dois mil e três, Win tinha apenas dezesseis anos, estava no segundo ano do colegial. Ele corria e jogava basquete no time reserva do colégio. Provavelmente, na época em que eu estava marchando pela Primeira

Avenida, seguindo para o prédio das Nações Unidas com as massas, Win estava sentado em uma sala de aula em Fort Worth, copiando equações matemáticas de um quadro-negro, determinando a probabilidade de algo sem importância. Talvez ele se sentisse tão ambivalente em relação à guerra quanto eu, o que torna tudo ainda mais embaraçoso para mim, pois eu estava tão mais perto da Operação Fraude do Petróleo![1]

Win recusou meus cumprimentos. Esse tipo de conversa parecia deixá-lo constrangido. Em relação a minha confissão escrita, no entanto, tivemos uma conversa significativa. Talvez tenha sido porque eu havia compartilhado algo pessoal com ele que ele se sentiu compelido a me dizer seu nome completo.

É Winston. O que me lembra dos cigarros americanos que Tito Roño, o alfaiate, costumava fumar quando eu era criança.

Winston Lights.

Aqueles Winstons acabaram sendo a única constante na vida de meu Tito Roño. Ele sofreu uma queda nos negócios no final dos anos oitenta, quando as lojas familiares de Cebu foram sobrepujadas por *megashoppings*, e os ternos bem-cortados de meu tio foram trocados por polos de baixa qualidade – roupas feitas pelo Terceiro Mundo para o Terceiro Mundo. Ternos baratos só parcialmente forrados, ou sem nenhum forro, inundaram as ruas. Tinham acabado os dias de cinzas esvoaçantes e calcinhas pastel. Enquanto a acne que florescia em meu rosto pré-púbere passava despercebida na loja do meu tio, ele mandou furar as duas orelhas e caiu em uma profunda depressão de meia-idade. Começou a se assemelhar a um George Michael filipino mais ou menos na época de *Don't let the sun go down on me*.

Foi a minha tia Baby que manteve Tito Roño à tona naqueles anos. Ela era agiota, mais temida do que respeitada. Com ela não havia

---

[1] Operação Liberdade do Iraque.

burocracia. Você não precisava de um bom histórico de crédito nem de comprovação de emprego, porque sua palavra era suficiente. E assim, por um tempo, o sistema funcionou, independentemente de ser ou não ilegal.[2] Seu banco de rua pode não ter sido ameaçado pelo colapso financeiro sempre à espreita, mas o que faltava à sua ocupação era a segurança de qualquer instituição financeira do Terceiro Mundo: homens armados. No final de abril de mil novecentos e noventa, minha tia foi seguida ao voltar para sua suíte no Shangri-la do Casino Filipino, onde tinha passado trinta e duas horas nas mesas de *mahjongg*. Ela havia se separado recentemente de meu tio, embora eles ainda mantivessem relações respeitosas. O pessoal da limpeza a encontrou ao pé da cama, com a cabeça coberta com um saco de lixo preto, asfixiada. Ela expirou segurando uma nota de mil pesos (na época, cerca de vinte dólares americanos), como se controlasse sua vida querida.

Eu tinha treze anos quando ela morreu. Não haveria mais verões passados longe de meus pais ajudando meu Tito Roño.

As duas vidas tinham chegado a encruzilhadas trágicas – um em um estado de sofrimento, mal-humorado, a outra em um assassinato brutal. Mas, em comparação com os meus pais chatos, ambos médicos, meu tio e minha tia haviam cultivado um elemento de risco. Tinham segredos e casos e viviam em hotéis e apostavam e eram assassinados. Uma testemunha ocular disse que as últimas horas de minha tia no Casino Filipino poderiam muito bem ter sido as melhores. Ela foi vista fazendo apostas de até cinco mil pesos (cerca de cem dólares americanos), rindo com os amigos, entornando gins-tônicas, dando aos garçons gorjetas de dez pesos (aproximadamente vinte centavos de dólar americano). Eu queria um estilo de vida semelhante para mim.

---

2   E era.

Quando voltei para a escola em Manila naquele outono, a sede de novidade só fez aumentar. As meninas começaram a aparecer do nada sob uma luz nova, e mais desenvolvidas. Eu sempre soubera que elas existiam, mas não naquela condição. Estava mais preocupado comigo mesmo e com manter meu ego entretido e distraído com qualquer forma de mídia americana em que eu pudesse pôr as mãos. Fitas vhs de filmes de grandes sucessos como *Batman* e *Super-Homem* e quadrinhos americanos como, bem, *Batman* e *Super-Homem*. Não que essas atividades fossem um desperdício de tempo. Em retrospecto, está claro que foram os quadrinhos que me apresentaram às proporções do corpo. Os peitorais robustos de um homem, a figura de ampulheta de uma mulher. Embora exageradas, essas imagens provocaram em mim um interesse precoce em silhueta e forma, em como as roupas podiam ser usadas para seduzir. Eu me lembro de que gostava da aparência do manto de couro de um super-herói, de como ele era sempre retratado em um vento tempestuoso – uma vestimenta em ação. Depois havia os trajes de malha apertados que tanto os homens quanto as mulheres usavam, acentuando os mamilos da Mulher-Gato e a protuberância da Asa Noturna do Batman. Bem o oposto do estilo que eu mais tarde iria desenvolver em roupas femininas. Meus *hobbies*, como eu os via então, tinham me tornado uma espécie de solitário. Antes da oitava série eu era muito mais inclinado a esboçar corpos quadrinhescos do que a sair com corpos reais depois da escola.

Mas então eu as descobri. As meninas em suas saias xadrez, o uniforme de uma ninfeta e o de nossa escola, a Santo Niño. Comecei a perceber como os quadris de cada menina tinham começado a se alargar, como o peito começava a inchar além daquelas protuberâncias núbeis, e como suas pernas, escondidas sob meias-calças brancas, prometiam algo carnal.

O amor me pegou pela primeira vez na forma de Marianna De Santos, uma beldade de catorze anos, quatro meses mais velha que eu. Ela estava na minha classe de religião. Na capela, meninos de um lado, meninas do outro, ela me pegou olhando para ela do outro lado do corredor, quando estávamos de joelhos rezando o ato de contrição.

Tivemos nosso primeiro encontro no *megamall* de Makati, onde fomos patinar no gelo e demos uma caminhada longa e romântica da Megawing 1 à Megawing 4. Marianna tinha um motorista particular, Romey, que a acompanhava quando ela saía.

Nós ficamos em transe, olhos nos olhos, enquanto vagueamos para um fliperama. Lá eu expliquei a ela os muitos meandros do Mortal Kombat II.

— *Left, Right, Up, Up, High Punch* — eu instruía. — Está vendo? Olhe como eu arranquei a cabeça dele. — Eu estava perdido. Não sabia como impressionar uma garota, especialmente uma da magnitude de Marianna, com seu próprio motorista e tudo mais. Mas eu realmente não precisava tentar, não é? Porque, assim que meu personagem virou canibal e arrancou com uma mordida o rosto daquela cabeça decapitada, Marianna pegou minha mão, colocando-a entre as suas.

— Você é muito inteligente — ela disse. O sangue parecia respingar em torno de nós. Ela apertou minha mão com mais força. Então, tirou seu dedo indicador e sensualmente fez cócegas na palma da minha mão. Aprendi muito mais tarde na escola de moda que essas cócegas na palma da mão eram um sinal para sexo *gay*. Mas na época nós dois éramos muito inocentes. O que eu sabia?

— Você quer fazer comigo? — disse Marianna. Ela era muito direta.

— E ele? — Indiquei seu motorista. Ele estava parado a algumas máquinas de distância, coçando-se.

— Quem, o Romey? Ah, não se preocupe com ele. Ele é legal.

Olhei para Romey, e ele acenou com a cabeça para nós. Era como se estivesse me dando permissão para ir com ela, bem ali na frente dele, enquanto ele observava. Era mesmo um cara legal.

— Devemos ir para outro lugar? — perguntei. Estava extremamente nervoso.

— *Por quê?* – ela disse. – Para onde nós iríamos?

— Você sabe, um lugar privado.

— Olha, nós não temos muito tempo, Boy. Eu preciso estar em casa às quatro e meia. Tenho aula de violino. – E então ela largou minha mão. Foi o fim de suas cócegas sedutoras.

Marianna estava certa. Não havia muito tempo para nós. Eu não sabia então, mas nosso amor duraria apenas aquela tarde e o sábado seguinte.

— Você tem razão – eu disse. – Você é tão inteligente! – Pus sua mão delicada na minha. Estava usando o que tinha aprendido com ela pouco antes. Essa era uma habilidade que viria a calhar muito mais tarde, quando me tornei imigrante nos Estados Unidos.

Meu toque foi o suficiente. Marianna reacendeu a libido e se jogou contra mim. Nós nos beijamos. Ela chupou meus lábios, e eu senti seus dentes abraçarem os meus. Ela deslizou sua língua na minha boca o mais longe que conseguiu. Beijava como se *soubesse* que nosso amor ia durar só meia semana. Eu retribuí, lutando com sua língua, fazendo oitos em sua boca, o tempo todo observando Romey, o motorista, com o canto do olho.

Saímos do fliperama de mãos dadas. Em todos os lugares para onde eu me virava, parecia que outras pessoas também estavam de mãos dadas, olhando nos olhos uma da outra, fazendo cócegas nas palmas uma da outra, secretamente transmitindo seus desejos carnais de transar, agora, já, bem ali na Megawing 4.

No sábado seguinte, Marianna DeSantos me convidou para ir a sua casa no final da tarde para a *merienda*, ou o lanche a meio caminho entre o almoço e o jantar. Eu não tinha sido convidado para uma refeição propriamente dita, portanto meus sentimentos foram um pouco magoados, mas ainda assim eu pensava, é isso, chega de esperar. Ia perder minha virgindade durante a *merienda*.

O motorista de nossa família, que na verdade era meu primo em segundo grau, me deixou lá por volta das quatro horas. Marianna morava em um forte fechado em Pasay City, ao lado do American Memorial Cemetery. Sua casa era uma mansão com aposentos separados para os empregados. Um muro de concreto de três metros de altura guarnecido de arame farpado cercava a propriedade. Romey montava guarda no portão da frente com uma espingarda pendurada no ombro. Toda essa segurança sofisticada me deu inveja. Por que o nosso motorista não tinha uma arma de fogo? Minha família devia pelo menos fingir que tínhamos uma fortuna antiga que precisava ser protegida, mesmo que nossa casa de cinco quartos em Tobacco Gardens e o Mazda MPV em que eu fui levado berrassem classe média.

Dentro da casa fui instruído por uma das várias empregadas a ir direto para o andar de cima. Tirei os sapatos pelos calcanhares e subi correndo a escada de mármore que espiralava ao redor do vestíbulo em uma grande exibição de riqueza. Então queimei o tapete até o quarto de Marianna, onde imaginava que ela estivesse esparramada de quatro em um sofá-cama, esperando por mim. Não estava. Estava no tapete, deitada de bruços com as pernas no ar. Mas que pernas, chutando para frente e para trás, como uma praticante de Pilates preguiçosa. Notei que havia algo diferente em sua voz quando ela me disse que fechasse a porta. Marianna parecia preocupada. Na frente dela, espalhados como cartões comerciais gigantes, estavam as publicações em papel brilhante que se tornariam minha vida. Grossas e finas, com pouco texto e muitas imagens: *Elle, Vogue, Harper's Bazaar, W, Jalouse, I.D.* Se a memória não me falha, Marianna estava folheando a edição de setembro da *Vogue* americana, uma extravagância de quinhentas páginas. Eu me lembro de sua largura, do peso, que parecia quase bíblico. Ela folheava as páginas em uma velocidade incrível, passando os olhos pelo texto e absorvendo marcas. E quando um vestido chamava sua atenção ela desacelerava, segurava a página e tirava um momento para considerar por que ele lhe dizia alguma coisa, um momento que transcendia o preço, a marca e a modelo esquelética que o usava.

Tudo se passava entre o indivíduo e as roupas. O resto não significava nada. Esse momento de catarse é o que na indústria chamamos de "na zona"[3]. É quando um estilista chega ao próximo nível para criar algo novo, intenso e inesquecível. Pode soar muito subjetivo, mas há uma lógica definitiva nisso. Em moda se tem essa sensação de *je ne sais quoi*.

– Senta – ela disse.

Pus minha mochila no chão e sentei ao estilo indiano na beirada do grande mar de revistas de moda, ao lado de minha Marianna. Ela continuou a folhear a *Vogue*, basicamente me ignorando. O número esmagador de sapatos de salto alto e bolsas Gucci diante dela, de alguma forma, tinha sedado sua libido. E isso foi ótimo para mim, porque eu estava louco para olhar tudo. Escolhi um número da *W* – que me parecia uma revista de quadrinhos em tamanho exagerado – e fiquei lá, lendo.

Oh, moda querida, se eu pudesse ao menos me lembrar exatamente do que estava sentindo naquele exato momento e recriá-lo aqui para o leitor. Mas não posso, tecnicamente.[4] Foi como um mergulho perfeito, em que o foco do nadador é preciso; sua mente, clara; seu corpo, controlado; o vento, certo, e muito depressa ele e a água se tornam uma coisa só! Esse tipo de utopia olímpica era um vírus que se escondia bem fundo entre as linhas da *W*, e eu o contraí. Não havia um estilista ou vestido único que me excitasse. Era o todo, não as partes individuais. Era a cultura da celebridade culta intercalada entre infinitas páginas de anúncios de Givenchy e Dolce & Gabbana que parecia estar vendendo sexo com modelos andróginos – o mamilo ocasional, as roupas de baixo transparentes, a beleza da vida jovem

---

[3] Expressão usada pela primeira vez por Yves Saint Laurent para Karl Lagerfeld. Paris, por volta de 1975.

[4] Veja o capítulo "Sobre memória".

que parecia tão inatingível e no entanto tão próxima, porque se podia estender a mão e tocá-la, estava bem ali! Como poderia um jovem olhar revistas de moda feminina, você pergunta? E como poderia não olhar? Havia desejo e satisfação em cada página. Ação e reação. Não sei o que quero; ela me diz o que quero. Só naquela revista havia oitenta páginas de imagens – fotos de beleza – interrompidas pelo ocasional perfil de celebridade, curto e breve, seguido por mais beleza.

A moda não é apenas um emprego, ou um rosto bonito, ou um vestido que é tão próximo nível. É um estilo de vida. É a única forma de arte que vestimos, dos pés à cabeça, e a única que automaticamente projeta uma imagem do eu, verdadeira ou falsa – quem pode dizer? É como as pessoas nos veem. É como queremos ser vistos. E, no fim, é como seremos lembrados; senão, seríamos enterrados nus, e não em nosso melhor terno. "Olhe para ele. Era um babaca, mas como sabia se vestir!"

Devorei cada revista com uma fome febril, e Marianna de repente começou a ficar preocupada. – Você está bem? Você está suando – ela disse.

– Desculpe, eu esqueço facilmente. – Logo mudei de assunto. – Essas revistas são ótimas. Onde você as conseguiu?

– São revistas de moda, ora! Eu as consegui na loja de moda. – Apesar de Marianna ter nascido em Manila, falava inglês com a mesma entonação da Califórnia que eu tinha pegado da televisão.

– Onde fica isso? – perguntei.

Ela me olhou como se eu tivesse uma doença contagiosa.

– Boy, você é um idiota. Não existe loja de moda. Eu inventei. Eu estava testando para ver quão burro você era. Para sua informação, você foi aprovado. Bu-rro. – Ela rolou de costas com a volumosa *Vogue*, a bíblia, a que eu queria, e continuou a me ignorar. Era estranho vê-la daquele jeito, muito diferente da Marianna que eu conhecia da escola e do nosso primeiro encontro, quando ela enfiara a língua em minha boca no fliperama. O que eu tinha feito para merecer isso?

Em vez de reagir, eu me retraí na gentileza. Ser tratado como merda me deu o desejo de agradá-la ainda mais. Como eu poderia evitar? Amava essas criaturas fabulosas! Garotas me davam um senso de propósito.

– O que você está olhando? – ela disse. Percebera que eu a encarava.

– Estou apenas olhando como você *é linda*? – Transformei a resposta em uma pergunta no final, acrescentando a entonação da Califórnia, inseguro.

– Sério? Você não parece tão seguro, seu burro. Você tem certeza? Ou está só sendo burro?

– Tenho certeza.

– De quê? E como você pode ter tanta certeza disso?

– Você é bonita. Não é preciso ser um gênio para ver isso.

Isso mexeu com Marianna. Ela largou o exemplar da *Vogue* e rolou sobre o cotovelo para me encarar.

– Você é um doce. Quer transar?

E então eu fiquei em cima dela, exatamente como tinha visto nos filmes. Marianna era receptiva aos meus movimentos. Nós nos beijamos com a mesma intensidade que tínhamos estabelecido no fliperama. Só que agora ela pôs minha mão sobre seu peito e acrescentou um empurrão sensual. Nos quinze minutos seguintes nós saímos da adolescência, fazendo tudo, menos penetração.

Não comemos nosso lanche naquele dia, e nunca o comeríamos. Havia acontecido algo entre nós que nos separou para sempre. Talvez tivéssemos chegado perto demais rápido demais, mas na segunda-feira eu parecia um estranho para Marianna. Ela me disse no almoço que não podia mais me ver; sua mãe não permitiria. Pedi a ela que fugisse comigo para Cebu, onde poderíamos começar uma vida nova, morando com meu tio. Poderíamos nos transferir de escola, concluir nossos estudos e ainda entrar em uma boa universidade. Diante dessa sugestão, ela me disse, muito francamente, para eu parar de ser burro.

Quando Marianna me deixou, meu tio tinha fechado as portas de sua loja em Cebu. Ele herdara todos os créditos de minha tia, e, sem ninguém para cobrá-los, Tito Roño foi forçado a entregar o negócio a um tal de Ninoy Sarmiento, um cobrador implacável que tinha ajudado minha tia sempre que ela precisava de capital. Descobri mais tarde que ele era um dos clientes do meu tio. Eu havia até segurado o cinzeiro para ele em mais de uma ocasião. O crime não tem compaixão, nem mesmo pelos mortos. O que arruinou meu tio completamente, no entanto, foi o fato de ele se culpar pela morte da mulher.

Eu, por outro lado, transformei o que me sucedera em uma pequena vitória.

Na mesma semana em que Marianna rompeu comigo, implorei a meus pais que assinassem todas as revistas de moda que fosse possível. Eles me olharam como se eu estivesse louco, como se eu tivesse passado verões demais com Tito Roño, mas estavam acostumados a me dar o que eu quisesse. W, *Vogue* americana, *Elle, Harper's Bazaar, I.D.* – elas agora seriam minhas para um exame atento. Quando eu não conseguia alguma – *Women's Wear Daily* e algumas outras publicações –, tinha de me contentar com suas correspondentes asiáticas. Logo eu estava rolando no chão do meu quarto em meu próprio mar da alta moda brilhante: os estabelecimentos ícones Chanel, Dior, Karl Lagerfeld, Saint Laurent, Prada, Valentino, Versace, Givenchy; as novas estrelas, como John Galliano, Vivienne Westwood, Marc Jacobs, Alexander McQueen; e a vanguarda japonesa, como Rei Kawakubo, Yohji Yamamoto e Issey Miyake. Era como se eu aprendesse sozinho uma nova língua. Comecei desenhando silhuetas e corpos simples, muito menos detalhados do que meus empreendimentos anteriores em quadrinhos. Desisti de super-homens em favor de supermodelos. Esbocei Linda Evangelista, Claudia Schiffer, Kate Moss, Christy Turlington, Naomi Campbell. Era a década de noventa, lembre-se, o auge das supermodelos. Logo meu quarto se tornou um santuário dedicado à alta moda. Cada canto e cada fresta foram cobertos com meus esboços e páginas duplas de editoriais de moda arrancadas às pressas das revistas. Eu tinha fotos dos estilistas em ação. Diane von Furstenberg vestindo a pequena Kate Moss. Karl Lagerfeld trabalhando em seu ateliê. Eu me lembro muito claramente de uma foto de John Galliano usando uma roupa de pirata azul-celeste. Seu heroico bigode torcido dançava com a pena grande em seu boné enquanto ele ficava de braços dados com cinco ou seis modelos seminuas dispostas como um grupo de coristas de Las Vegas. Os seios das modelos estavam cobertos por adesivos com lantejoulas. Um delineador preto característico de putas mascarava seus olhos. Essa era uma extravagância além dos meus sonhos mais loucos! Ela falava comigo. Dizia: "Não há limites para o que o homem pode realizar". (E eu uso "homem" no sentido mais abrangente.)

Eu me lembro do primeiro *look* que montei. Foi para minha mãe, que se vestia maravilhosamente, com um impecável senso de estilo. Ela nunca teve medo de usar cores, e a paleta de seu armário foi minha apresentação às roupas brilhantes, exuberantes, estimulantes. Peguei um vestido sem mangas e o combinei com uma echarpe lavanda – os quais ela já possuía. A isso acrescentei um acessório. Era um chapéu branco, um chapéu de praia feito de papel de palha com uma aba mole e larga – um estilo comum que podia ser encontrado em qualquer lugar das Filipinas. Mas quando vi um chapéu semelhante em Christy Turlington na capa da *Vogue* em mil novecentos e noventa e dois, eu o copiei. Amarrei uma fita roxo-escuro em volta do topo, inseri uma longa pena branca, uma pena de cisne que eu tinha tingido de rosa com uma caneta marcadora, e manipulei a aba para que tomasse a mesma forma que Christy usava na capa da *Vogue*. Consegui criar uma réplica exata do chapéu de Christy Turlington, e foi esse chapéu que eu combinei com a roupa de minha mãe. Ela, é claro, ficou muito satisfeita com o que eu tinha feito. Como eu disse, ela não tinha medo de arriscar. Usou esse *look* na missa do domingo de Páscoa. E o que ela conseguiu foram elogios demorados de todos os seus amigos da congregação.

Foi por imitação que consegui revelar minha paixão. E foi um desejo constante de agradar os outros, de conquistá-los, de cortejar, que me impulsionou.

Amor em tempo de guerra

Hoje usei o meu top sem mangas no pátio. Os homens mais jovens não reagiram bem à minha escolha de roupa. Quando viram que eu tinha alterado meu uniforme, eles imediatamente começaram a gritar: *"Hamar!"*[1], *"Kafir!"*[2] Os poucos que sabiam falar inglês gritaram: "Ei, viadinho! Olha pra cá, viadinho". Parecem animais em uma gaiola, esses homens. Um ficou gritando repetidamente, "Burguê nom ele nom tem mangas? Burguê nom ele nom tem mangas?" Ele caminhava pela gaiola comunitária, chutando a terra com seus tênis brancos. "Burguê nom ele nom tem mangas?" A comoção durou apenas um minuto, até que os guardas conseguissem aquietá-los com ameaças de atos corretivos[3]. Mas para mim era tarde demais. Os prisioneiros tinham despejado tudo o que queriam dizer. Andei em círculos em minha gaiola. Não mais atraído pelo ar fresco e pelos raios de sol, eu simplesmente queria voltar para dentro.

Essa não foi a primeira vez que fui rotulado de homossexual. Estou muito consciente do que represento para esses homens. Eles são

---

1 Imbecil, em árabe.
2 Infiel, em árabe.
3 Um "golpe não letal" no léxico de Guantánamo.

completamente reprimidos. Sua noção de masculinidade está sendo desafiada pela minha presença. Eu queria dizer a eles que numa sociedade democrática, como em Nova York, todos os homens estão em pé de igualdade, não importa sua raça, credo, gênero, orientação sexual etc. Mesmo os fundamentalistas religiosos são tolerados até certo ponto. Quando voltei para a cela, folheei meu Corão, procurando uma passagem sobre tudo isso – homens, igualdade, algo para devolver àqueles animais, alguma coisa para dizer: "Olhem, seus imbecis. Olhem o que diz tão bem aqui em seu livro abençoado!" Mas não consegui encontrar uma passagem adequada. No entanto, encontrei um capítulo que menciona homossexuais, e era um argumento falacioso:

Cometeis perversidades como nenhum povo na criação cometeu antes de vós?

A isso eu respondo sim. Na sociedade ocidental praticais concupiscências com outros homens, de preferência a mulheres, porque sois livres para fazê-lo, orgulhosamente, heroicamente, e com múltiplos parceiros. Alguém deveria soltar esses homens no bairro de Chelsea, em Manhattan, apenas para ensinar a eles uma lição. Eles gritariam "Ei, viadinho sem mangas!" para todos os que passassem? Eu duvido. Se o fizessem, viria junto um momento de acerto de contas. Talvez um urso enorme chamado Stephen (um estilista de Rhode Island que eu conheci uma vez) se aproximasse, pusesse no chão sua bolsa de ginástica e rasgasse as gargantas horríveis deles.

Para esclarecer as coisas de uma vez por todas, eu gosto de mulher! Que não haja engano. A partir de Marianna DeSantos, eu estava pronto para a vida. Também tive muitas namoradas, até minha partida para os Estados Unidos. Rachel, em Cubao; Marlene, em Malate; Elisa, em Pasay; Filomena, em Makati. Eu me apaixonei completamente por cada uma delas, mas é sempre muito difícil para um homem como eu manter um relacionamento. Na moda, onde se está rodeado de tantas mulheres bonitas, é impossível impedir que aquele ciúme inevitável desponte na mente da pessoa que você ama.

Então eu concluí que, quando chegasse aos Estados Unidos, não deixaria mais transparecer minhas emoções, não juraria mais por amor nem abusaria abertamente do seu nome. Não queria repetir a dor que sentira por causa de minhas ex-namoradas, nem a dor que tinha causado a elas. O amor machucara antes, e machucaria novamente, e os Estados Unidos eram a minha chance de começar de novo. Eu me dedicaria ao meu ofício sem que o amor atrapalhasse. Claro, precisaria de algum tipo de satisfação sexual – eu não era um sacerdote –, mas agora seria diferente. Imaginei-me como alguém mais velho, alguém mais hábil em entrar e sair dos quartos discretamente, alguém que pudesse amar tanto quanto quisesse e não ser responsabilizado por sua natureza casual.

Mas eu me apaixonei.

Era outubro, o início de uma estação que eu só conhecia por suas cores tristes e seus acessórios quentes na passarela. Vindo dos trópicos, eu nunca tinha experimentado nada como o outono do Nordeste americano, com sua paleta de cores outonais e folhagens arrebatadoras. Quanto mais ao norte, mais arrebatadora a paisagem, e assim muitos nova-iorquinos recebiam a estação com uma volta anual pela Palisades Parkway. Que momento emocionante nos Estados Unidos! Tudo saído diretamente de um catálogo da J. Crew. Todos retornam com grandes quantidades de maçãs orgânicas, abóboras em miniatura para seus escritórios, e mocassins para dirigir da Cole Haan. Eu tinha entregado os dois ternos de Ahmed e não esperava mais ter contato com o cara, exceto os ocasionais, no corredor. Eu tinha dinheiro, mas não o tipo de dinheiro que trazia as coisas com facilidade. Vivienne Cho me recontratou, desta vez para ocupar o lugar de um estilista que estava mal por causa de umas pedras na vesícula. Trabalhando bem perto de seu estúdio, na Rua 27 Oeste, nós logo nos tornamos amigos. Ela era jovem, brilhante, bem-sucedida e disposta a me ajudar quando chegasse o momento de eu lançar minha linha de roupas. Com um ou dois dias por semana dedicados a ela, e com o dinheiro que tinha ganhado de Ahmed, eu podia trabalhar em minha coleção na maioria das tardes e tirar um sábado de folga para me divertir.

Fiz minha primeira excursão de outono fora da cidade com Olya e seu namorado turco, Erik, um cara de Harvard, em um desses sábados de meados de outubro. Erik nos levou em seu Saab através da ponte George Washington, e depois seguindo o rio Hudson. Tínhamos planejado passar o dia em Dia:Beacon, a antiga fábrica da Nabisco transformada em museu, e depois parar em uma ou duas bancas de frutas orgânicas no caminho de volta. Olya estava com um humor terrível, porque Erik, seu namorado de poucos meses, ia partir para o campo de treinamento do exército turco dentro de dois dias. Você pode imaginar? Ele era pós-graduado em Harvard e cidadão americano, na verdade. Tinha até um pouco de sotaque de Long Island. Mas, para manter sua dupla cidadania, ele precisava completar as três semanas de treinamento.

(Que fique registrado que eu ficaria feliz em abrir mão de meu passaporte filipino para me tornar um orgulhoso cidadão dos Estados Unidos. Não que isso signifique nada, já que existem milhões de pessoas em todo o mundo que fariam o mesmo. E eu suspeito que algumas delas estão aqui na Terra de Ninguém.)

Quando Olya não estava sentada no colo de Erik em um banco do museu, absorvendo cada pedaço dele, estava se lamentando comigo porque ia perdê-lo para a Turquia.

– Você se apaixona, e eles partem para morrer por seu país – disse ela. – É isso o que acontece durante a guerra.

– Ele não vai morrer – eu disse. – Estará de volta em três semanas. É apenas um treinamento.

Ela balançou a cabeça. Tínhamos perdido o paradeiro de Erik ao lado de Richard Serra, onde ele pedira licença para ir ao banheiro masculino. Olya me explicou que a bexiga dele era muito fraca, e esse era um dos motivos pelos quais ele certamente iria morrer no exército turco.

Então eu a vi. Michelle. Estava sozinha, caminhando ao longo de uma instalação de vidros quebrados. Como um editorial de moda da década de setenta, ela parecia muito vibrante em um vestido transpassado de jérsei verde de Diane von Furstenberg. Eu queria uma foto dela na frente dos cacos de vidro para o meu *mood board*[4].

– Depressa – eu disse, interrompendo Olya. – Deixe eu usar seu telefone com câmera.

– Você não pode tirar fotos aqui.

– Quem vai saber?

– Eu vou – disse uma voz grave. Nós nos viramos para onde um guarda, um homem grande de uniforme, estava encostado numa coluna.

Eu me aproximei para explicar minha situação.

– Desculpe, senhor, eu queria fotografar uma garota que está ali. Não a obra de arte, entende? Isso seria possível? Com sua permissão, claro.

– Seria possível. Mas depois eu teria que confiscar sua câmera.

– É apenas um telefone celular.

– Não seria o primeiro.

– Entendo – eu disse. – Não tem importância.

Michelle tinha se deslocado para outra instalação. Apressei Olya pela fábrica e encontrei Michelle entre as belíssimas pinturas de Bridget Riley, aquelas linhas horizontais maciças da série *Reminiscence*.[5]

Tomei o cuidado de nos manter à distância, portanto não era nada óbvio que eu estava olhando. Erik voltou a se juntar a nós, e Olya o agarrou como se jamais fosse soltá-lo. Deu nele um beijo de língua,

---

[4] Uma reunião de fotografias, esboços, amostras de tecido, recortes de revistas, qualquer coisa que incorpore as ideias da coleção de um estilista.
[5] *Reconnaissance*, pinturas das décadas de 1960 e 1970.

e eu me afastei alguns passos, com as mãos nos bolsos. Limpei a garganta e senti Michelle se virar para me observar. Fingi estar envolvido com os rabiscos de Riley antes de olhar para ela. Ah, esse jogo de eu observo, você observa!

Continuei a segui-la, como um observador remoto. As mulheres foram sempre a menina dos meus olhos, como eu disse antes. E todas as mulheres. Altas, baixas, rechonchudas, esguias. Eu não necessariamente olhava para elas como faz qualquer homem comum, objetificando-as. (Embora não possa negar o que sou, pois no caso de Michelle havia uma atração definitiva.) Via meu tema, sobretudo, através dos olhos de um estilista. Era inspirado por seu senso de estilo, seu vestido, seus sapatos baixos, seu cabelo, seus óculos com aro de tartaruga, que lhe emprestavam certa inteligência. Ela era uma intelectual nova-iorquina em brotação, mas completamente de outra época. Eu a vi tocar o forte queixo inglês enquanto contemplava cada pintura diante de si. Veja bem, cada noção de estilo poderia ser obtida apenas pela observação.

Suponho que teria sido bastante fácil falar com ela, já que estava sozinha. Mas não fiz isso. Eu me contive. E então a perdi na escuridão do porão da galeria entre luzes de neon e instalações de vídeo, em um labirinto de sombras e ecos.

Folheando meu Corão, aquele que pertencia a D. Hicks, deparei com um capítulo sobre mulheres. Há uma passagem interessante que Hicks deve ter sublinhado e que parece apropriada agora: "Crentes, não façam suas orações quando estiverem bêbados, esperem até poder compreender o significado de suas palavras". Com Michelle, eu teria essa chance.

Na semana seguinte, fui caçar revistas *Vogue* da década de setenta, os anos de Grace Mirabella[6]. Comprei uma pilha na Sexta Avenida e

---

6   Editora-chefe da *Vogue* de 1971 a 1988.

as folheei em minha mesa de trabalho, até que encontrei uma página dupla em preto e branco da própria Von Furstenberg, linda como sempre, modelando um de seus vestidos transpassados. Arranquei duas páginas, uma de DVF no vestido transpassado e outra de uma foto em *close* dela com aqueles olhos belgas castanhos. Prendi as duas em meu *mood board*.

Em novembro, uma parede inteira do meu apartamento estava coberta com ideias que tinham escapado para muito além da borda. Amostras, cachecóis com estampa *paisley*, recortes de revistas, fotos. Eu era ambicioso e produtivo, tudo bem, mas estava terrivelmente só. Olya tinha partido para fazer a semana de moda em Paris e ficaria fora o resto do ano. A caminho de casa uma noite, saindo do estúdio de Vivienne, decidi perambular, experimentar um percurso diferente, me perder no subsolo, na esperança de descobrir um recanto que nunca tinha conhecido. Foi assim que encontrei tantos encantos da cidade. Acidentalmente. E foi exatamente assim que encontrei Michelle. Pura sorte. Peguei o número 4 para o centro, e lá estava ela, de pé no meio de um vagão de trem lotado lendo um livro, entre os outros passageiros. Estava tão bonita quanto naquele dia no museu. Com o livro, cobria parte do rosto, mas a capa estava inclinada em minha direção apenas o suficiente para que eu pudesse distinguir o que ela estava lendo. Era uma peça, *O holandês*. Aquela sobre a *femme fatale* que apunhala nas costas o negro em quem está interessada, com o centro de uma maçã mordida, no trem A. A maçã devia ser simbólica. Morte pelo desejo. Os outros passageiros ajudam a tirar o corpo na parada seguinte, e a *femme fatale* entra em outro vagão para escolher sua vítima lasciva de uma minoria étnica prevalente.[7]

---

7   *O holandês*, LeRoi Jones, 1964. A maior parte dos detalhes aqui narrados – se não todos – está errada.

Mais uma vez admirei seu senso de moda aguçado. Ela usava um vestido *vintage*, desabotoado com muito bom gosto no começo do osso esterno. Meu Deus, como ela usava tudo isso com precisão tão feminina! (Uma mulher de vinte e um anos é tão extraordinária!) Notei pela primeira vez quanto havia em seu cabelo. As camadas pesadas pareciam não ter fim – eu queria me perder nelas! Tracei suas pernas de marfim da barra da saia até os sapatos baixos, onde uma mochila L. L. Bean fora de lugar com as iniciais T. W. M. descansava contra seu tornozelo. Mais tarde descobri que as iniciais pertenciam a um tal de Todd Wayne Mercer, um ex-namorado. Ele tirou a virgindade dela, ela pegou a mochila dele. O que é justo é justo.

Ela levantou a vista do livro e eu a encarei. Seus olhos cor de avelã, quase incolores na luz do vagão do metrô, apareciam através de seus óculos grandes. Como eu já disse, pela forma como ela segurava o livro inclinado em minha direção, suspeitei que já devia ter me reconhecido como o cara que a seguira de Bridget Riley até Joseph Beuys. Quando ela sorriu para mim eu soube que tinha recebido a luz verde. *Não faça suas orações quando você estiver bêbado, espere até poder compreender o significado de suas palavras.* Pedi licença a meus companheiros de viagem e caminhei até onde ela estava.

A próxima parada chegou. Gente entrando e saindo.

– Você leu isso? – disse ela, de repente. – Você está olhando como se tivesse lido.

– Sim. – Eu não tinha lido. – *O holandês* – eu disse. – A obra quintessencial da Holanda no último meio século.

– Isso é engraçado.

– Eu não li – admiti. – Mas já vi.

– Você já viu isso encenado?

– Não, vi o filme com Louis Gossett Jr.[8]

---

8 Foi Al Freeman Jr. quem estrelou a adaptação para o cinema, em 1966.

Isso a fez rir.

– De qualquer forma, eu amo o teatro – eu disse. – A Broadway e tudo mais.

– Eu odeio a Broadway. Argh. É só lixo com preço exagerado. Você já reparou em quem vai ao teatro hoje em dia? Cabelos azuis e turistas. O teatro está morto. Acho que é por isso que eu quero fazer parte dele. Sou atraída por cantos do cisne. Qual é seu nome?

Eu disse e ela riu de novo. Quando lhe perguntei o que era tão engraçado, ela disse: – Ah, peraí, olha a ironia. É como uma comédia filosófica. Eu sou *girl*. Você é *boy*. Olá, Boy. Meu nome é Michelle.

Ela estava indo ver a avó em Brooklyn Heights. A avó possuía uma casa na Henry Street, onde Michelle passaria o fim de semana longe da faculdade.

Perdi minha baldeação na Union Square, mas nem liguei.

Michelle me contou sobre a avó, a queda que ela tinha sofrido recentemente em sua aula de tango semanal, e como planejava ler Frank O'Hara na cabeceira da avó.

– Ele foi atropelado por um *buggy* na Fire Island – disse ela a respeito de O'Hara. – Você acredita? – A avó era poeta. Muito boa em sua época, pelo que entendi. Publicava com o nome Willomena Proofrock[9].

– Um *buggy* – eu repeti, imaginando um homem tomando sol deitado em uma toalha e o veículo de recreio passando sobre ele. – Que droga.

– É muito irônico.

Michelle tinha uma grande paixão pela ironia. Para ela o mundo era caoticamente mergulhado em ironia. Era um grande *Oedipus rex*.

– Pelo que entendi, você é atriz – eu disse.

---

9   A grafia é Wilhelmina Prufrock (1931-2003).

– Dificilmente. Sou dramaturga. Mas já atuei em peças na escola. Estou na escola de teatro na Sarah Lawrence. Você é filipino?

– Como é que você adivinhou?

– Nossa empregada, quando eu era criança, tinha seu nariz. Ela falava filipino ao telefone, ligações interurbanas. Meus pais nunca se importaram.

– Eles os exportam, sabe – eu disse. – São chamados TFI. – Escrevi TFI no ar entre nós. Sempre que estava nervoso eu gesticulava demais. – Trabalhadores Filipinos Imigrantes. Sabe que em alguns países a palavra para empregada doméstica é filipina?

– Isso é tão irônico!

Os dois assentos à nossa frente vagaram e nos sentamos. Michelle não tinha boa postura. Sentava com a bunda muito fora do banco, o pescoço afundado nos ombros. No começo pensei que fizesse isso para me deixar à vontade, por causa da nossa diferença de altura, mas logo percebi que ela sempre se sentava assim. Na verdade, era a única coisa nela que não era feminina. O resto eu achava deslumbrante.

Falei sobre Manila, minha cidade moribunda. Cancerosa, em metástase, degenerada. Engraçado, eu nunca nutri tais sentimentos enquanto morei lá. Minha principal objeção na época era que ela não era um grande polo da moda como Nova York, Londres ou Paris. Eu não conseguia dar a mínima para o que acontecia no meu país politicamente. Terrorismo, NEP[10], corrupção do governo – nada disso me fazia nem piscar um olho. De repente eu estava dizendo à Michelle que Manila precisava era de uma espécie de Giuliani.

– Alguém que consiga manter suas mãos fora do pote de biscoitos por um único mandato e acabar com a pobreza.

---

10 Novo Exército Popular, um braço armado do Partido Comunista das Filipinas (PCF), considerado uma organização terrorista pelos Estados Unidos em 2002.

Ela, por sua vez, me contou sobre Nova York, quando ela era criança, na década de oitenta, época em que ninguém ia ao Lower East Side e o SoHo ainda nem tinha uma loja da Prada.

Eu elogiei seu vestido *vintage*.

— YSL?

— Qual é, você é *gay*? – ela brincou.

— Não, sou estilista. A cor parece YSL, final dos anos setenta. Mas eu posso estar errado.

— Esse é o meu período favorito de YSL. Mas eu acho que este é Dior.

— Esse teria sido meu segundo palpite.

— Você é um estilista de moda *heterossexual*? Isso é tão irônico!

Logo saímos do trem, e eu estava carregando a mochila de Todd Wayne Mercer para ela ao longo da Joralemon Street. Confessei que a tinha visto antes. Descrevi nos mínimos detalhes o que ela estava usando naquele dia no museu, o vestido transpassado verde DVF. Michelle não ficou nada surpresa. Estava lisonjeada de alguém ter prestado atenção e achado que ela fosse algo que ela mesma nunca pensara que fosse: memorável. Só muito mais tarde ela admitiria que se lembrava de mim como o baixinho filipino num *jeans* apertado com uma bunda bonitinha.

Caminhamos bastante. Ela me mostrou a arborizada beira-mar do Brooklyn Promenade. Apontou para onde Arthur Miller, seu dramaturgo americano favorito, tinha morado. Esse era um bairro tão pitoresco, tão literário, tão peculiar, tão *branco*, que em qualquer outro dia, com qualquer outra pessoa, ele teria me deixado incomodado. Eu me sentia muito mais à vontade na esquina da McKibbin com a Graham, entre os traficantes de drogas e porto-riquenhos e negros e *hipsters*, bem no coração de Bushwick – todos, de alguma forma, imigrantes, um invadindo o pedaço do outro. Mas, nessa primeira incursão a Brooklyn Heights com Michelle, eu não pensava em nada disso. Através da gola aberta de seu vestido, eu podia ver a pele pálida, os sulcos em seu peito, e onde a elevação de seus pequenos seios começava. Depois havia o longo pescoço sardento – uma ramificação. Como era inebriante. Seu rosto era um pedaço de fruta madura! Dê uma mordida, ele dizia. Resisti a essa compulsão de sexualizá-la, juro. Ah, mas como eu ansiava por um corpo! Ainda assim, sabia que precisava de paciência e autocontrole se queria ficar com uma menina de Westchester. Não ia beijá-la ainda, decidi, e então em minha cabeça recitei um monte de clichês americanos: é devagar que se vai ao longe, Deus ajuda quem cedo madruga.

– Acho você fascinante – disse a ela. Diante de meu elogio, ela sorriu e pareceu se dobrar como um lírio cujas pétalas fossem muito pesadas. (Por que nós nos tornamos florais quando se trata de amor?) Meu Deus, como eu me lembro dela no começo, tão facilmente seduzida por elogios, a despeito de ter se tornado bruta e dominadora. Michelle era uma marreta, mas poderia derreter em seus braços como chumbo, se você dissesse as coisas certas.

Da beira-mar voltamos para a Henry Street, depois nos separamos na esquina. Achei estranho ela não querer que eu a acompanhasse até a porta da casa da avó. Suponho que percebeu que eu ainda era um homem que ela tinha acabado de conhecer. Afinal, essa era uma cidade onde tudo podia acontecer. Você poderia ser atacado por um estranho e acabar no Brooklyn Promenade. Observei Michelle seguir por uma fileira de lampiões com a mochila de Todd Wayne Mercer pendurada no ombro. Observei as iniciais dele desaparecerem.

Tudo o que fiz em meu estúdio naquele outono foi com a intenção de impressionar Michelle. Eu a desenhei de memória, vestindo-a com roupas que ainda não tinha completado. Ela era uma musa e uma maldição. Eu era produtivo, mas não trabalhava para mim. Às vezes não há diferença. Faço roupas para mulheres, então dava no mesmo se estava fazendo roupas para uma mulher em particular.

Uma semana depois do nosso encontro casual no trem 4, tivemos nosso primeiro encontro em um restaurante polonês no East Village, um lugar antigo, estreito, com um piso de linóleo pesado. Sentamos no balcão e fizemos os pedidos de um quadro-negro de ofertas. Michelle me apresentou ao *borscht* e ao pão *challah*. Tiramos um pedaço de queijo grelhado do pão judeu alto que me lembrava os pães *pandesal* de meu país. Michelle pôs uma colher de chá de creme de leite em meu *borscht* e mexeu até ele ficar de uma cor fúcsia leitosa, como uma tigela espessa de Pepto-Bismol, embora ainda bastante apetitoso. Ela me disse que era sua cor favorita.

– Sua cor favorita é *borscht*? – provoquei. Ela riu e me deu um soco na lateral. Michelle era muito forte, com mãos grandes e delgadas, dedos com pontas macias cobertos de anéis antigos. Aquelas mãos poderiam agarrar todo o meu ser e me apertar. Eu me sentia seguro sempre que ela punha uma em mim, como fez no balcão enquanto tomávamos ruidosamente nosso *borscht*. Pus meu dedo em cima do dela e nós os entrelaçamos. Que calor! Aquela primeira abertura: Minha mão tocando a dela, sua mão tocando a minha, minha coxa em sua mão, sua mão em minha coxa. A primeira vez que dois amantes se tocam intencionalmente é sempre mais memorável do que o primeiro beijo ou a primeira transa, pelo menos para mim. É aquele raro choque emocional singular que nunca pode ser replicado. Quando chegou a hora de dividir o queijo grelhado, fomos forçados a soltar as mãos, e ainda assim ansiávamos por aquele toque como viciados. Então, ficamos de frente um para o outro para comer o sanduíche, entrelaçando nossas pernas sob o balcão. Meu joelho foi agarrado por suas coxas, apertadas o suficiente para eu sentir seu calor interno. Era nosso primeiro encontro, mas no espelho atrás do balcão já parecíamos um casal que não podia ser separado. Quando pedi a conta, ela pôs a mão na parte inferior das minhas costas, logo abaixo da camisa, e nós esperamos.

Na Division Street, em Chinatown, compartilhamos um *bubble tea* e comemos arroz-doce em uma folha de bananeira. Confessei que não queria que ela fosse embora e lhe pedi que passasse a noite comigo em Bushwick. Era um domingo, e, para chegar à escola no dia seguinte, ela precisava pegar o trem da Grand Central Station para Bronxville. Ainda nem tínhamos nos beijado.

– Claro – disse ela sem hesitação. – Eu não tinha nem pensado em ir embora. – E então me deu um beijo, parte na boca, parte na bochecha, mas totalmente maravilhoso. Eu a beijei novamente. Uma brisa veio e se foi. Senti a umidade que ela tinha deixado em meu rosto evaporar. A partir desse momento eu era um homem marcado.

Michelle foi para casa comigo e nós transamos, mas vou poupar os detalhes, exceto este:

Nus, despimos nossa alma um para o outro. Não há fingimento. É a antimoda. Sempre que mostro a pele em um de meus vestidos – um peito aberto na frente do coração, ou um deslizar de costas expostas –, sinto que estou proporcionando uma espiada na verdade. O corpo de Michelle nu era como soro da verdade. Eu me derreti ao ver seus ombros descobertos, ligeiramente sardentos de um verão passado em Nantucket Island; seus seios, dois punhados maduros de carne branca, delineados com o desenho do biquíni. Eu fiquei de joelhos e a cheirei logo abaixo do umbigo até que a penugem branca de seu estômago se arrepiou. As mulheres americanas são maravilhosamente peludas. Oh, como eu desmoronei diante de tudo aquilo! O perfume de feminilidade jovem, tão inconfundível! Sua bunda era fantástica – ainda sonho com suas duas metades. E o que suas nádegas guardavam dentro de sua sombra escura era a verdade honesta de Deus! Sua obra, revelada. Anunciai na montanha.

Ultimamente tenho pensado sobre erros. Isso é tudo que tenho a chance de fazer atualmente. Houve momentos, no decorrer dos dois anos em que estivemos juntos, em que eu me perguntava como podia ter me envolvido com uma garota como aquela. Olhando para trás agora, não é óbvio? Foi por amor.

Bronxville revisitado

Em meados de novembro eu passava muito tempo nos beliches de cima da Sarah Lawrence, com suas cozinhas comunitárias, conselheiros residentes, formulários para visitantes, corredores úmidos, maconha, grama cortada, grandes carvalhos, pistas de corrida. Eu pegava o Metro-North para Bronxville para ver Michelle suportar as dificuldades da vida universitária em um cenário pastoral com muita hera sobre tijolo.

Na baldeação da Estação Grand Central a cada fim de semana, eu ia ver rostos do meu bairro – *hippies* malvestidos, músicos, moleques privilegiados como eu. Fiquei sabendo que muitos ex-alunos da Sarah Lawrence tinham ido para Bushwick após a graduação para se manter ligados a sua miséria universitária americana. Eles voltavam nos fins de semana para as namoradas e os namorados, jovens se agarrando à juventude, como se existisse alguma tubulação subterrânea entre os dois lugares. Descobrir isso me deixou determinado a não ser confundido com um deles, mesmo que um deles estivesse destruindo toda a minha felicidade e realização.

Como assim, você pergunta? Como é que um jovem passa do amor ao ressentimento em questão de semanas? Bem, como já disse, eu não queria nenhum vínculo. E dois meses depois de começar minha nova vida eu tinha encontrado apenas isso: um vínculo. Mas esse é o dilema de um jovem, não algo em que desperdiçar as páginas preciosas de minha confissão quando há tanta sujeira no ar que precisa ser limpa. A última coisa que vou dizer sobre o assunto é que, quando alguém se apaixona, sempre vem junto uma dose de ressentimento. Essas coisas andam de mãos dadas. Tudo fica em suspenso quando duas pessoas se apaixonam uma pela outra. Eu estava gastando meu salário inteiro em viagens a Westchester e jantares medíocres para dois, embora minha presença fosse na verdade necessária em festas e eventos na cidade. Sem minha presença, o sonho podia facilmente escapar. O sonho de Bryant Park. New York Fashion Week. Entenda, sempre que me via na Rua 42 eu gostava de caminhar até a praça quadrada e olhar o modo como a luz entrava através dos plátanos e caía sobre a balaustrada de pedra e o gramado bem-cuidado. Oh, como esse pequeno enclave verde seria transformado duas vezes por ano no centro do meu mundo! Eu sentia uma ligação com aquele espaço. A agitação que cercava o parque – os escritórios de portas giratórias – não causava nenhuma impressão real em mim. No parque eu estava em minha zona. Era onde eu planejava causar sensação. Ser lembrado na tenda durante a semana de moda é tornar-se imortal.

Michelle, apenas por estar comigo, me desviava para longe de tudo isso. Ela me mantinha sem dinheiro e sem energia em Bushwick. Os três mil de Ahmed estavam quase no fim. Entre o casaco pretensioso que tive de comprar para o inverno e a passagem de trem de ida e volta a cada fim de semana, Williamsburg estava sendo completamente espremido para fora do meu horizonte. Todo o pessoal artístico, descolado – meu pessoal – estava prosperando na colônia industrial que era Williamsburg, alimentando seu sonho urbano boêmio vindo dos terrenos perdidos de SoHo e Greenwich Village antes dele. Cada vez que eu passava pelas estações Graham e Lorimer e Bedford no trem L, o bairro me chamava. Atrás de cada porta de garagem havia um escultor, um pintor, um ensaio de banda, uma sessão de gravação, um estilista, uma sessão de fotos de moda, completamente unidos na busca comum de tentar superar o outro em suas respectivas áreas de atuação.

Onde estava a minha marca em tudo isso? Sem o financiamento adequado, não havia marca nenhuma. Apenas um homem em uma sala fazendo roupas femininas. Que triste! Eu tinha todos os amigos certos prontos para ajudar – Vivienne Cho, Philip Tang –, mas o que não tinha eram os investidores. E assim, ao fazer tudo sozinho – *design*, costura, criação –, eu era também meu próprio *headhunter*. Meu plano tinha sido terminar uma pequena coleção, conseguir um estúdio adequado em Williamsburg, fazer Vivienne e Philip se apaixonarem por minha linha e levá-los a me apresentar às pessoas certas dispostas a investir, tudo em nome da alta-costura.

Na sexta-feira antes do Dia de Ação de Graças, quando eu corria para casa para pegar minha bolsa de fim de semana, percebi que estava sendo seguido. Do lado de fora dos armazéns Kosciuszko, onde muitos dos pós-graduados da SLC moravam em bandos, eu me virei para olhar para o brilho dos faróis de um carro em marcha lenta atrás de mim. Quando diminuí o ritmo, o carro não passou, apenas se pôs ao meu lado. Como qualquer pessoa acostumada às ruas americanas pode lhe dizer, isso significava um mau sinal.

– Boy – alguém gritou, e eu imediatamente reconheci a voz. Era Ahmed. Ele se aproximou do meio-fio em um pequeno veículo híbrido, um Toyota Prius. – Eu achei que era você. Reconheço esse andar em qualquer lugar. Eu disse a mim mesmo, esse é o jeito de andar de um Filipinni. Aquele bando maltrapilho de oportunistas! Eles estão em toda parte ao mesmo tempo. Como é que você está?

Fui até a porta do carro e apertei a mão de Ahmed. Ele estava vestido com um de seus ternos novos. O xadrez cinzento de peito duplo. Usava o paletó abotoado sem camisa. Seu peito aberto me lembrou o ator de TV Philip Michael Thomas, cujo estilo eu imitava desde criança vendo o seriado *Miami vice*.

– Veja meu carro – disse Ahmed. – É um Zipcar.

– O que você quer dizer?

– É uma espécie de aluguel, só que não é. É um híbrido. Você devia ver a quilometragem que eu consigo nesta joça. Surpreendente. Entre. Eu vou te levar para dar uma volta no quarteirão.

– Não, obrigado. Estou com pressa.

– Mais uma razão.

Nesse instante ouvi uma garrafa se espatifar em algum lugar próximo, então dei a volta correndo pela frente do carro e entrei.

Seguimos pela Broadway sob o viaduto da linha El. Essa era a Broadway do Brooklyn, uma série de quarteirões replicados em que cada loja recebeu o nome de seu serviço – Hair-Braided, Checks Cashed, Jewelry Bought and Sold – e onde os jovens se amontoavam na porta de restaurantes de comida chinesa para viagem, congregando-se com seus jantares em travessas brancas de isopor.

– Então, qual é a pressa? – Ahmed perguntou.

– Eu vou a Bronxville hoje à noite. Mas primeiro preciso correr para casa.

– Bronxville, hein? Que diabo há em Bronxville?

– Minha namorada.

– Sua mana? É muita viagem para uma xoxotinha. Ela deve valer a pena.

– Ela vale – eu disse. – É muito gostosa.

– Qual é o nome dela? De sua mana?

– Michelle.

– Ah, Michelle. *"Mee-chelle, my belle. Sont des mots qui vont très bien ensemble."* É francês para "estas são palavras que ficam muito bem juntas", ou *ensemble*. Os Beatles. Mil novecentos e sessenta e alguma coisa. O ano em que o *rock* nasceu.

Ahmed tinha um entusiasmo, um tipo de sentimento viva-para-
-o-momento, que fazia você esquecer os detalhes incongruentes. E
nós éramos estrangeiros, lembre-se, falando uma segunda língua. No
caso de Ahmed era sua quarta ou quinta língua. Juntos, falávamos
um inglês de *outsider*. Uma língua que às vezes incorporava termos
de nossa terra natal, palavras em nossos corações que não podiam ser
traduzidas. De nossas bocas, saía o mundo *ensemble*.

– Você sabe onde eu moro, Boy. Por que me insultou não apa-
recendo? A menos, claro, que você tenha estado trabalhando. Seu
gênio. – Ele bateu em sua lapela. Então, me lembrou de como nós
tínhamos estabelecido um vínculo de confiança, igualando-o a uma
sequoia da Califórnia.

– Você parece preocupado. Se alguma coisa está te preocupando,
ponha para fora. Não deixe essas coisas se infeccionarem. Isso não é
bom para o coração, cara.

– Eu estou atrasado, é só isso.

– Você está atrasado. Vou levar você.

– Leva uma hora. Não seja bobo.

– Besteira. Eu ficaria honrado. Além disso, tenho o híbrido pelo
resto da noite. E ainda tenho que te mostrar a quilometragem que
essa coisinha faz na estrada.

Subi correndo as escadas para pegar a minha bolsa de fim de semana – tonto, eu admito, de conseguir uma carona para Bronxville.
Que sorte! Uma garota estava esperando para me ver. Ainda havia
um pouco de dinheiro no meu bolso. Por que eu não poderia simplesmente estar feliz?

Quando voltei, Ahmed estava mexendo em um aparelho de GPS.

– Então, Boy, eu estive pensando sobre o vestido naquela loira.

– Você está falando da Olya?

– Olya. Como eu poderia esquecer a Olya. Seu negócio é roupa
feminina muito sofisticada, certo? Boy, eu tenho de te dizer. Desde

que comecei a usar seus ternos eu mesmo me senti como uma bela loira. – Ahmed arrotou. – Desculpe. É incrível o que uma roupa de primeira pode fazer pela confiança da gente. Eu tenho sido um sucesso em tudo o que escolhi atacar, como você talvez saiba ou não. Mas usar algo assim me faz *sentir* que sou um sucesso. Quando se chega à minha idade os sucessos se acumulam e nada mais parece surpreender a gente. Você precisa ter prejuízos apenas para saber que está vivo. Eu não espero que você entenda. Mas saiba disto: Ultimamente, eu rejuvenesci. Com este terno tenho ganhado respeito e atenção aonde quer que eu vá.

– Está vendo? Isso é o que a moda pode fazer pela gente. Essa é a *raison d'être* dela. Fazer você se sentir bem consigo mesmo. Quando ouço isso, sei que eu fiz o meu trabalho.

– Uma confissão, Boy. Acho que seus empreendimentos artísticos têm me deixado com inveja. Ser tão jovem e talentoso. Você está levando a vida que eu queria levar antigamente. As restrições sociais da minha educação me impediram de explorar o verdadeiro fashionista que há em mim. Fui criado como muçulmano. Alá é grandioso, Maomé é seu profeta, *haraam* isso, *haraam* aquilo, louve Alá. Olhe como as mulheres ainda andam de *hijab*, cobertas, incapazes de exibir sua tremenda beleza. Que vergonha! Possivelmente a maior vergonha do Islã. Ser um estilista de moda nunca teria sido uma opção para mim no lugar de onde eu venho. Especialmente como homem. Eu não sou o primeiro a evocar o elefante na sala quando digo que ela não é a mais masculina das profissões. E agora, na minha idade, você acredita que eu estou tendo a súbita urgência de me arrumar? De, pela primeira vez, não ter vergonha!

Seguimos por Williamsburg, que eu sabia que era o meu lugar. Um porto seguro para a mente artística, onde a juventude e a moda pareciam ao mesmo tempo fáceis e destrutivas. Ele era precioso para mim dessa maneira.

— Olhe para aquela cadela com os *dreads* do arco-íris – disse Ahmed, apontando uma garota pálida, branca, quase-rasta vestida com uma *parka*. – Ela tatuou o rosto!

— Mas veja bem, Ahmed, essas são as pessoas que ditam as tendências para uma boa parte do mundo – os *hipsters*, os jovens, os efêmeros. E essa é a inovação que minha coleção vai explorar. Não é necessariamente bonita. No máximo, pode-se chamá-la de uma aberração. Mas que atitude! Estou certo? Ela tem tanta atitude que você se sente absolutamente obrigado a apontá-la na rua.

— É preciso ter colhão para tatuar o rosto, isso eu admito.

Quando chegamos à Metropolitan, a voz de uma inglesa nos instruiu a virar à direita e duzentos metros depois pegar a Brooklyn-Queens Expressway (BQE). Eu não consigo explicar, mas tudo nessa noite parecia estar acontecendo com absoluta precisão.

De acordo com a orientação da voz, entramos na BQE.

— Estou começando a entender sua visão, Boy. Você é muito persuasivo. Gosto disso. Como eu disse, tenho tido inveja ultimamente. Permita-me continuar. Eu liguei essa inveja a dois desejos. Estou com inveja de seu talento – alguns de nós podem ter muita sorte. O segundo está relacionado com os ótimos ternos que você fez para mim. Antes eu estava satisfeito, mas agora quero mais. Não me interprete mal, os ternos são perfeitos. Mas eu desejo um armário *cheio* de ternos da melhor qualidade. Esse é um sentimento muito estranho para mim. É como a sua ex-primeira-dama com os sapatos[1].

— Ahmed, não há nada do que se envergonhar. Isso é o que mantém a indústria funcionando, você não vê? Somos todos fisgados. É insaciável. Nada é satisfatório, certamente não para o cliente.

---

[1] Imelda Marcos, também conhecida como a Borboleta de Aço.

– Chega, Boy. Você não tem que vender nada para mim. Nossa confiança é como uma bela flor. Nós dois precisamos cuidar dela. Oh, deixe chover! Deixe nosso jardim crescer! Veja o meu entusiasmo. É inabalável. E, da perspectiva de um investidor, não conheço nenhuma outra indústria com um *markup* de quinhentos por cento sobre o produto. Bem, afora o petróleo. E todos nós sabemos que esse os sauditas controlam.

Eu não sabia como responder a isso. – O que você quer dizer?

– Eu tenho que soletrar para você? A-B-C-D? Eu quero estar no negócio, o que mais? Sou um vendedor de tecidos, mas não há nenhuma honra nisso. Não há arte.

Bronxville de repente parecia tão distante quanto a Sibéria.

– Nós temos confiança, não? A confiança deve ser uma via de mão dupla. Caso contrário, é uma desgraça. – Ele bateu com o punho no painel. – Quero investir na sua linha de roupas.

– Ahmed, *start-ups* são demais para um único investidor assumir. – Eu estava pensando muito depressa agora, tentando ficar um passo à frente daquele benfeitor duvidoso. – Primeiro eu preciso mudar a operação para Williamsburg. Depois eu preciso encontrar cortadores, pessoas que saibam costurar. Preciso de um bom divulgador.

– Não me fale besteira. O que é uma *start-up*? Sessenta? Setenta mil? Depois há os custos fixos. Eu falo com meu contador, Dick Levine. Ele cuida de todas as minhas finanças. E eu conheço proprietários em Williamsburg que me devem. Armazéns convertidos. Há um que eu já tenho em mente. Uma antiga fábrica de palitos de dente.

Eu estava começando a ver as mentiras de Ahmed apenas como mais um risco ocupacional. Modelos faziam dieta. Escritores bebiam. Atletas tomavam bomba. E empresários mentiam. Baixei o vidro de minha janela.

Há uma clara mudança na atmosfera ao longo da Rodovia Major Deegan. Uma transição do ar abafado do Bronx para o frio mais temperado de Lower Westchester. O vento amortecia parte do meu rosto. Por um instante eu me vi flutuando ao longo da Major Deegan, minha essência removida do corpo, pairando acima do Zipcar. Eu estava voando. Deixei o ar me encher os pulmões.

Então Ahmed fez o carro descrever um movimento brusco. – Meu Deus, você *viu* aquele buraco? Era maior do que você.

Talvez assegurar meu financiamento dessa forma fosse realmente tão tolo quanto eu sentia lá no fundo na época. Mas veja a minha posição. De segunda a quinta-feira eu estava vendendo minha marca para quem quisesse ouvir, e ninguém se interessava. Ali estava um cara que parecia genuinamente animado com moda. Eu não via Ahmed como um otário, alguém que eu poderia enganar para financiar minha marca. Eu o via como alguém que acreditava no que eu estava fazendo. Deixando de lado toda a bajulação, eu pensava que ele tinha me reconhecido pelo que eu era, um estilista talentoso. Vocês podem estar sacudindo a cabeça: "Olhe, olhe o imbecil! Exatamente igual a um jihadista influenciado por todas as virgens que lhe prometeram no céu". Peço a vocês mais uma vez que se coloquem nos meus sapatos tamanho trinta e nove. Minha vida depende disso! A perspectiva de eu ser o bode expiatório dele nunca sequer me passou pela cabeça. Por que passaria?

– Nós estaríamos em West Nyack se não fosse essa porra de GPS – disse Ahmed. – Ele é cem por cento preciso. Entrando na Dodge em dois minutos e meio. E olhe o marcador de combustível. O ponteiro nem se mexeu! Eu não te disse que este carro é um arraso na estrada?

Quando chegamos ao *campus*, seguindo lentamente pela Kimball Avenue, eu absorvi as ofertas agradáveis de uma noite em Bronxville. O cheiro de uma lareira acesa, o *poc* de bolas de tênis ecoando nas quadras mesmo em novembro, os imponentes edifícios Tudor magnificamente iluminados. Folhas enrugadas caídas, como canela e pétalas de flores secas, eram esmagadas sob os pneus de nosso carro.

Orientei Ahmed a me deixar em um estacionamento da faculdade.
– Que coisa mais chique – disse ele ao entrar no estacionamento. – Toda essa merda de educação custa uma fortuna. Sua namorada é de família rica?
– Acho que sim. Para dizer a verdade, não sei muito sobre eles.
Ele encolheu os ombros. – Eu nunca fui para a faculdade. Comecei a trabalhar aos treze anos e nunca olhei para trás. Não sou um grande artista como você, mas sempre consegui ganhar dinheiro. Talvez esse seja o meu talento.

Antes de eu sair, combinamos de nos encontrar na segunda-feira de manhã, logo que eu voltasse à cidade. Íamos tratar melhor dos detalhes da nossa sociedade.

– Boy, saiba que eu gostaria de ser um parceiro silencioso em tudo isso. Só ser incluído em seu negócio já seria suficiente. Não estou atrás de holofote. Nossa confiança pode ser uma coisa bonita. Agora, vamos sair e nos abraçar como dois homens que não têm medo do que isso pode parecer.

Da maneira como as coisas acabaram para mim aqui na Terra de Ninguém, pode-se dizer que julguei muito mal a situação. De fato, a esta altura devo estar parecendo um asno completo. Mas o que é bom senso? Bom senso é muitas vezes confundido com *firmeza moral*. Nos negócios, a moralidade é um obstáculo. Só estou dizendo. Ela está em completo desacordo com a indústria da moda. Não há nenhuma moralidade na moda. Bom senso, nos negócios, é igual a lucro. Na moda, lucro se traduz em fama. Apesar de todas as suas contradições, Ahmed conseguiu me convencer de que ele poderia ter lucro. E eu queria ser famoso.

Quem disse isso melhor foi Yves Saint Laurent: "Eu comecei exclusivamente pela fama".

Michelle vivia em um quarto para deficientes no Titsworth, um edifício em estilo Tudor na praça comunitária. Quando abordei o assunto pela primeira vez, ela disse que tivera sorte: a faculdade tinha um excesso desses quartos sem alunos com deficiência suficientes para ocupá-los. Uma das comodidades do quarto era um banheiro privativo com uma grande banheira. Eu sempre achei o símbolo azul de deficiência colado na porta do banheiro dela bastante irônico, um floreio no que ela se referia como o wc ou a toalete ou o quarto do pó. Michelle chamava os banheiros de tudo, menos de banheiro. Era sua maneira de se fingir de desejável.

Ela me registrou como conselheiro residente, e nós nos retiramos para o quarto para uma soneca. Michelle tirou o suéter de lã e eu desabotoei minha camisa. Nós nos beijamos por um tempo e depois nos agarramos em abraços profundamente amorosos em seu colchão de solteiro.

Deitado de costas, contei a ela sobre o que tinha acabado de acontecer entre mim e Ahmed.

– Eu mal posso acreditar. Tenho o dinheiro para a *start-up*.

– Você acha que ele está falando sério?

– Nós acabamos de nos abraçar no estacionamento para comemorar.

– Ah! Você é muito estranho. Quer dizer, você tem certeza de que ele vai mesmo fazer isso? Parece muito dinheiro.

– Eu e o Ahmed temos uma ligação especial. Fiz dois ternos para ele, lembre-se. Esse cara ficou entusiasmado com meu trabalho. Acho que o fisguei. Vamos nos reunir na segunda-feira.

– Isso é ótimo, querido. – Mas havia hesitação em sua voz. Na palavra "querido".

– O que foi? – eu disse.

– Nada. É ótimo.

– Não, o que foi?

– Parece apenas muito dinheiro para alimentar suas esperanças. E esse cara...

– Ahmed.

– Ele é seu vizinho. Ele parece tão estranho! Não parece confiável. Quer dizer, ele simplesmente o apanhou e o trouxe até aqui? Isso é tão aleatório.

Essa era outra visão famosa de Michelle. Segundo ela, tudo parecia acontecer ao acaso, ou com grande ironia. Nós éramos completamente diferentes nesse aspecto, porque, como acabei de dizer, tudo naquela noite me parecera preciso. Como se estivesse predeterminado.

– Nós somos amigos. Ele confia em mim.

– E que carro era esse? Ele o pegou emprestado. O cara nem sequer tem carro próprio?

– Eu te disse, era um Zipcar. É como um aluguel, mas não é.

– Eu não consigo entender como um cara que não tem carro, que você só encontrou um par de vezes, vai lhe entregar setenta mil dólares. Desculpe se estou sendo completamente pessimista, mas estou tentando protegê-lo. Esse... esse *Ahmed* – e aqui ela enfatizou o nome árabe dele – está a fim de alguma coisa. E não é ver você fazer sucesso. Você mesmo disse que achava que ele era um mentiroso.

– Ele *é* um mentiroso. Eu sei que tudo isso soa muito louco. Mas ele tem um transtorno compulsivo. Como TDAH ou algo assim.

Michelle me deu um tapa no rosto. Foi a primeira de suas muitas explosões violentas.

– Ah! Faz sentido. Você não quis dizer TOC? Eu juro, você tem a inteligência de um aluno da sexta série.

– Meu Deus, por que você me bateu? Isso dói pra caralho. Tudo bem... TOC. Que porra é essa?

– Desculpe, eu não falei a sério. Você estava me provocando. Eu me senti atacada. – Encostou a cabeça no meu peito, envergonhada. – Não vou mais fazer isso.

– Ei, está tudo bem. Nem doeu. – Comecei a acariciar seus cabelos.

– Estou tão envergonhada!

– Querida – sussurrei na sua nuca. Queria dizer-lhe como me sentia em relação a ela naquele momento. Ela acabara de me dar um tapa no rosto, seus olhos tinham me enganado, e durante aquele breve segundo ela quis me rasgar, e ainda assim eu estava seduzido por seu temperamento esquentado. Minha bochecha ainda ardia – eu nunca tinha sido esbofeteado por uma mulher –, e agora, com a cabeça dela em meu peito, estranhamente eu achei que a amava. Só que não confessei isso. Querida, eu tinha dito, e deixei só nisso.

Depois da nossa briguinha, restabelecemos o bom humor. Com que facilidade isso pode ser feito quando o amor é tão jovem! A consolação, os afagos e as desculpas na beirada da cama rapidamente evoluíram para beijos e abraços e depois felação.

Mais tarde, quando estávamos deitados de lado um de frente para o outro, eu novamente sufoquei o desejo de lhe dizer que a amava. Como eu disse antes, seu corpo nu exigia honestidade. Mas resisti, olhando através de sua boca ansiosa, de seu coração aberto, para um canto do quarto. O umidificador emitia um zumbido baixo. O vapor envolvente fazia parecer que estávamos em um sonho cinematográfico. O que eu sentia e o que a situação exigia não ia sair de mim.

Michelle perguntou em que eu estava pensando.

Na teoria do caos, respondi.

Dois minutos inteiros

Embora nosso banho semanal geralmente aconteça aos domingos, tornou-se comum eles mudarem a programação, às vezes para um dia antes ou um dia depois. É selvagem. Depois de quarenta e oito horas a gente já começa a cheirar mal, então vocês podem imaginar o que é ficar mais de uma semana sem se lavar.

As tendas ao ar livre foram construídas em pares. Portanto, cada um de nós tem um parceiro de banho, embora não tomemos banho juntos. Simplesmente espera-se na fila com seu parceiro pelo próximo conjunto de tendas disponíveis.

Meu parceiro de banho de ontem falava inglês. Tinha um forte sotaque britânico, bem inteligível. – Há quanto tempo você está aqui? – perguntou ele. – Como as regras nos proíbem de falar uns com os outros, fiquei surpreso de que o guarda de meu parceiro de banho agisse como se nada tivesse sido dito. Olhei para o cara que me guardava, e ele também não parecia disposto a repreender meu parceiro de banho. Ambos nos ignoravam completamente enquanto esperávamos pelos chuveiros.

– Meu nome é Riad. Sou cidadão britânico – continuou meu parceiro de banho. – Qual é seu nome?

Olhei mais uma vez para meu guarda. Nada ainda.

– Boy – eu disse. – Estou aqui há três meses.

Riad assentiu.

— Há quanto tempo você está aqui? — perguntei.

— Dois anos.

Eu pensei que tinha ouvido mal. — Quanto tempo? — repeti.

— Dois anos. Bem, mais que isso agora. Minha filha tinha três anos quando fui enviado para cá. Agora tem cinco. Ela já começou a escola. — Ele comentou isso como uma questão de fato. — Mas eu fiquei em Bagram por um ano antes daqui.

Três anos em cativeiro! Como é terrível que agora eu consiga imaginar como um homem pode sobreviver a esse tipo de provação. E só estou aqui há uma fração desse tempo. Quando cheguei, pensei que certamente estava acabado. *Finito*. O catre de aço, o colchão fino como um tapete de ioga, uma toalha para minha cabeça — que tipo de condições eram essas? Em casa eu dormia em uma cama da West Elm e com um travesseiro sueco de cento e cinquenta dólares que se adaptava aos contornos do meu pescoço. Em minha primeira manhã na Terra de Ninguém, quando ouvi a chamada para a oração ao amanhecer, pensei que tinha caído na cova do inferno. Mas logo descobri que o ambiente poderia ser tolerado. Eu era capaz de suportar. Não sei como. Tenho conseguido sobreviver com as rações sem gosto com que sou alimentado através da fenda na minha porta. Sou capaz de permanecer em silêncio dias a fio sem enlouquecer. Ficar em silêncio nunca foi algo que eu conseguisse fazer. No entanto, uma vez que fui confinado a minha caixinha, descobri que isso poderia ser feito. Que escolha eu tinha?

— Você já foi julgado? — perguntei a Riad.

— Vamos lá, mexam-se — disse meu guarda. — Os dois no deque.

Fomos empurrados para a frente na direção dos chuveiros, e depois separados de modo que cada um entrasse em sua tenda.

Não há teto sobre as tendas. Apenas o céu aberto, luminoso, quente. Nessa hora o sol do fim do verão está bem acima da cabeça.

Depois que entramos o portão é trancado atrás de cada um de nós, e então nos viramos para que nossas mãos e pés sejam soltos através da fenda inferior das portas da tenda. Nós nos despimos depressa, entregando o uniforme através da fenda central, porque nesse momento dispomos apenas de dois minutos para nos lavar. Dois minutos inteiros para se fazer algo tão básico! O guarda entrega o sabonete e um sachê de xampu. Depois, uma toalha. Alguns recebem pequenas lâminas de barbear de plástico, dependendo de ter sido considerados mansos. Mais uma tática de punição vestida de bondade. Simplesmente não há tempo suficiente para fazer a barba no chuveiro, e de qualquer maneira as lâminas são muito cegas e machucam.

Água fria nos chuveiros.

Mesmo que seja tão insuportavelmente quente na Terra de Ninguém, a água é fria demais. A respiração se acelera enquanto o corpo tenta se adaptar à temperatura, e por um momento temos impressão de que estamos sendo sufocados. Quem já pulou em um lago gelado conhece a sensação. Além disso, os dois minutos de banho não podem ser aperfeiçoados, porque cada chuveiro é diferente. Às vezes, a água é cortada enquanto ainda estamos nos ensaboando. "O tempo acabou!", dizem os guardas, mesmo que ainda sobre tempo. E o que se pode fazer? Reclame quanto quiser, você está fora.

Começo cada banho do mesmo jeito, com uma rápida ensaboada nas axilas, depois no peito, na genitália, no ânus e finalmente no resto do corpo – as costas, os flancos, as pernas. Não me preocupo em lavar o rosto, pois isso pode ser feito na cela. O mesmo vale para os pés. Por último, lavo o cabelo com o sachê de xampu rosa. É muito comum a água ser cortada nesse estágio, portanto eu prefiro ficar com xampu no cabelo a ficar com sabonete no corpo. O cabelo também pode ser concluído na cela. Fantasio um banho de duração indeterminada, em que eu disponha de todos os minutos do mundo. Oh, lavar atrás das orelhas! A espuma entre as fendas dos dedos! Que luxo!

– De onde você é? – perguntou meu parceiro de banho por cima da parede divisória. Eu me virei para olhar para meu guarda, que estava voltado para a direção oposta, com as mãos nos quadris.

– Você é americano? – meu parceiro de banho perguntou.

– Eu moro lá – respondi.

– Eu fui a Miami e Fort Lauderdale. Também San Diego e Virgínia.

– Quando?

– Anos atrás. Eu estava num intercâmbio de estrangeiros para a Universidade de Miami. Estive em San Diego nas férias de primavera. Estive na Virgínia.

– Nada de falar – disse o guarda de Riad. Mas depois acrescentou: – Fale baixo.

– Estive na Virgínia para ver uma garota. Já esqueci o nome do lugar. Esqueci até o nome da garota.

Comecei a rir. Miami, San Diego, Virgínia! Eu não podia acreditar no que aquele cara estava me dizendo. Era um prisioneiro! Parecia igualzinho a qualquer outro prisioneiro ali. Barrete, barba preta, pele escura, olhos escuros. Enquanto estávamos aguardando na fila eu meio que esperara que ele me cuspisse na cara, mas lá estava ele, falando comigo.

– Não posso acreditar – eu disse. – O que você está fazendo aqui?

A água foi desligada. Esse foi o fim do nosso banho. Eu ainda tinha espuma debaixo dos braços e xampu no cabelo. Riad não respondeu à minha pergunta, mas percebi que ela não era algo que pudesse ser respondido em dois minutos. Rapidamente me enxuguei enquanto meu guarda esperava com um uniforme limpo para me entregar através da fenda.

– Ah, agora me lembro – disse Riad por cima da parede. – Rachel. A menina de Virgínia se chamava Rachel.

É claro que eu não poderia pôr um rosto nessa Rachel da Virgínia. Quando perguntei a Riad acima da divisória como ela era, nos disseram para ficar quietos pela última vez e fomos levados separadamente de volta para nossas celas.

A menção da pessoa por quem meu parceiro de banho se interessava me fez mais uma vez lembrar de Michelle, das viagens para vê-la em Bronxville etc. Eu tinha vergonha de discutir meu relacionamento fracassado de forma tão aberta com Spyro, mas à simples menção de Michelle e Sarah Lawrence College meu grego pareceu intrigado. "Conte mais", seus olhos pareciam dizer. Eu não deveria ter ficado tão surpreso. Ele está muito familiarizado com os cinco *boroughs* e todos os distritos periféricos, me corrigindo sobre locais e assim por diante. Tenho quase certeza de que ele mora em Manhattan. Talvez, quando tudo isso tiver acabado, eu corra com ele na rua. Em Nova York a gente parece sempre esbarrar em alguém do passado, caminhando pela avenida. Mesmo que essa pessoa viva do outro lado do mundo, vai aparecer, como se tivesse estado lá o tempo todo.

– Você passou muito tempo com a garota – disse Spyro.

– Ficamos juntos dois anos.

– Então foi muito sério.

– Foi muito complicado. Michelle podia estar se entregando de seu jeito. Ela me amava. Mas eu me continha. Logo virou rotina. Ficamos juntos tanto tempo por acomodação. Havia outros. Eu via outras mulheres. Claro, isso não pode sair daqui.

– Continue – disse ele. – Somos só você e eu. Conversando.

– Você e eu e quem está atrás desse vidro.

– Quem? Atrás deste vidro? Não tem ninguém. – Ele bateu no espelho espelhado só de um lado. – Está vendo?

– Vou acreditar em você. Mas lembre-se – eu disse. – Eu não sou burro.

– Eu disse isso? Você tem diploma universitário. Tudo bem, há uma câmera atrás do vidro, gravando nossas reuniões, mas é só para nós termos tudo documentado. É principalmente para sua segurança.

– E o operador da câmera?

– Escute, nós podemos ficar aqui discutindo o dia inteiro se há alguém lá ou não, mas o fato é que você nunca vai saber realmente. Porque nunca vai conseguir ver o que está lá atrás. Então, qual é a diferença? Você está aqui. E não se esqueça disso.

– Como eu poderia? – Tirei as mãos de debaixo da mesa para que ele pudesse ser lembrado das correntes em torno de meus pulsos.

– Então, como você estava dizendo...

– O que eu estava dizendo? – perguntei.

– Para alguém que não é burro você esquece muito depressa.

– Memória seletiva, como você disse uma vez.

– Eu disse isso?

– Talvez tenha sido um russo.

– Vamos voltar a esse fim de semana com a garota. Michelle. Qureshi levou você a Bronxville para vê-la. Isso foi na sexta-feira. O que aconteceu no sábado?

– Michelle e eu fomos ver uma peça.

– E?

Por que Spyro insistia em saber disso? Ele queria saber quem eu conheci. Com quem eu conversei. Até o nome da peça que vimos. Era chamada *Adeus, Agaminon*. Escrita, produzida, dirigida e estrelada por Guatemala, uma das amigas íntimas de Michelle. A peça era um texto de vanguarda com nudez frontal e diálogos sem linguagem. Os atores engatinhavam pelo palco usando fraldas, gemendo e chorando. Arrancavam as fraldas uns dos outros com os dentes, rasgando o Velcro do tecido de poliéster em formação de ataque. Na sequência, todos ficavam cobertos de farinha, com os magníficos rostos brancos de pó. Guatemala, representando a personagem, se levantou, no centro do palco, com os pelos pretos cobertos de flocos brancos, e enquanto ela estendia as mãos no ar, os outros atores começaram a se juntar a seu redor, batendo em seu corpo. Ela era um deus estendendo as mãos para o céu, um extraterrestre retornando à nave-mãe. Era Clitemnestra[1] prestes a matar os filhos. No desenlace de voz e respiração, com a vida tirada deles, os atores desabaram em uma pilha, uma montanha de corpos cobertos de detergente. Guatemala foi a última. Caiu de costas, com os pelos das axilas eretos como duas chamas cinzentas.

    O que isso poderia ter a ver com a investigação de meu agente especial?

    A apresentação só é importante para mim porque me deu uma ideia para minha primeira coleção em Nova York. Minhas modelos marchariam pela pista com o rosto branco, *à la* Comme des Garçons. Só que não de um jeito gótico, mas de um modo limpo, quase vazio. Um rosto inexpressivo, sem vida, capturava muita coisa – morte, pureza, tristeza. Tudo isso seria aparente no *look* das modelos, e ainda seria fiel a meus planos iniciais para a coleção *vis-à-vis* a descolada Williamsburg, com sua juventude e sua beleza destrutiva.

    Depois da apresentação houve a festa, realizada em um dos dormitórios a uma curta caminhada do teatro. Nós nos misturamos com o elenco e a equipe e nos embebedamos de vinho tinto que vinha em caixas de papelão. O ar era espesso e úmido de fumaça de maconha. Conheci muitos amigos de Michelle, e conversamos sobre a apresentação – seu significado aberto, a estrutura sem enredo, a nudez, o mérito artístico.

    – Lembra daquele empilhamento no fim? Eu estava embaixo à esquerda. À esquerda do palco.

    – Nossa direita.

    – Eu me lembro.

    – Ao lado do Jack.

---

[1] Medeia.

– Você deve se lembrar do Jack. Ele era o do pau grande.

– Ah, sim! Claro, o Jack. Como eu poderia esquecer? Desculpe. Eu não te reconheci. Eu estava muito ocupado olhando para o pau grande dele.

– Ele está brincando. Esse é o senso de humor dele. Ele é filipino. É tão aleatório.

– Ele ser filipino ou ele ter um senso de humor estranho?

– Ele ter um senso de humor estranho.

– Apesar de que os dois são igualmente aleatórios.

Uma atriz, Poppy, continuou a falar comigo, mas eu estava muito bêbado e chapado de simplesmente respirar o ar da sala, e logo não ouvia mais nada. Encontrei uma tigela de biscoitos de alga em uma cadeira e me fixei no som que minha boca fazia enquanto tentava devorar o lote inteiro. A clareza trazida pela alga era imensa. A tigela caiu de minhas mãos e os biscoitos se esparramaram no chão. Poppy disse que eu estava fazendo bagunça. Mas quando olhei para baixo vi um padrão. Biscoitinhos de arroz enrolados em alga escura contra uma lajota preta. As escamas da alga eram lantejoulas naturais refletindo a luz da sala. Arranjei alguns dos biscoitos em uma figura e tirei algumas fotos com a câmera do meu telefone para a minha *mood board*. Poppy perguntou o que eu estava fazendo. Eu a ignorei. Quando Michelle me encontrou eu ainda estava no chão. Poppy disse a ela que eu tinha derramado os biscoitos.

– Ele normalmente não é assim.

Naquela noite transei com o gosto azedo de cerveja nos lábios. A pele de Michelle exalava o odor de uma menina intoxicada, mas também era quente e úmida. Nossos corpos geravam sucção. Depois fumamos na cama. Então dormimos um pouco. Acordei com seus pelos ásperos fazendo cócegas em minha perna e depois em meu pênis. Deixei-a me prender no colchão. Deitado ali, embaixo dela, mais uma vez pensei nos corpos enfarinhados da peça. Os paus balançando e os pelos das axilas de Guatemala, os rostos empoados gemendo pela vida querida, Poppy precipitando-se contra Jack, Jack arranhando Guatemala. Imaginei Michelle chupando o pau grande de Jack. Visualizei Guatemala nua e toda branca, as dobras de sua carne. As imagens começaram a me dominar e perdi minha ereção. Michelle continuou suas investidas até gozar e rapidamente saiu de cima de mim. Fiquei acordado pelo resto da noite ruminando sobre minha carreira e a perspectiva que me aguardava. Ahmed como o único investidor na minha linha de roupas.

A chegada à Grand Central Station na segunda-feira de manhã sempre foi minha parte favorita da viagem. Passageiros se cruzando como loucos sob um teto de catedral azul-claro, seus saltos batendo no piso de mármore, todos atrasados. Pareciam gado sendo conduzido para o abate. Eu gostava de andar contra o fluxo, de remar contra a corrente e observar o olhar tenso no rosto das pessoas enquanto corriam para seu escritório.

Tomei o café da manhã – um *café au lait* e um *croissant* – em um quiosque no canto noroeste do Bryant Park. Filei um cigarro de um senhor italiano idoso que usava suspensórios e fumei enquanto terminava o café. Minha bunda estava molhada do orvalho da manhã nas cadeiras. Eu me lembro disso claramente. Era novembro e estava úmido, o início de uma nova semana, a semana que teria o maior impacto em minha carreira na moda.

Naquela manhã, em Bushwick, Ahmed e eu tratamos dos detalhes na sala de estar dele. Detalhes que pareciam fluidos e flexíveis. Talvez trabalhar dessa maneira fosse mais fácil para mim por causa de minha ingenuidade nos negócios.

– Para que nosso namoro dê frutos e nossa confiança cresça e se transforme em um carvalho rígido, devemos dar a ele todos os nossos fluidos – disse Ahmed. – Com fluidos eu quero dizer água. E a água é o que sustenta a vida, Boy. Vida é energia. Você entende onde eu quero chegar? Estou completamente comprometido. Enfrentar um novo negócio é como trabalhar na agricultura. Hoje vamos arar o solo. Amanhã plantamos a semente. Venha.

Saímos de carro – nossa segunda vez juntos. Era como se a estrada aberta fosse a sala de reuniões dele. O Zipcar era sua mesa de reuniões. Para mim era tudo muito americano.

– Falei com meu contador, Dick Levine. Ele é judeu, bom com números. Os recursos estão todos disponíveis. Os números de que falamos, setenta e cinco mil. Certo? Mas você entende que eu não posso lhe entregar a quantia total. E isso não tem nada a ver com confiança! Não, estamos algemados juntos, você e eu. O Dick vai lidar com as finanças, mas o dinheiro estará disponível no momento em que você precisar dele. Quando você voltar para o apartamento, Yuksel vai lhe dar um envelope com seus primeiros dez mil. Bem, nove mil e quinhentos. O Dick acha que é melhor que lhe dê em prestações, por motivos tributários. Você entende, é claro. E à medida que as despesas surgirem, como eu disse, os fundos estarão disponíveis para você.

Ele nos levou até Williamsburg para que pudéssemos verificar duzentos metros quadrados de espaço disponível na fábrica de palitos de dente. O prédio de tijolos antigos tinha *bay windows* imensas – arcos elípticos de aço e vidro. Ficava à beira-mar, na Kent Avenue.

O *loft* era um sonho. Era completamente aberto, com um teto alto de ferro fundido e uma tremenda vista do East River. As vidraças das *bay windows* estavam turvadas e manchadas. Algumas tinham até rachaduras e haviam sido coladas muitas vezes com fita adesiva. Um pedaço da história de Nova York, como eu a via. Meu próprio pedaço. E em todo o tempo em que morei no número 113 da Kent nunca as substituí. Nem mesmo pela vista excepcionalmente limpa que eu teria obtido. Além disso, à noite era possível ver o *skyline* da cidade como se através de um mural de vitrais. Havia a extensa Ponte de Williamsburg estendendo-se para o Lower East Side, as torres de luz do centro. As janelas em arco me lembraram que em sua forma original aquela já fora uma fábrica com operários. E era isso o que eu seria. Um operário. Claro, eu era um artista, mas tinha uma primeira coleção inteira que precisava ser trabalhada. Apesar de todas as minhas nobres intenções, eu sabia do que precisava. Uma dose de praticidade. Um colarinho azul em volta do meu pescoço privilegiado.

Se havia uma esquisitice no espaço, era a gaiola. A única estrutura independente deixada para trás dos dias da antiga fábrica, a gaiola era uma área de armazenamento trancada a chave, escondida no canto mais escuro do *loft*. Eu pensava em convertê-la em um quarto de dormir. Não era muito menor do que o meu estúdio em Bushwick, e me daria uma espécie de divisão entre meus espaços de sono e de trabalho. Contei minha ideia a Ahmed. Ele abriu a porta gradeada, abaixou-se sob seu teto de dois metros de altura e verificou que ela realmente era grande o suficiente para um colchão *queen size*, mas pouca coisa mais. "Vai ser sua verdadeira célula de hibernação", ele disse, divertido. Nós passamos algum tempo nos referindo a ela como minha célula de hibernação. (Esse tipo de humor seria usado contra mim antes do Evento Avassalador, cortesia da Herizon Wireless[2].) Mas no fim eu achei que o espaço era muito pequeno e o usei como depósito.

– Então, Boy, o que você acha? É o que você precisa?

Fiquei muito encantado com o lugar – colunas de concreto industrial sustentando no alto o teto da virada do século, pisos de madeira recém-renovados que guinchavam e rangiam debaixo dos meus Nikes, luz natural das *bay windows* iluminando praticamente cada centímetro quadrado, um banheiro reformado com azulejos xadrez e uma cozinha moderna. Que diferença do meu apartamento na Evergreen Avenue!

– É perfeito – eu disse.

---

2 Responsável pela entrega de gravações telefônicas e transcrições de mensagens de texto de Boy em conformidade com o Ato Patriótico de 2001.

Philip Tang 2.0

Lancem-me do canhão! Bum! Eu digo que era uma bomba pronta para explodir em toda a indústria. Minha coleção em preparo estava crescendo, brotando em direções novas e imprevistas. Suas antenas captavam tudo ao meu redor. E eu roubei como um bandido. Para cor, olhei para Catherine Malandrino. Para texturas, virei-me para Comme des Garçons. Para pura bravata, Galliano e McQueen. Andrew Saks disse uma vez que Coco Chanel era como um general, obcecada pelo desejo de vencer.[1] Nada poderia descrever melhor onde minha cabeça estava naquele momento. As novas peças seriam modeladas em todos os meus heróis, mas com a ousadia adicional de meu próprio estilo intensamente desenvolvido. E o que era esse estilo? Eu vinha me fazendo essa pergunta a vida inteira, mas só agora a resposta estava se tornando clara para mim. Parece que meu lugar em Nova York, particularmente Williamsburg, foi a peça final na maturidade desse estilo.

O bairro provou ser mais produtivo não só para meu estado de espírito, mas para meu estado de múltiplos assuntos (grande trocadilho à vista).

---

[1] Quem disse isso foi Maurice Sachs, escritor francês, e não Andrew Saks, fundador da Saks Fifth Avenue.

Williamsburg! O nome por si só ressoava história e me fazia pensar em outras cidades exóticas que também adotavam o "burgo": Johannesburgo, São Petersburgo. Ele conjurava grandes homens que pertenciam a cidades ainda maiores, como Johan Lindeberg[2] de Estocolmo, Suécia. Williamsburg não era apenas um lugar, era um estado de espírito elevado. Embora, como qualquer coisa boa – Ferragamos brancos, *vino* desarrolhado, leite do peito da mamãe –, não pudesse ser preservado para sempre. Fazia pouco tempo que eu me instalara na fábrica de palitos de dente quando notei idiotas conservadores em nossa rua principal. Podia-se ter um vislumbre desses tipos do mercado financeiro, conhecidos por usar as camisas sociais para fora da calça nos fins de semana, falando em seus BlackBerrys esquisitos, difamando nosso bairro ao chamá-lo de "Billyburg".

Com uma pequena ajuda de Ahmed, eu tinha sido isentado em meu prédio ("isentado" era um termo que Ahmed gostava de usar para o modo como se conseguiam as coisas na cidade), e, como um verdadeiro nova-iorquino, eu era possessivo em relação a meu bairro.

De todos aqueles financistas cáqui eu escarnecia.

Meu desprezo por esses impostores atingiu o nível do ultraje quando o inverno chegou. A neve, que parecia tão fresca e limpa vista de dentro, não criava nada além de poças de lama negra nas quais se pisava quando não se prestava atenção. E depois o sal que os comerciantes jogavam para derrotar o gelo comia até as botas do melhor couro. Às quatro horas o sol já começava sua retirada. Às cinco só havia escuridão. Os idiotas de Wall Street com suas fraldas de camisa enrugadas caminhavam pela Bedford Avenue às seis.

Será que eu sentia falta da umidade dos trópicos, daquele clima abafado que eu desprezara a vida inteira? Estava eu, na verdade, com

---

2 Fundador da J. Lindeberg.

um pouco de saudade da camiseta fina de jérsei, de uma curta viagem de avião para Palawan, de um mergulho pelado em uma baía salgada morna, de um cigarro no sol quente? Meu primeiro inverno em Nova York e eu já estava contraindo o que os americanos chamam de "depressão sazonal". É por causa de seus invernos rigorosos que tantos deles necessitam de Zoloft.

O que me poupou desse fármaco foi meu novo estúdio na fábrica de palitos de dente, que em janeiro de dois mil e três estava em pleno funcionamento. Ahmed havia provado que cumpria a palavra. Eu tinha uma mesa de desenho robusta, uma estação de trabalho para cortar e costurar, manequins, cabideiros de vestidos novos. Agora era hora de cuidar de meus aposentos negligenciados, assinalados por um mero colchão no chão e algumas banquetas de bar. Entre viajar até Bronxville e trabalhar, eu não tinha encontrado muito tempo para mobiliá-los. Michelle nunca vinha, por causa de suas aulas e de uma nova peça que ela estava escrevendo para um estudo independente. Quando ela finalmente ficou para dormir, num sombrio fim de semana de fevereiro, o *loft* estava frio, seco e vazio demais para que nos sentíssemos bem. Portanto, no domingo, depois de um *brunch* com a avó dela em Carroll Gardens, tomamos um ônibus expresso para Nova Jersey com destino à saída 13A, onde ficava a loja de móveis sueca.

Uma bandeira forte sempre me pareceu ser o motivo da prosperidade de uma nação. Olhe para o sol vermelho do Japão, o *yin-yang* da Coreia do Sul, as listras vermelhas e brancas dos Estados Unidos, o hexagrama judaico de Israel, a foice e o martelo da Rússia[3]. Esses são símbolos de poder. Coordenação de cores, equilíbrio no *design*, composição distinta. Compare-os aos das nações que sofrem. Luas, estrelas,

---

3 A bandeira da União Soviética ("foice e martelo") foi usada pela última vez em 1991, na época do colapso do país comunista. A bandeira da Rússia também tem três listras coloridas: vermelho, branco, azul.

sempre-vivas – coisas que só podem ser vistas na escuridão total ou que lançam sombras altas. Coloque esses símbolos em paletas de pretos e vermelhos e amarelos e brancos e quase se pode garantir um desastre. Quando as cores se chocam, as nações se chocam. Filipinas, Malásia, Líbano, Paquistão, Afeganistão – estes têm bandeiras que nunca tremularão sobre nações prósperas. Eles sempre vêm em último lugar. Você acha que quando Francis Scott Key, ou seja lá quem tenha sido, revelou a Old Glory naquela temporada, o presidente se virou para ele e disse eu a adoro, mas ela tem uma versão em Terceiro Mundo?

Senhor, não, senhor!

Talvez estes sejam os devaneios de um homem simples tentando palpitar sobre assuntos mundiais, mas quando nosso ônibus estacionou em frente à grande loja de móveis decorada com a bandeira sueca, fui dominado por um sentimento de solidariedade por aquele poderoso símbolo de proeza econômica.

Infelizmente, esse orgulho titânico esmoreceu quando começamos a andar pelas salas, quartos e banheiros da modernidade sueca. Casais tristes se revezavam experimentando sofás de dois lugares e falsas cadeiras de balanço em um labirinto de domesticidade. Tudo aquilo – as paredes finas cortadas ao meio, os cenários iluminados estrategicamente – era um palco! Nós estávamos andando por cenários como atores em uma peça gigante, fingindo! Michelle e eu também fingíamos. Será que a relutância em mobiliar minha área de moradia no sótão da fábrica de palitos de dente havia se originado desse fato, enterrado no fundo do meu subconsciente? Nós éramos *pretensos* amantes.

Ao virar em um dos cantos, Michelle e eu deparamos com uma área de recreação infantil. Uma criança estava curvada, levando palmadas da mãe. A criança gemia. Havia outros pais e casais em volta, perguntando-se se deveriam dizer alguma coisa. Mas era inverno, uma estação de inação. Todos observavam o menino ser castigado e continuavam a não fazer nada. Talvez aquilo não importasse. Ele estava vestindo uma roupa para neve, então posso imaginar que não sentia muita coisa.

Nem eu, enquanto deixava Michelle encher nosso carrinho com compras aleatórias. Um escorredor de macarrão, uma cafeteira, potes de vidro, abajur de papel de arroz, tapete de banho, tapetinho para a sala, plantas, várias outras bugigangas. Na hora de pagar vi de novo o menino atrás da mãe, sem chorar, e ele segurava um cachorro-quente, sem o pão. Como ele poderia ter esquecido o que tinha acabado de acontecer? Seria um pedacinho de salsicha capaz de tornar tudo em seu mundo melhor?

Virei-me para Michelle, que tinha uma expressão vazia no rosto. Sob aquelas luzes ela já não era bonita para mim. Eu não queria mais encenar. Mas era incapaz de resistir à entropia do nosso amor. Na época, eu culpava o inverno, mas mais um ano inteiro se passaria antes que eu conseguisse começar a me libertar.

Esses ainda eram, afinal, meus dias de salada, um tempo de decisões imaturas, se posso tomar emprestada uma das frases-padrão de Michelle. (Ela estava sempre citando Stanislávski[4].) Em dois mil e três, minhas ações não se dirigiam para nada – nem à Michelle, nem à cabeceira de minha cama, que eu tivera de encomendar na West Elm. Eu não estava preocupado com o mundo fora da bolha de costura brilhante que é a Indústria da Moda – assim mesmo, com maiúsculas.

Agora, respire fundo.

A bolha da indústria, inflada pela primeira vez em Nova York, se estende através do Atlântico para Paris, Londres, depois Milão, até estourar no fim de uma determinada temporada. É quando estilistas,

---

[4] Shakespeare: *"My salad days, / When I was green in judgment"*. De *Antônio e Cleópatra*, Ato I, Cena 5.

investidores, relações-públicas e modelos olham para cima enquanto chove lucro. Mas, uma vez que a bolha se disperse, e antes que você possa recuperar o fôlego, já há outra bolha, uma segunda, sendo inflada em Nova York. Olha, lá está ela, estendendo-se sobre a Sétima Avenida. Olhe todo aquele ar quente que ela está absorvendo!

Agora, depois de meses trabalhando como escravo em minha nova linha, eu ainda não era uma das bocas que inflavam aquela bolha. Mas uma delas era nada menos que Philip Tang, meu amigo e ex-colega de classe. Apesar de toda a ajuda que ele me dera quando cheguei à cidade – o equipamento, os contatos –, eu ainda sentia inveja dele. Ele estava em Nova York havia apenas alguns anos mais do que eu e já flertava com o primeiro escalão da indústria. Certamente estava com a boca na bolha, e com sua linha Philip Tang 2.0 ele estava dando tudo que tinha.

Philip, o *enfant terrible*, era um imigrante taiwanês que aos seis anos tinha ido para Manila com a família. Seus pais logo fizeram uma pequena fortuna com sua cadeia de lojas, Lucky Dry Clean Non-Toxic. Sortudos? Tente abençoados. Aos nove anos Philip estava esboçando roupas e conseguia operar uma máquina de costura sozinho. Aos onze fazia vestidos para as duas irmãs mais velhas, mandando-as para bailes do ensino médio como divas. Aos quinze tinha sido admitido na FIM como o mais jovem aluno da história da faculdade.

Parece que foi ontem que eu observava o trabalho de Philip em nosso estúdio coletivo. Minha mesa ficava logo atrás da dele. Nossos manequins de prova ficavam lado a lado, vestidos com o que nos davam para fazer em uma determinada semana.

Naqueles dias, eu às vezes o visitava para pedir sua opinião, mas só quando havia chegado a algo realmente magnífico. Lembro-me de certa vez terminar um vestido de festa curto, que eu considerava a melhor peça que eu havia preparado às pressas naquele semestre.

Estava orgulhoso dele e queria a aprovação de Philip. Mais que tudo, queria que ele me dissesse que eu também era grande.

– O que você acha? – perguntei.

A princípio Philip não disse nada. Só esfregou aquela famosa pinta dele, alojada na fenda do queixo.

– Não sei – disse. – Quer dizer, não há nada de muito novo aqui, não é? Eu vejo um laço cansado onde deveria ver algo mais simples. Como um cinto. Veja – ele disse, virando o manequim. – Tente isso.

– Desfez meu laço franzido, o pedaço de tecido que dava forma ao vestido, e começou a passá-lo a ferro em minha mesa de trabalho. – Olhe – disse ele com um alfinete na boca, pondo o cinto improvisado em torno do vestido. – E se fosse assim? Consiga uma fivela e o transforme em um cinto. É mais forte. O que você acha? – Ele o prendeu com o alfinete no lugar e recuou.

– Não sei. Pensei que o que eu tinha feito era uma espécie de Dior.

– Dior? Era totalmente convencional.

– Eu gosto do convencional.

– Você não sabe do que gosta. Foi por isso que me perguntou. Evite a convenção a todo custo. Você quer acabar fazendo vestidos de noiva pelo resto da vida? Eu pensava que não.

Ele estava certo. Meu problema como estudante era que eu recorria demais ao que era esperado. Se tivesse um espaço que precisava ser preenchido, colocava um laço e o chamava de *prêt-à-porter*. Tentei ao máximo ser tão de vanguarda como Philip, mas sempre parava um pouco abaixo da inovação. O que Tang criava tinha voz própria. Ele mantinha um diálogo com a história da moda. Eu, por outro lado, apenas pegava coisas daqui e dali, emprestava, roubava, reciclava. Pior ainda, era incapaz de distinguir minhas coisas boas das ruins. Não é esse o obstáculo mais difícil com que nós, artistas, temos de lidar? Admitir para nós mesmos quando algo não é nada bom. Somente durante o último desfile de moda daquele ano, a terrível disputa por uma bolsa para a Central Saint Martins, em Londres, eu percebi quanto precisava crescer. A competição por uma vaga na famosa faculdade de arte que tinha gerado John Galliano e Alexander McQueen não teve nada de competição, foi uma vitrine para Philip Tang.

As modelos andavam de um lado para outro da passarela diante de um comitê de juízes experientes: Gloria Sanchez, presidente da FIM; nosso reitor de produtos têxteis, Romel Reyes; Cecily Cuaron, do *Pinoy Big Brother* (primeira temporada); e Leslie T. Wasper, diretor de admissões internacionais da Central Saint Martins. Os juízes viram a coleção de Philip esmagar os outros concorrentes, inclusive eu, e tive uma visão de minha mediocridade na primeira fila.

Quando anunciaram o vencedor, Cecily C., do *Big Brother*, entregou a Philip um buquê de flores. Pouco depois disso, ele correu para a Inglaterra.

Philip deixou uma grande lacuna em nosso programa. Proficiência em Franzidos, Design de Vestuário, Espartilhos, Paris *versus* Milão – nenhuma de nossas aulas foi a mesma sem Tang nos liderando, sem Tang me dizendo o que eu estava fazendo de errado. Seu espaço de trabalho vago em nosso estúdio era um lembrete constante de sua ausência. Seu manequim permaneceu exatamente como ele o havia deixado, em frente a minha mesa de trabalho, nu e sozinho. Certa noite, trabalhando até tarde, virei as costas do manequim para mim como um lembrete do que eu estava perseguindo. Quando me cortei acidentalmente com uma faca X-acto, perdi a calma, rastejando sobre minha mesa e esfaqueando o maldito manequim no pescoço. Não consegui na primeira vez, então deitei a coisa na mesa de Philip e a esfaqueei até que ela morresse. O que eu tinha me tornado?

Que vergonha!

Nós mantivemos contatos esparsos. Ele começou a trabalhar para Alexander McQueen, ao mesmo tempo em que eu secretamente consegui um emprego em uma loja para noivas, embora nunca tenha contado a ele. Muitas vezes eu pensava com carinho em meu amigo na Inglaterra, mas ainda assim surgiam sentimentos de inveja. Eu quis que ele fosse para o fundo do rio Tâmisa em muitas ocasiões – embora, mesmo nessas fantasias, ele viesse à tona de barriga para cima. Eu não poderia matá-lo. Não sou assassino. Como disse, nunca seria capaz de ferir outra alma. Nem mesmo em sonhos.

No momento em que nossos caminhos se cruzaram novamente, em Nova York, qualquer pessoa que era alguma coisa tinha ido até o estúdio dele em algum momento. Foi Philip quem me pôs em contato com Vivienne Cho em minha primeira semana de moda. E, como você logo verá, foi Philip quem me apresentou ao meu relações-públicas, Ben Laden (nenhum parentesco). Até o envolvimento com Chloë, a atriz-cantora-compositora que impulsionou minha carreira, eu devo em parte a Philip.

Ainda assim, o charme insolente que recobria seu faro para o extravagante só podia ser assimilado em pequenas doses. Fazia muito tempo que eu tinha construído uma tolerância para com Philip, mas suspeitava que Michelle nunca seria receptiva a ele.

E não foi mesmo. Certa vez, ela disse de Philip: – Eu não consigo entender por que você o aguenta. Ele é tão artificial! Após ouvi-lo falar sobre *marketability* e o estado da alta-costura, eu não sei como você não o socou ali mesmo. E você notou que ele sempre tem que ter a última palavra? Além disso, ele acha que sabe tudo.

– Sim, mas ele é um gênio – eu disse.

– Ele não é um gênio.

Ela simplesmente não precisava dele como eu.

O estúdio de Philip ficava na antiga fábrica de supercola na Grand Street, a poucos quarteirões de meu novo *loft* na Kent. Michelle e eu tínhamos acabado de mobiliar minha sala de estar com um conjunto de cadeiras *pröntö* e uma mesa de centro baixa, com altura de apenas meia canela, sobre um tapete de lã de carneiro. Escandinavo moderno.

Depois de abrir mão de um de seus preciosos sábados para me ajudar a montar tudo, ela me fez prometer levá-la ao estúdio de Philip, pois era fã de suas roupas. Eu tinha adiado o inevitável choque de personalidade entre eles por bastante tempo. Também devo confessar que uma parte de mim queria que Philip conhecesse minha Michelle. Embora ele fosse muito *gay*, eu pensava que ainda podia fazê-lo sentir ciúme de Michelle, porque ela era uma americana rica e branca.

— Estou muito feliz que você esteja em Nova York — Philip anunciou no momento em que passamos pela porta. — Venha cá. — Nós nos cumprimentamos com um beijo.

— Vocês dois querem champanhe?

— Tão cedo? — eu disse. Eram dez da manhã no meio de fevereiro. Dificilmente as condições propícias para espumantes. E, no entanto, como eu poderia saber que aquele era o dia em que tudo realmente começaria para mim?

— Estamos comemorando. Eu não te contei? Finalmente vendi tudo. Assumi uma campanha da Gap. É só uma coisa lateral. Eles querem que eu reinvente o pretinho. A Gap está tentando renovar sua imagem. Levar um pouco de *glamour* para os subúrbios. Infectar os *shoppings* com um pouco de Philip Tang. Doo Ri Chung[5] fez isso no ano passado. A grana é uma loucura. Vou comprar Vespas turquesas para todo mundo.

Philip foi para o outro lado do estúdio, onde alguns de seus assistentes estavam reunidos em torno de um modelo de prova, tirando fotos Polaroid. — Rudy, traga o champanhe do frigobar. E venha conhecer os meus amigos.

Rudy Cohn, uma bela judia negra, era uma amiga querida de Philip de seus dias como aprendiz de Alexander McQueen em Londres. Ela

---

5 Proprietário da marca Doo.Ri.

aparecia muitas vezes no estúdio de Philip porque ele apreciava sua opinião do jeito que eu valorizava a de Olya, por mais escassa que ela tivesse se tornado desde que Michelle entrara em cena. Agora Rudy fazia bicos como *personal stylist freelancer* para estrelas dos Estados Unidos e da Europa. De particular relevância para o meu estado de casos: Ela era a *personal stylist* de Chloë. A atriz-cantora-compositora estava a caminho de se tornar a próxima Madonna mais depressa do que o mundo precisava de uma, e a tarefa de Rudy era vesti-la com as roupas certas. Chloë ainda não era muito famosa. Seu segundo álbum, *Blueballer*, aquele que recebeu um aceno do Grammy, ainda não tinha "pegado", como eles dizem. E assim seu famoso traseiro ainda podia entrar em algo obscuro feito por um estilista como eu.

Rudy chegou com o champanhe e copos de plástico. Eu estava irremediavelmente atraído por seu sotaque do proletário de Manchester, complementado naquela manhã de inverno por uma blusa que ostentava uma fenda de bom gosto, suficiente para a imaginação se perder no espaço entre seus seios marrons. Sua fragrância era alguma coisa de Serge Lutens. Cèdre ou Ambre Sultan. Não, eu me lembro, era Sa Majesté la Rose.

– Está uma loucura aqui – disse Philip. – Estou trabalhando mil horas por dia. Sabe, eu estou fazendo a coisa da Gap, mas para isso tive de adiar uma nova linha de outono.

– Você não deve esquecer a Chloë – disse Rudy.

– Oh, claro. E a Chloë virá no fim da tarde.

Quem não fica chocado? A simples menção a Chloë me fez subir a parede de ciúme. Ela iria ao estúdio de Philip para ver Philip. Eu tinha de estar lá. Essa era uma oportunidade que não podia ser desperdiçada.

– Sério? – eu gani.

– A *pop star*? – Michelle acrescentou, com um toque minimamente detectável de sarcasmo.

– Bem, ela vai ser mais do que uma *pop star* em poucos meses – respondeu Rudy. – Sua atuação está muito melhor.

Philip encheu meu copo. – Na verdade, Boy, talvez você e a Rudy pudessem conversar um pouco. – Ele se virou para ela: – O Boy está preparando uma grande coleção. Você devia vestir Chloë com alguma coisa dele. – Então me disse: – Você precisa de um relações-públicas para fazer as coisas acontecerem, Boy. Dê uma ligada para meu amigo Ben Laden. Ele é o máximo. – Philip valsou até uma mesa lateral e voltou com o cartão de Ben. – Me desculpe – disse a Michelle. – Eu estou todo DDA hoje. Um zilhão de coisas acontecendo ao mesmo tempo. Como você está?

Ela sorriu diante do entusiasmo de Philip, mas pude ver que foi um sorriso fabricado. Ela já o desprezava.

Sentamos no sofá, longe do *flash* das Polaroids, e tomamos nosso champanhe. Philip se levantou. – Esquecemos de brindar.

– Meu Deus, Philip. Nós brindamos a manhã inteira.

– Bem, nós estamos comemorando.

– Nós estamos sempre comemorando – disse Rudy.

– O que eu posso dizer? A Boy e a Michelle. Você ficam tão bonitinhos juntos. Eles não são uma gracinha?

Rudy corou.

Philip sentou de novo ao lado de Rudy e colocou sua cabecinha raspada no ombro dela com a intimidade de um amante. Rudy olhou para mim, mas, em benefício de Michelle, eu tentei ignorar o que pudesse estar rolando entre nós. Mas Michelle era muito perspicaz. Ao perceber um flerte, ela me estudou. Senti a pressão de seu olhar, mesmo depois que voltei minha atenção para a claraboia no teto.

– O estúdio tem uma luz maravilhosa durante o dia – eu disse.

– Quando mais ele poderia ter luz? – disse Michelle.

– Tem razão.

– Michelle – disse Philip –, você sabia que o Boy era muito popular nas Filipinas? Você devia ver os *blogs* durante a Philippine Fashion Week do ano passado. Só se falava do Boy.

– Eu nem sabia que eles tinham uma Philippine Fashion Week – disse ela.

– Nem eu.

– O Boy está só sendo modesto. Michelle, se você quiser ver a badalação em torno desse cara, entre em Bryanboy.com. Bryan Boy é um blogueiro brilhante cujo *site* recebe um zilhão de visitas por dia. Eu contei a Marc sobre ele na semana passada. Talvez ele ponha o nome dele em uma bolsa.[6]

Bryan Boy tinha apresentado minhas roupas um dia em seu *blog* pouco antes de eu sair de Manila. Era a única cobertura que eu tinha obtido em minha carreira.

Uma das assistentes de Philip se aproximou com uma pergunta. Julia, eu acho, que trabalhava com tecidos. Enquanto essa Julia distraía Philip e Rudy, Michelle me olhou com olhos e boca arregalados.

– Vamos. – Ela fez a mímica de se enforcar com um nó corrediço. Fiz uma cara que implorava por mais alguns minutos, e ela respondeu puxando ainda mais a corda, apertando o nó imaginário, engasgando.

– Você está bem? – Rudy perguntou.

– Estou ótima. É o champanhe. Ele me faz engasgar.

– Ah – eu disse.

Em encontros posteriores com gente da moda como Philip, Michelle costumava colocar uma arma imaginária na boca, cortar a garganta com o indicador ou fazer a mímica de enfiar a cabeça em um forno. Perguntei-lhe uma vez como ela poderia ficar tão incomodada

---

6 Marc Jacobs lançou mesmo uma bolsa em homenagem a Bryan Boy, a BB by Marc Jacobs, 2.199 dólares, da coleção de outono de 2006.

com meu pessoal quando ela era tão ligada em moda. Uma das coisas que eu achava incrivelmente sedutoras nela, não se esqueça, era seu senso de estilo. Ela me disse: – Eu amo roupas. Apenas não vejo a necessidade de babar para essas pessoas como você. Elas são horríveis, egocêntricas... *hienas*!

Mas Philip realmente tinha produzido uma quantidade chocante de trabalho em um período de apenas alguns meses. E quase todo ele era brilhante. Ele tinha vinte ou trinta novos *look*s concluídos. Para dar uma ideia de onde eu estava, minha primeira coleção tinha uns dez ou doze.

– Estou realmente no *baggy* neste momento – ele disse.
– Bom, não é bem *baggy*, é? – disse Rudy.
– Não, acho que não. Não *baggy*, mas *loosey*.
– Isso, mais solto do que largo.
– Qual é a diferença? – interrompeu Michelle.
– *Baggy*, eu acho que é um *jeans* grande usado abaixo da cintura, certo? Hip-hop é *baggy* – disse Rudy. – *Baggy* é deliberado, não é? Este é solto.
– E inflado – acrescentei.
– Certo – disse Philip. – Inflado.
– Bem – concluiu Michelle, como se a coisa toda não tivesse absolutamente nenhum sentido.

Philip mostrou a maioria dos vestidos. Eram na altura do joelho e sem mangas, feitos de lãs primorosas. Ele tirou alguns do *rack* e os levantou na direção da luz, um por um. Eu o admirava quando éramos estudantes, mas agora que ele era um artista completamente formado, eu estava maravilhado. Como cada *look* era diferente de tudo que eu tinha visto, mesmo dele! Essa nova linha era muito mais *dark* do que as coleções que ele havia feito antes. Era tristeza e angústia e ciúme. Eu me reconheci. Na grande arte nos vemos refletidos, não é? *Guernica*, *O grito*. Para mim, testemunhar um artista desse calibre no auge de sua capacidade era um presente! Até Michelle, reagindo aos vestidos, não podia negar a Tang o que lhe era devido. Ela o desprezava, é verdade, mas nunca poderia dizer nada de ruim sobre as roupas.

E, oh, como ele conseguia tecer beleza! Havia um vestido em particular do qual ainda me lembro. Até hoje eu poderia identificá-lo em uma fila. Era um vestido de noite preto, sem mangas, feito de meias recicladas. Adotar a onda verde fazia você ser notado. A saia era arejada, com camadas e mais camadas, como uma flor desabrochada. "Inflada" e "solta" eram as palavras erradas para descrevê-la. Ela fluía e tinha movimento apesar de ser composta de material muito compressivo. Sua bainha era ornada por nós florais pretos. Era um vestido completamente inusável, mas você sabia que seria a peça central da coleção. Acredito que é o mesmo vestido que fez o CFDA[7] executar piruetas. Deram a Philip o prêmio de Best New Designer 2003. Oito meses depois ele estava em exposição na Tate Modern. Joseph Beuys, Marlene Dumas, Pollock, Tang 2.0.

Danado, ele era bom assim.

Michelle nos puxou para fora de lá antes que eu tivesse a chance de conhecer Chloë. Assim que alcançamos a rua, ela começou sua crítica negativa do dia.

– Horrorosas. Inconsistentes. Essas pessoas não têm conserto. E você viu como o seu amigo Philip me ofereceu aqueles tamanhos de mostruário sabendo muito bem que nenhum deles me servia? E eu tive que olhar tudo e fingir que estava muito interessada. E aquela Rudy! Argh. Sinto muito, eu sei que eles são seus amigos, mas não são o meu tipo.

Mas, por meio dessas mesmas pessoas horrorosas, inconsistentes, eu conheci Ben Laden, que logo se tornaria meu relações-públicas e

---

[7] Council of Fashion Designers of America.

bom amigo. Se não fosse por Philip, talvez eu estivesse costurando vestidos de noiva em alguma sala dos fundos no comércio de artigos de vestuário de Manhattan. Mas costurar vestidos de noiva talvez acabasse sendo um destino preferível ao meu.

Pensar sobre esse momento de minha vida me faz inquirir sobre o destino. Durante a maior parte de minha vida eu acreditei que estava fadado a certo destino, um propósito para existir. Achava que conseguiria coisas boas se acreditasse em mim. Mas olhe o que aconteceu comigo. Aliás, olhe o que aconteceu com Ben. O que ele fez? Um americano de nascença, católico irlandês de fato. Era de se pensar que ele teria a sorte do seu lado. Mas, por causa de uma coincidência fonética com o homem mais procurado do mundo, Ben acabou perdendo a maioria de seus clientes. Levou uma pancada por causa da bagunça de outro cara. Isso me faz suspeitar que não existe destino. Só coincidência. A vida é uma série de coincidências. Foi uma coincidência que Rudy Cohn, *personal stylist* de Chloë, estivesse no estúdio de Philip naquele dia, e que Philip tenha elogiado meu trabalho para ela, desencadeando uma série de eventos que levaria Chloë a fazer uma aparição no tapete vermelho do Grammy dois anos depois usando meu vestido do avesso (mas para cantar seu *hit Chas-titty*, naquela mesma noite, ela o trocaria por um Philip Tang 2.0). Minha ascensão como novo estilista de destaque foi precipitada, por coincidência, pela perda da clientela de Ben Laden após o Onze de Setembro, e assim eu ganhei um relações-públicas dedicado, disposto a me promover para o mundo. Que coincidências grandes! Tantas conexões aleatórias! E demasiadas explicações míticas para elas!

Eu pergunto, é destino o fato de eu estar aqui e você estar aí fora?

A história de meu parceiro de banho

Vou dedicar o capítulo de hoje à história do meu parceiro de banho. Não posso, em sã consciência, guardá-la só para mim por mais tempo. (Confio que meu agente especial saiba o que fazer com esta informação.) Veja, ao longo das últimas semanas comecei a conhecer esse homem, meu parceiro de banho, e, pelo que soube de sua situação, acredito que um erro foi cometido. Assim como um erro foi cometido comigo. Não pretendo abusar dos privilégios de minha escrita entregando-me ao que os oficiais aqui podem julgar uma tangente enigmática, e por isso vou respeitosamente reduzir esta digressão.

Riad S—, meu parceiro de banho, havia se formado como engenheiro civil, mas deixou sua disciplina para algo que a seus olhos era mais nobre. Ele se tornou livreiro, abrindo sua própria livraria especializada com a pequena quantia em dinheiro que tinha herdado de um tio distante, do Paquistão. A loja era em Birmingham, Inglaterra. O tio era um verdadeiro solitário, pelo que entendo, e por isso deixou tudo para Riad, seu sobrinho favorito, o rapaz que já era bem viajado – Europa, Estados Unidos, Oriente Médio, Ásia. Não era que o tio não tivesse nenhum outro descendente. Riad vinha de uma família grande. Mas o tio sabia que, ao dar o dinheiro a Riad, certificava-se de que ele não seria desperdiçado. E o tio fez bem, porque estava certo. Riad abriu seu próprio negócio, a única livraria de seu tipo em uma área operária de Birmingham.

Infelizmente, a loja não fez muito sucesso, e Riad teve de fechar suas portas dentro de um ano. Havia realmente muitos fatores para explicar por que a loja fracassara. Agora um livreiro falido, Riad pegou sua mulher, em avançado estado de gravidez, arrumou as malas e mudou a família toda para o Paquistão, um lugar que ele muitas vezes mitificava. Por quê? Várias razões. Por exemplo, esse era o lugar de sua família. Os S— de Islamabad. Riad sentiu que poderia fazer algo de bom no Paquistão, talvez retomando a sua carreira de engenheiro. A decisão também envolveu a fé. Riad, um muçulmano praticante, queria que a filha que ia nascer crescesse em um país onde estaria cercada por outras criancinhas muçulmanas. E não faltavam crianças assim no Paquistão. Como todos nós sabemos, a infância pode ser um período muito cruel, e Riad sentia que era melhor que a filha não crescesse em um lugar consumido pelo medo. Lembre-se que essa era a era do medo. Riad via o Paquistão como uma segunda chance, um novo modo de vida para sua família, segundo o qual eles poderiam viver numa indiferença confortável. Sua mulher poderia ter uma empregada para ajudar com a filha. E, quando ela crescesse, poderia frequentar uma escola muçulmana com outros pequenos muçulmanos como ela. No Paquistão a vida seria doce.

E assim o jovem casal se mudou para Islamabad, onde a mulher, vamos chamá-la de Manal, arranjou sua empregada. Riad conseguiu encontrar um trabalho como engenheiro, para o governo. E a criança, nascida pelas mãos de um médico respeitável, era saudável e gorda. Então eles eram três, mais a empregada. Mas Riad tinha um ponto fraco. Sua empatia. Apesar de toda a sua boa sorte no novo país, ele não estava satisfeito. Apesar de seu chefe no governo, ciente dos talentos de Riad, lhe dar uma promoção atrás da outra, você acreditaria que Riad ainda queria mais? Não mais, melhor dizendo, mas *menos*. Riad desejava ajudar os menos favorecidos, os pobres. Chamemos isso de um *hobby*. Todos nós os temos. Havia muitos lugares no Paquistão para Riad praticar seu novo *hobby*. Que o levou a viajar para fora de Islamabad, onde os menos favorecidos pareciam proliferar. Ele viajou para as províncias do sul de Sindh e Baluchistão e para as cidades ocidentais na fronteira com o Afeganistão (um lugar horrível na época, e ainda mais horrível hoje, pelo que entendo).

O que se pode dizer? Riad tinha um fraco pelos pobres. Era, no sentido clássico do termo, um verdadeiro "benfeitor". No fim, sua empatia o desviou de sua carreira. Ele começou a tirar cada vez mais tempo para viajar a essas áreas empobrecidas, para onde levava, entre outras coisas, livros. Literatura. Ele ainda tinha paixão por livros. Nunca desistiu deles. (Palavras dele.) Frequentou livrarias por todo o país. Os livros eram baratos no Paquistão, e ele os comprava por atacado, já que tinha sido livreiro. Em seguida, distribuía a literatura a essas cidades empobrecidas, onde as pessoas mal conseguiam escrever o próprio nome. Embora Riad afirme nunca ter pisado no Afeganistão, sua caridade o levou a áreas dominadas por tribos, onde a fronteira entre os dois países do norte é um pouco confusa – onde Riad poderia muito bem ter cruzado a fronteira. "Qual é a diferença?", seus interrogadores diriam a ele de qualquer maneira.

E, no entanto, Riad não foi preso em um dos bairros pobres nem nas perigosas zonas tribais. Riad S—, de Birmingham, não estava de forma alguma relacionado com armas ou *jihad*; na verdade, ele estava promovendo justamente o oposto – a palavra. Não a palavra de Deus, mas poesia e literatura – islâmicas, claro, mas também traduções de clássicos ingleses, como Charles Dickens. E ele tinha ajuda. Amigos, tradutores, outros envolvidos em sua causa. Uma caravana inteira de mascates de livros. Não importa. Entenda, o homem que percebemos como um benfeitor era para outros um antagonista. Ao longo de suas viagens ele irritou muita gente. Um deles era um mulá que disputava a reeleição em um distrito pobre e miserável. Esse mulá via Riad como alguém que tentava prejudicar sua campanha, administrando literatura estrangeira para eleitores que não podiam sequer ler. O mulá tinha laços no governo, o primo de um primo ou o que fosse, e talvez tenha sido tão simples como fazer uma ligação, dizer o nome de Riad para fulano, que deu o nome a outro fulano, e assim por diante até o topo da cadeia de comando. Bem, o que aconteceu depois não foi lá muito agradável, e é a única parte da história de Riad que espelha a minha.

    A batida na porta no meio da noite.

Meu nome é (B)oy

Há coisas demais em um nome. Ralph Lifshitz e Donna Ivy Faske são ninguém, mas Ralph Lauren e Donna Karan são deuses. Um nome pode trazer felicidade, fama, fortuna, mas também pode destruir a pessoa. Foi esse o caso de meu agente, Ben Laden.

Ben era um arquiteto famoso. Poderia transformar nomes em marcas, e trabalhava com brio. Ele tinha tudo a ver com conseguir que meu nome fosse exposto. Ele próprio havia se estabelecido em Nova York no final dos anos noventa, representando todos os estilistas étnicos importantes, principalmente asiáticos. Doo Ri Chung, Derek Lam, Pho[2], Yellow Bastard e mais tarde Philip e Vivienne. Mas depois do Onze de Setembro Ben sentiu a dor, pessoal e profissionalmente. Seu irmão, Patrick Laden, um policial condecorado duas vezes, estava na torre norte quando ela caiu. Então, em menos de um minuto, mais da metade da clientela de Ben pulou fora, com exceção de Vivienne e Philip. Tudo por causa de um nome. Quando eu finalmente reuni coragem para ligar para ele, Ben estava disposto a assumir até mesmo estilistas mais desconhecidos. Embora ele tivesse me assumido só pela indicação de Philip.

Nós nos conhecemos num jantar no Freeman's. Estávamos bêbados no momento em que os aperitivos foram servidos. Tomando um Manhattan atrás do outro, conversamos sobre moda, arte e todas as fofocas mais recentes: quais marcas de sucesso estavam preparando o lançamento de óculos ou fragrâncias, quem estava trepando com quem. No momento em que ataquei minha costeleta de porco ela já estava fria. No final da noite, veio o Macallan, e Ben não se conteve.

– Boy – ele começou –, você acha que eu dou a mínima para o que as pessoas pensam de mim? Eu pareço um Osama para você? Eu sou um irlandês *gay* do Queens. O mais novo de quatro. Nosso nome era McLaden, mas meu vovô tirou o Mc porque não gostava de ser chamado de Mac em todos os lugares aonde ía. No tempo dele isso era depreciativo. Ele ficava ofendido. Isso foi numa época em que um irlandês não conseguia um táxi nesta cidade, muito menos um emprego decente. Meu Deus, como tudo volta. Então, ele mudou o nome da família, e eu de jeito nenhum vou desfazer a mudança porque alguns jihadistas se julgam mensageiros de Alá. Desgraçar meu vovô? Eu vivi mentiras na maior parte de minha vida, mas quando me revelei a meus pais em mil novecentos e oitenta e sete, eu disse: – É isso. Já chega. – Ben tomou um gole. – Verdadeiros. Isso é tudo que podemos ser.

– É verdade.

– Não há muita lealdade neste ramo. Pode acreditar, eu tenho suportado a parte mais difícil dele. Mas sou acima de tudo um maldito patriota. Vou ser o primeiro da fila para torcer o pescoço da al-Qaeda. Vamos pular julgamento, veredicto, o que for. E meu irmão, o herói... Depois de tudo isso, você acreditaria que o FBI esteve em minha casa? Você sabe que eu fui detido ao tentar embarcar em um voo no JFK? Perdi toda a London Fashion Week. Não consegui passar no *check-in*. O funcionário me olhou como se eu o estivesse enganando. Esta é a era em que estamos vivendo. Meu trabalho será proteger você de todo esse absurdo. O mundo como ele é não será o seu mundo. Comigo você não vai precisar se preocupar com nada. Cadê aquele garçom fortão? Meu copo está quase vazio. – Ben estalou os dedos e o garçom apareceu.

– Nós queremos a conta – eu disse, tentando estimular nossa saída. Não queria que Ben ficasse com o rosto mais vermelho do que estava. Eu logo descobriria que o uísque escocês só se manifestava quando ele falava sobre seu xará.

– Bobagem, nós vamos tomar mais dois – ele disse ao garçom. Virou-se para mim. – Eles nos fizeram esperar quarenta e cinco minutos por uma mesa, agora podem esperar quarenta e cinco minutos por nós. No lugar de onde eu venho é olho por olho.

– Você vem do Queens – eu disse.

– Eu estou falando dos Estados Unidos, Boy. Estados Unidos.

Ele estava tão faminto quanto eu. Seus clientes ainda estavam caindo fora, só que ele usava essa traição como combustível para salvar sua reputação. Ele era um lutador consumado, um valentão implacável. Tinha gosto, gana e garra – os três Gs, como ele os chamava. Seu rosto áspero, curtido, tinha passado horas demais na cama de bronzeamento artificial, e nas linhas ao redor dos olhos estava escrita a história de um homem que não seria derrotado.

Cristo, Ben nasceu neste mundo, assim como todos nós – sem palpitar em seu nome maldito. E me ajudaria a fazer o meu.

Philip abriu sua própria butique no verão de dois mil e três, na interseção da Howard com a Crosby – o cruzamento de Chinatown com o centro chique. Opening Ceremony, Rogan, loja de chá chinesa, um *dim sum* ruim, e depois Philip Tang 2.0. Philip tinha acabado de ser premiado como melhor novo estilista de moda feminina pelo CFDA, vencendo Zac Posen, que ficou em segundo lugar. Deram a Philip cem mil dólares por sua promessa. Eu, um rosto familiar de Manila e um amigo íntimo, tinha de participar do sucesso de Philip. Passei o resto daquele ano ajudando-o com suas coleções seminais outono/inverno e primavera de dois mil e quatro. Sentei na primeira fila nos desfiles com Ben, Vivienne, Rudy Cohn e até mesmo Chloë. Fui apresentado a editores e compradores enquanto Ben me carregava em seu braço como um troféu sexual, me exibindo em todas as tendas do Bryant Park e nas festas no Hiro e no Masquerade. Já fazia um ano desde que minha caminhada pela Rua 42 me pusera face a face com o homem-menu, meu duplo, em frente ao Sovereign Diner. Como aquilo poderia ter acontecido comigo! Devo tudo o que devo a mim mesmo, porque eu não ia deixar acontecer. Não ia ser um menu caminhante! E agora eu tinha Ben e um grupo inteiro de pessoas importantes que me guiariam para longe de toda aquela escuridão.

Eu também estava sempre trabalhando em minha linha em preparação para o lançamento da (B)oy, programado para o inverno seguinte. Estávamos planejando um pequeno desfile para fevereiro, durante a semana de moda. Ben asseguraria que todas as pessoas certas aparecessem, e depois, dependendo de algo ser vendido (o que era improvável para uma primeira coleção, até eu sabia disso), eu adaptaria o que funcionasse melhor em uma linha que eu poderia vender em lojas de roupas de segunda mão. Havia de fato um mercado para roupas feitas à mão de novos estilistas em pequena escala. Não se podia ganhar a vida com isso, mas era uma maneira de obter alguma divulgação. E, se um editor estivesse preparando uma matéria sobre estilistas de Nova York em ascensão, particularmente estilistas do Brooklyn, Ben daria um jeito de me incluir.

Ao longo do ano Ahmed apareceu no estúdio intermitentemente para dar uma checada em seu investimento, ou seu "jardim", como ele dizia. – Olhe só todas essas roupas! Como nosso jardim cresce! Eu não enfiei a tachinha na bunda do camelo? Você e eu juntos vamos dominar o mundo!

Mas na maior parte do tempo ele desaparecia por longos períodos, às vezes semanas. Eu realmente nunca soube para onde ele ia. Num dia ele parava para dar uma olhada na coleção, no dia seguinte estava em Moscou ou Marrakesh. Sim, é verdade. Michelle sempre discutia comigo sobre se eu achava que podia confiar nele. Mas ela discutia comigo sobre tudo, e eu honestamente não acho que estava em condições de questionar a confiança em Ahmed. Quer dizer, ele estava financiando inteiramente minha marca. Ele tinha me instalado em Williamsburg na fábrica de palitos de dente. Era Ahmed quem deveria estar preocupado em confiar em mim. Eu poderia ter fugido com seu investimento.

Além disso, eu não dependia completamente dos pagamentos de Ahmed. Recebia bastante dinheiro do meu trabalho na linha de Philip, além de alguns dias em sua nova loja na Howard, bem como do trabalho ocasional para Vivienne Cho.

Mas com a proximidade de dois mil e quatro, quando Ben e eu começamos a procurar locações para o nosso primeiro desfile, de repente eu necessitei de capital que não tinha. E, claro, no único momento em que eu precisava desesperadamente de Ahmed, ele decidiu sumir por um mês inteiro, para só reaparecer em minha porta numa manhã de janeiro, direto do JFK.

– Onde você esteve? – eu disse. – Tenho tentado falar com você.

– Rússia. Missão de reconhecimento com cossacos modernos. É mais um empreendimento de risco. Vou lhe contar tudo sobre isso se e quando der certo.

– Precisamos pagar uma grande quantia à vista por um espaço para o desfile – eu disse a ele. – Em algum lugar perto da Sétima Avenida.

– Fale com o Dick. Qual é o problema?

– Eu falei com o Dick. Ele congelou meus gastos.

– Por quê?

– Me diga você. Este é um momento crucial em nosso negócio. Se não tivermos um desfile, não temos nada. Temos uma coleção que não é vista. Diga-me, de que serve isso?

– Boy, não tem problema. Vamos ligar para o Dick agora. Resolvemos isso. E pare de me olhar desse jeito.

– Que jeito?

– Como se você estivesse precisando cagar.

Ligamos imediatamente para Dick Levine, contador certificado, e o pusemos no viva-voz. Usamos meu celular, então o volume do alto-falante era um pouco fraco. Ahmed e eu tínhamos de nos inclinar um contra o outro, com a cabeça em um ângulo muito desconfortável.

– Dick? – disse Ahmed. – É Ami, querido. Estou aqui com Boy Hernandez, nosso estilista.

– Não me chame de querido – disse Dick. – Eu sabia que isso ia acontecer. Você me dedurou, hein, *Boychik*? Sua cobrinha. Como se tudo isso fosse culpa minha.

– Relaxa, Dick. Qual é o problema com a conta?

– Qual é o problema? Eu vou lhe dizer qual é o problema. Está seca. Nós secamos. O Boy tem gastado de um jeito que já saiu de moda. Sem querer fazer trocadilho.

Isso era um exagero grosseiro.

Ahmed se virou para mim. – Boy, isso é verdade? O que o Dick diz...

– Eu tive que contratar um relações-públicas. Um bom. Ben Laden.

– Quem?

– Jesus Cristo – disse Dick.

– Ben Laden. Não há nenhum parentesco. Ele é o melhor relações-públicas disponível. Estamos sendo bem tratados pela imprensa graças a ele.

– Dick, você ouviu o Boy. Ele teve que contratar um relações-públicas. Esse Bin Laden.

– Eu ouvi. Muito bem. Bin Laden. Vamos acabar todos numa prisão federal por mera associação. Já vi tudo. Dolce, Gabanna e Levine indiciados por fraude fiscal e conspiração para cometer atos de terror. Escutem, eu estou apenas dizendo a vocês qual é a situação. Nós estamos sem dinheiro.

– Como? – eu o pressionei.

– Como? Ele pergunta *como*. Como é que eu vou saber? Você não guarda os comprovantes. Até agora, nós só temos operado com dinheiro vivo, então quem é que controla para onde o dinheiro está indo? Não eu. Boy, eu já disse isso antes. Você tem que estar alerta para guardar os comprovantes. *Alerta*.

– Alerta, Boy – repetiu Ahmed, que uma vez chamou comprovantes de *complicantes* só para me gozar.

– OK – eu disse. – Mas vocês dois me deram indicações ambíguas.

Dick continuou: – Vocês são meus únicos dois clientes, que podem ou não ser residentes legais, distribuindo produtos caros em uma esfera muito pública. Antes que vocês Versaces nos conduzam através do nevoeiro bem na direção desse *iceberg* muito grande logo à frente, eu vou pôr um teto para todos os gastos.

– Ah, então ainda há dinheiro. Está vendo, Boy, ele é bom no que faz.

– Ah, não, nós estamos definitivamente no vermelho – disse Dick. – Eu não estava brincando sobre isso.

– Hmm, o Boy diz que precisa fazer um pagamento à vista por um espaço para o desfile.

– Em algum lugar do centro – acrescentei.

– Bom, então vamos precisar de um empréstimo. Eu posso preparar a papelada, se é isso que você quer fazer.

– Segure isso, Dick. Deixe-me falar com o Hajji primeiro. Acho que posso obter um sem recorrer aos bancos.

Essa foi a primeira menção a Hajji, um homem que viria a me atormentar nos dias anteriores ao Evento Avassalador. Se eu soubesse em que estava me metendo, talvez as coisas pudessem ter se resolvido de forma diferente. Essas malditas coisas sabidas desconhecidas!

– Ahmed, deixe-me dizer uma coisa. Se eu não souber de onde o dinheiro está vindo, nós vamos entrar em um território muito assustador – disse Dick. E ele estava certo. De repente eu pensei em minha tia Baby, a agiota, que foi assassinada em seu quarto de hotel no Shangri-la.

– É o Hajji, querido. Você conhece o Hajji.

– O gângster indiano?

– Ele é empresário.

– Deus nos ajude. Apenas me ligue quando decidir o que quer que eu faça. Talvez quanto menos eu souber, melhor. Eles não podem me ferrar se eu não souber nada.

– Querido, fica frio. Tudo vai dar certo. Se não, vamos pensar em alguma coisa.

– Tipo passagens só de ida para a Venezuela.

– Esse cara é muito brincalhão. Você é muito brincalhão, Dick. *Ciao*, hein?

Esperando uma reprimenda, eu logo tentei me explicar para Ahmed. Mas ele não quis me ouvir. – Zip! "Eu sou o guardião de meu irmão?", como Caim disse certa vez a Abel.[1] O dinheiro não deve nunca ser um problema entre nós. É por isso que temos Dick, contador inigualável. Somos uma empresa de negócios legítimos agora, Boyo. Vou falar com o Hajji.

– Um gângster indiano?

– Escute, eu já tomava dinheiro emprestado do Hajji quando você ainda estava se alimentando no peito da mamãe.

Ahmed sempre tinha a última palavra, despejando metáforas bestiais das alturas filosóficas. Em dois segundos ele podia ir do jargão francês e dos contos bíblicos para peitos e bundas. Tolerá-lo, às vezes, era extremamente difícil. Embora isso acabasse não sendo nada em comparação com o que eu tive de tolerar aqui na Terra de Ninguém. Nunca passei tanto tempo com outros homens, e isso exige de mim

---

[1] Caim perguntou isso a Deus depois de ter matado Abel.

cada vez mais. Tolerância? Ah! Eu não sabia nada sobre o que podia ou não podia tolerar. O que me leva a dizer que minha situação aqui fica mais absurda e desumana a cada dia.

Por exemplo, ontem – o Dia de Colombo, na verdade – tiraram nossas garrafas de água de plástico. Na Terra de Ninguém, cada um de nós tem uma garrafa de água de plástico, e como castigo elas nos foram tiradas. Tudo porque um dos homens do bloco tentou comer a sua durante a noite. O homem amassou a garrafa e depois começou a mastigá-la. Claro, é um pedaço de plástico, então ele não chegou a lugar nenhum só com a mastigação. Engolimento assistido, acho que é assim que os guardas estão chamando. Queriam dizer que, uma vez que o homem soube que não conseguiria engolir a garrafa por meio da mastigação, usou as mãos para forçá-la a entrar na garganta. Embora ele não tenha conseguido comer toda ela. Era bem cedo quando fomos acordados pelos médicos e guardas correndo para a cela dele. Ele foi levado antes da oração da manhã. Tive um vislumbre dele em convulsão na maca que o levou para fora, a garrafa já removida de sua boca. Respingos de sangue cobriam sua camisa e seu rosto. Tantos que parecia que ele tinha cortado o próprio pescoço.

Por causa do incidente de ontem com a garrafa de água, todos no bloco sofrem. Não tem mais plástico. Agora são copos de isopor, que Win me diz que é o que eles usavam na Terra de Ninguém no início.

Eu não me importava com o recipiente de onde bebo minha água. Mas os outros reagiram muito mal ao isopor. Hoje, quando os guardas distribuíram os novos copos, um por cela, os presos começaram um protesto, xingando e cuspindo. Foi um protesto sincronizado, todos ao mesmo tempo. Agora já estou habituado a essas explosões. Lembre-se de que eu tenho sido alvo deles no pátio da prisão. Mas desta vez, quando os guardas disseram a eles que ficassem quietos, eles resistiram e continuaram a agir como um bando de animais.

Cada prisioneiro fez um ótimo trabalho de contribuir para o caos geral, batendo na porta da cela, chutando e gritando, jogando xixi nos guardas com os novos copos de isopor. Eu distingui a voz de Riad na outra extremidade do bloco. Ele estava gritando como os outros. Xingando não em sua voz britânica, mas na voz que usava quando falava árabe. Os guardas colocaram protetores de rosto para se proteger da urina que era arremessada no corredor. Eu lhe garanto, foi uma loucura. Houve um breve segundo em que pensei que os prisioneiros iam realmente assumir o controle do bloco, que de alguma forma eles tinham o poder de sair de suas celas e dominar os guardas.

O que acontece com os animais em suas gaiolas quando eles ficam descontrolados?

O pelotão SMERF[2] é convocado para sedá-los. O pelotão SMERF é composto por quatro guardas com equipamento contra motim vestidos de preto, e eles vêm marchando pelo corredor, um atrás do outro, num ritmo lento, intimidante. Um, dois, três, quatro. O primeiro soldado carrega um escudo, e os outros têm vários dispositivos: correntes, algemas, cassetetes, *spray* de pimenta etc. Eles dizem a cada prisioneiro individualmente que pare de protestar. O prisioneiro não ouve, é claro. De fato, à vista do pelotão SMERF praticamente todo mundo fica ainda mais violento. Então, os SMERF entram na cela, enquanto o prisioneiro fica no fundo. Primeiro ele é encharcado com *spray* de pimenta. Depois ele é imprensado com o escudo. Todos os SMERFS o seguram enquanto ele é acorrentado, e, se o preso resistir, enfrenta uma série de atos corretivos (cassetetes, punhos, saltos de bota etc.). Depois que os SMERFS sedam o prisioneiro, ele é arrastado pelos pés, às vezes de bruços. É uma demonstração muito violenta de

---

2 Secure Military Emergency Reaction Force.

autoridade, mas completamente necessária, especialmente quando os prisioneiros não param, como fizeram hoje.

Oh, se eu pudesse me transportar de volta a meu primeiro desfile em Nova York, momentos antes de a cortina se abrir! Dez de fevereiro de dois mil e quatro, uma terça-feira. Cada modelo nos bastidores em prontidão, esperando, empoleirada em seu vestido. Olya, Anya, Dasha, Kasha, Masha, Vajda, Marijka, Irina, Katrina etc. Anya em organza de seda, Vajda em tafetá lilás e Olya, querida Olya, correndo por ali de *topless* com adesivos de lantejoulas cobrindo os mamilos! Ver isso de novo me daria a mais completa satisfação. Todas as minhas meninas desfilaram de graça, como um favor para mim, embora eu me certificasse de pagá-las em mercadoria após o *trunk show*. Sempre retribua um favor. Ahmed me ensinou isso. Quando o empréstimo veio, de Hajji, Ahmed enviou a ele uma caixa de *scotch*, Black Label.

Minha primeira coleção, Transparências, era composta por modestos doze *looks*. Vestido de noite listrado em preto e cinza-aspargo. *Bloomer* ultracurto de organza de seda cinza. Blusa de gola alta, plissada, branca. Vestido de festa de lantejoulas com luvas e boina combinando. Burca transparente de renda preta sobre calcinha fio-dental cintilante e adesivos para seios combinando. Vestido de festa de crepe de seda preto com turbante de veludo. Terninho desestruturado de renda preta floral sobre blusa de seda. Vestido diagonal de renda preta com sobreposição de tela bordada. Vestido com bustiê de tafetá lilás. Saia evasê branca de lona de náilon grossa. Saia de gabardine *stretchy*, com algas tingidas. Vestido de noite, de organza cor-de-rosa em duas camadas. Usava o mais pálido tom quando podia, um ocasional rosa ou amarelo sobre um preto controverso ou um branco antisséptico. Porque a moda, como Chanel disse uma vez, é tanto lagarta quanto borboleta.

Na plateia estavam alguns editores menores na hierarquia da moda; Binky Pakrow, da Neiman Marcus, e Pittman Chester, da Barneys, eram os dois únicos compradores que talvez valha a pena nomear. Chester era um sósia de Telly Savalas, um gordão com queda por belos rapazes. Uma vez ele tentou me levar para a cama depois de um almoço de negócios no Hotel Thompson, prometendo um quarto que ele tinha reservado no andar de cima com uma garrafa de Dom Pérignon no gelo. Colocar minhas roupas na Barneys poderia ter sido fácil assim, mas eu não estava disposto a me prostituir embaixo das dobras de Chester Pittman.[3]

Na primeira fila estava Gil Johannessen, do *Women's Wear Daily*. Ele foi ensanduichado entre Natalie Portman e um dos membros dos Strokes.[4]

Ben estava lá, claro. Assim como Philip, Rudy Cohn, Dreama Van der Sheek, Ester Braum da Pho[(2)]. A maioria dos meus amigos de Williamsburg veio para ocupar os assentos e apoiar a marca. Músicos, artistas e modelos. Eu tinha alugado um estúdio de dança, e os espelhos em ambos os lados davam ao desfile uma aparência de lotado. Os caras do coletivo de design-construção da fábrica de palitos de dente fizeram um acordo comigo e construíram para nós uma passarela.

Michelle chegou, sozinha, já que eu ficara cuidando dos preparativos na maior parte do dia. Ela parecia adorável em um vestido de Jill Stuart que eu lhe dera de presente de aniversário. Coloquei-a sentada na frente, ao lado de Ben, longe de Rudy, com quem eu tinha começado um relacionamento de trabalho cheio de flertes não tão inocentes. Eu sabia que seria apenas uma questão de tempo para que nos tornássemos amantes. Nossos avanços na amizade, a constante feitura de planos de modo a não deixar nosso próximo encontro ao sabor do

---

3 Um porta-voz da Barneys negou publicamente essa alegação.
4 Natalie Portman não estava lá. De acordo com minhas anotações, eu estava sentado na segunda fila, entre Kelly LeBrock e Scary Spice, do desfeito grupo feminino Spice Girls.

acaso, confirmaram minhas suspeitas. Depois de estar na presença de Rudy, eu ia embora com minha imaginação hiperativa. Sonhava em beijar seus lábios perfumados e depois fazê-los envolver minha anaconda enquanto eu passava a beijar seus outros lábios perfumados.

Em seu trajeto para fora da cidade, Ahmed apareceu nos bastidores para me desejar sorte.

– Cubram-se, meninas – ele disse. – Vovô chegando. Boy, aí está você! Olhe só estas roupas! Estamos realmente fazendo onda no ramo de vestuário. De qualquer maneira, como este é o nosso primeiro desfile juntos, eu queria lhe desejar muito sucesso no grande evento de hoje à noite. Como se costuma dizer no nosso país de adoção: quebre uma perna. Quebre as duas. Acontece que hoje à noite tenho negócios ao lado do aeroporto e não vou ficar para dormir. Mas vejo que você tem tudo sob controle.

– Mas Ahmed?

– Eu sei, eu sei. Eu vou compensar você, Boy. *Ciao*, hein?

– Estou tão nervoso que não posso nem ficar louco agora.

Olya veio e beijou Ahmed. Estava usando apenas os adesivos de lantejoula sobre os mamilos e uma calcinha fio-dental combinando. Ambos deviam ser visíveis através da burca transparente.

– Querida, você é tão linda quanto o dia é longo.

– Ahmed, por que você não me liga como eu pedi? – Ela fez beicinho.

– Minha querida, eu não duraria nem um minuto com você. Você sabe disso. Você vai me matar num piscar de olhos. – Ele bateu no peito.

– Olya, onde está seu *top*? E por que você não está na maquiagem?

– Boy, eu vou usar uma burca com um véu sobre o rosto. Meu Deus, *relaxe*. Vou para a maquiagem agora.

– É, relaxe, Boy – Ahmed piscou. – Eu vou ajudar Olya a encontrar seu *top*. Venha, querida. Me mostre.

Ela o pegou pelo braço e Ahmed a acompanhou para a maquiagem, onde o rosto da maioria das meninas estava tendo completamente empoado de branco.

Espiei através da cortina e a casa estava enchendo. Mas havia ainda mais pessoas nos bastidores do que na frente. Eu tinha chamado todos os meus amigos para ajudar no desfile, e o lado ruim disso foi que meus amigos convidaram seus amigos, e assim todos estavam nos bastidores. Claro, era festivo e excitante, mas estávamos trinta minutos atrasados.

– Escutem – anunciei –, se vocês não estão trabalhando, deem o fora daqui! Desculpem eu ser um chato, mas é muita confusão. Ahmed? Onde está ele? Ahmed?

O organizador da fila começou a chamada para a entrada. – Dasha, Kasha, Masha...

– Onde está Ahmed?

– Anya, Olya... Olya...

– O que foi? Estou indo – disse ela, correndo para a cortina de burca e com um véu leve sobre o rosto, o batom vermelho-escuro perfeito e visível. As meninas se enfileiraram em ordem.

– Vajda, Marijka, Irina, Katrina... – A sala começou a se esvaziar. Olya abriu o véu, inclinou-se e me deu um grande beijo. Olhei de novo em volta, mas não havia sinal de Ahmed. Ele havia desaparecido. Em seu lugar: uma panóplia de ninfas e deusas usando (B)oy.

A partir de então tudo começou a acontecer muito depressa.

Nada do *show* vendeu, mas eu consegui adaptar aqueles doze *look*s em uma linha que podia ser produzida por duas primas chinesas em Sunset Park. Ming e Lei. Costureiras fortes que seguiam orientações. Ahmed as encontrou para nós. Conseguimos colocar as roupas em consignação em lojas do centro e espalhadas pelo Brooklyn. Algumas butiques de Los Angeles também encomendaram, e de repente a coleção esgotou. As lojas e butiques finalmente estavam pedindo mais.

– Infelizmente, a cada novo passo dado por minha linha, a forte sensação de peso que eu tinha em relação a Michelle só piorava.

O trabalho consome toda a alma da gente, tornando difícil encontrar outra reserva de energia, aquela que é necessária para sustentar um relacionamento sério. Agora que minha marca era um trabalho em tempo integral, ser convidado a viajar para Sarah Lawrence não passava de um aborrecimento. Não quero baratear os sentimentos de Michelle por mim, mas eu me sentia sob pressão para transportar duas cargas, a minha marca e o estado mental de Michelle. Na verdade, eu estava começando a suspeitar que Michelle sofria de transtorno bipolar. O ocasional olhar perdido, as lágrimas após o sexo, o vidro de remédios sem identificação na bolsa YSL, as obscenidades que ela soltava quando brigávamos, como um Turrets[5] sazonal – "viado", "*gay* desgraçado", "babaca". Ela tinha uma senhora boca. Tudo estava relacionado. Sou de uma família de médicos, lembre-se. Ela era bipolar.

Esses ataques tomaram um rumo grave na época da morte da amada avó de Michelle. A velha chata tinha chegado aos noventa e um, quase um século inteiro de labuta. E Michelle achava que a avó não tivera uma oportunidade justa. Fiquei ao lado dela durante o velório por dois dias inteiros no Clube de Montauk, na Oitava Avenida, Brooklyn, obrigado a me aproximar do caixão com ela para ver o corpo. – Ela tinha acabado de começar um novo livreto de poemas – disse Michelle. – Estava tão feliz de voltar a escrever, olhando para sua vida passada. Por que agora? Por que não podia acontecer depois que ela terminasse os poemas?

– Quem sabe você possa terminá-los para ela? – eu disse. – Como uma colaboração.

– Não enquanto eu estiver de luto. Me deixe chorar, seu babaca miserável. Apenas me abrace.

---

[5] Síndrome de Tourette.

Ahmed tentou me ajudar durante a pequena crise de culpa que eu tive por querer deixar Michelle. – Vai lá, tenha um caso. É uma cura para tudo – ele jurava. – Como você acha que eu superei a minha segunda mulher tão depressa?

– Eu pensei que você só tinha se casado uma vez.

– Essa foi a Sheela. Eu me casei de novo por seis semanas com uma bailarina de Lahore. Yasmin. Ela fugiu para Bollywood e eu nunca mais soube dela. Gosto de imaginar que ela contraiu alguma doença de pele horrível e teve de amputar uma das pernas. E que belas pernas! Eu sei que isso é cruel e incomum, mas o amor é assim. De qualquer forma, era uma loira com peitos grandes que me virou a cabeça. Uma *prostituta*. Saia e arranje alguém para chupar sua vara, e não se sinta como se devesse nada a ninguém.

– Isso não é exatamente o que eu queria ouvir ao pé da tentação.

– Considere isto. Durante meus dois casamentos eu fui completamente fiel. É verdade. Tudo bem, eu já lhe contei algumas histórias sobre minhas aventuras nos lençóis, mas é hora de ser honesto. A verdade é que eu nunca me desviei. Nem um deslize. Isso foi numa época em que eu jantava com as classes mais altas do mundo. Lady Di, o príncipe de Gales, Boutros Boutros-Ghali. Esses eram os círculos que seu Ahmed frequentava, querido. E eu lutei contra as tentações em mais de uma ocasião. Propostas reais, Boy. E não eram as modelos de que você tanto gosta, eram meninas realmente *sexy*. Agora o que eu posso fazer, além de me arrepender? Eu era um completo idiota. Penso naquela época de amor livre, o começo dos anos noventa, e em como devia ter feito tudo diferente. Você é jovem, Boy. Devia estar se divertindo. Não faça o que eu fiz. Não seja um idiota. Dê umas puladas de cerca. Se essa nova garota for um erro...

– Rudy. O nome dela é Rudy.

– Se essa Rudy for um erro, você volta para Michelle. Se a Michelle descobrir, ela deixa você, e você está livre para desfrutar de tudo que quiser. O que você não terá é arrependimento. A culpa vem e vai. O arrependimento domina a gente.

– Eu não sei.

– Basta ouvir o que estou dizendo. O que é que você quer ouvir?

Nenhum dos conselhos de Ahmed colou, mas ele me fez perceber o que eu precisava fazer. Para conseguir o que queria eu teria de mudar meu eu bondoso. Quando criança, fazemos isso. Talvez para nos encaixarmos nos grupos certos, ou nos errados. As coisas não mudam muito quando nos tornamos adultos.

Nosso final seria rápido, mas não tranquilo. Eu escolheria uma daquelas noites quentes de setembro na cidade, quando a lua ainda fazia uma aparição sobrenatural ao crepúsculo. Uma passada numa galeria em Chelsea. Arte básica. Vinho branco barato para tomar coragem. Quando eu sentisse que tinha coragem suficiente, me queixaria a Michelle de uma dor de cabeça, uma enxaqueca. Ela pegaria minha dica e sugeriria que fôssemos para casa, no Brooklyn. Ao chegar lá eu gentilmente me retiraria do nosso relacionamento de dois anos, período em que essa palavra, "relacionamento", nunca foi pronunciada.

A ruptura foi bem de acordo com o plano até voltarmos a minha casa, onde eu deveria enfiar a estaca no coração da pobre moça. E como eu poderia não sucumbir quando Michelle me puxou para a cama e me beijou com uma agressividade cortante, insultuosa? Ela se sentou e abriu meu cinto. Continuamos a nos beijar enquanto ela me excitava com a mão. A culpa só surgiu quando ela me pôs na boca apática.

Eu tive de pará-la.

– Qual é o problema? – ela disse.

– Eu sou um bastardo, Michelle. Você não me merece.

– Do que você está falando?

– Eu estive com outra pessoa.

– O quê?

– Hoje. Eu estive com outra pessoa.
– Quem? Eu não entendo.
– Eu estive com alguém. Eu traí você.

Na época, Rudy Cohn e eu estávamos nos encontrando casualmente, mas certamente não naquela tarde. Eu não era tão nojento quanto fingi ser. Estava mentindo. Mas como poderia dizer a verdade? *É você. O motivo é você. Estou cheio de você.*

Não existe ruptura honesta. Romper é todo um processo – encontro para um café ou uma bebida na hora platônica certa, trocar pertences, telefonemas às duas da manhã. Eu estava prevendo meses. E me lembro de pensar ao longo desse período torturante de minha vida: Quando eu vou ser livre?

Engraçado, faz dois anos, e estou me fazendo a mesma pergunta agora.

O inimigo em casa

Na reserva desta manhã fiquei sabendo que minha ex, Michelle Brewbaker, a puta de Bronxville, escreveu uma peça sobre mim. A peça, convenientemente intitulada *O inimigo em casa ou: Como me apaixonei por um terrorista*, está causando furor – como é relatado no *New York Post* de quinze de setembro (há mais de um mês). O agente especial Spyro fez a gentileza de guardar para mim o artigo com alguns detalhes editados sobre a localização da peça. Devido ao fato de que não sou nem inimigo nem terrorista – o que logo será provado no meu julgamento –, estou esperançoso de que essa pequena travessura *Off-Broadway*[1] na verdade entre suavemente naquela boa noite. De acordo com o artigo, *O inimigo em casa*, atualmente em fase de ensaio, foi programada para estrear em trinta de setembro, o que significa que já está em cartaz há algumas semanas.

– Gostaria de ter uma cópia da peça, se possível – eu disse a Spyro.

– Vou ver o que posso fazer. Como você sabe, conseguir coisas para você ler pode ser muito difícil. Elas têm que passar por todo tipo de liberação. Veja o que aconteceu com este artigo. É de setembro. Já estamos no meio de outubro.

---

[1] A peça viria a estrear no Eugene O'Neill Theater – na Broadway.

– Por favor, tente – eu disse.

– Vou ver o que posso fazer.

Oh, é o cúmulo da traição. Ainda mais ardiloso do que o tempo em que Michelle me traiu com seu ex-namorado, Todd Wayne Mercer. (Ela se encontrou com ele para "um drinque" que se transformou em um exagero de cervejas Hoegaarden, mas, como eu já estava dormindo com Rudy Cohn, não fazia diferença para mim o que Michelle fazia com Todd Wayne.) Como ela pôde virar as costas para mim enquanto estou aqui? Ela é a única lá fora que sabe a verdade, pois estava presente na noite do Evento Avassalador! E por que eu deveria ter de pagar por um caso de amor fracassado quando já estou pagando por tudo o mais? Por que não posso ser poupado só uma vez? Talvez seja como o Corão diz: Fui colocado nesta terra para ser posto à prova com aflições.

Tudo que eu fiz foi amar os Estados Unidos. Não é assim que dizem: Ame alguém com tudo e a resposta será uma cruel punhalada nas costas?

No palco estou sendo retratado pelo ator Lou Diamond Philips, de *O preço do desafio* e *La bamba*. De acordo com o artigo, Lou Diamond interpreta Guy, o terrorista *fashion*, que se torna *gay* por dinheiro.

Que ataque flagrante à minha sexualidade! Como eu disse antes, sou um amante de mulheres! Minhas amantes em meu país, posso delineá-las em minha cabeça, visualizá-las em um mapa de Nova York e de Manila como agulhas, alfinetezinhos, todas elas, enfiadas no meu cérebro. Algumas ainda vencem a resistência e atingem meu coração. Não é essa uma das prisões do amor? Caminhar sozinho com uma enxaqueca aguda de mágoa? Ah, claro, a dor pode diminuir, mas nunca cessa totalmente. É só uma questão de tempo até vê-la jantando à sua frente com um chinês que trabalha com finanças. E depois a excruciante troca de mensagens de texto mais tarde na mesma noite:

– Não me mande mensagens BÊBADO
– Quem é ele?
– Um amigo
– Vai se fdr. Eu amava vc
– Vc nca disse.
– Disse sim sua Pta
– QDO???
– Aql vez em Fire island, esqceu?
– Vc nca disse

Eu nca disse. Oh, o sal na ferida! Eu disse, a tantas amantes, tantas vezes. Mas a Michelle nunca disse. Recusei aquele vínculo íntimo, aquelas três palavrinhas. (Na verdade, menti para ela sobre Fire Island. Veja acima.) É por isso que estou pagando todos os meus pecados?

No papel principal de Liberdade está a abominável atriz-cantora-compositora Chloë. Cadê a justiça? Ela é a mesma atriz-cantora-compositora responsável por me colocar no maldito mapa. A jovem estrela que há apenas um ano caminhou pelo tapete vermelho do Grammy em um de meus vestidos. Vi tudo no VH1. Quando perguntada sobre seu vestido – um vestido de noite de arrasar –, Chloë olhou diretamente para a câmera e disse: "Este é do *Boy*". Meu Deus, pensei, eu cheguei lá.

Só posso deduzir que Chloë assumiu o papel de Liberdade para reparar a imagem. Afinal de contas, estar ligada a mim agora através dos Grammys provavelmente não tem feito muito bem a sua carreira. E que maneira melhor para Chloë reparar a imagem do que estrelar a copiosa obra de Michelle, *O inimigo em casa*? Para uma artista da estatura de Chloë *("Don't you want my chas-titty / Don't you need my chas-titty?")*, uma estreia em palco *Off-Broadway*² de Nova York parece muito abaixo do seu nível de celebridade. Mas na guerra ao terror uma garota tem que fazer o que é preciso. Neste clima político, é melhor ser primeiro uma patriota, depois uma atriz legítima e depois uma estrela *pop*, nessa ordem.

Chloë. Tu me fizeste! Um brinde ao dia em que ela acabar na *Us Weekly* fotografada na beira da piscina com estrias!

Estou começando a pensar que a visão que Michelle expressava da humanidade – sempre considerando tudo "tão irônico" – acertou na mosca. Estamos afogados em ironia. Cada um de nós! Você, eu, até Lou Diamond, porque depois que meu julgamento acontecer, e essa peça for revelada como a farsa que verdadeiramente é, Lou Diamond vai direto para a obscuridade.³

Meu maior medo causado por esse desenvolvimento recente é que Michelle realmente consiga influenciar a opinião pública. O entretenimento tem esse poder. Claro, quando o governo distorce uma história como a minha, sempre haverá os crentes, apóstolos burros o suficiente para seguir seu líder, por mais que ele seja um tolo gaguejante, mas também se pode contar com um bom número de céticos, cidadãos que questionam o que lhes está sendo imposto através do tubo de ensaio da mídia. E são eles que me preocupam. Pois ninguém é imune ao poder da boa arte quando ela é divulgada através da mídia de massa. Sei disso melhor do que ninguém, pois é a essa essência fundamental da condição humana que devo todo meu sucesso.

---

2   Broadway.
3   De acordo com o IMDb, Lou Diamond Philips fará o papel de Yasser Esam Hamdi em *Hamdi vs. Rumsfeld*, atualmente em produção.

Muitos outros desfiles se seguiram a minha estreia. Montamos outras passarelas em estúdios de dança e espaços de arte. Mas, ao mesmo tempo em que meu trabalho começava a ser vendido em consignação, seriam necessárias mais duas temporadas apregoando minhas coleções antes que Chloë aparecesse no Grammy usando meu vestido, há apenas um ano.

Sim, Philip e Vivienne foram essenciais para meu crescente sucesso. Na verdade, Vivienne e eu tivemos um caso de amor malsucedido em dois mil e quatro, que surgiu de seus esforços em meu benefício.[4] Vivienne era um dínamo, uma mulher de influência, com uma butique na Mercer Street a um quarteirão de Marc Jacobs e, antes de eu ir embora, mais duas lojas planejadas para Los Angeles e Hong Kong. Sem Vivienne e Philip, minha marca com certeza teria se tornado (B)oy *para noivas*.

Mas foi Ben Laden quem me levou para o proverbial próximo nível. Foi só quando Ben conseguiu que a *Vogue*, a *Elle* e até a *Glamour* salpicassem minhas roupas em suas páginas duplas de "novidades" que as celebridades começaram a me procurar. Rudy Cohn, que eu continuava a ver ocasionalmente, tinha me apresentado a Chloë, mas a atriz-cantora-compositora só me ligou quando minha linha ganhou espaço na mídia. Não foi por acaso que ela usou no Grammy meu vestido do avesso depois de ele ter aparecido na coluna lateral "Tendências" da *Harper's Bazaar*. E foi nesse momento que os pedidos começaram a chegar. O mais notável foi o da mulher de um senador júnior. (Pense em um estado que faz fronteira com Wisconsin e o lago Michigan e cujo nome rima com Hanói.)[5] Mas eu nunca entreguei o vestido.

---

4 Vivienne Cho negou publicamente essa alegação.
5 Não há evidências de que um vestido tenha sido encomendado em nome de Michelle Obama.

Fui capturado no Evento Avassalador antes que os esboços pudessem ser aprovados.

No início de dois mil e seis, a (B)oy finalmente tinha causado burburinho suficiente para chegar às tendas da semana de moda do New Designers Showcase. Foi minha estreia no Bryant Park. Minha coleção Strange Fruit, meu *bildungsroman*, foi ensanduichada entre Jeffrey Milk e Proenza Schouler, a carne entre duas fatias de pão branco. Consegui contratar todas as minhas modelos favoritas em Nova York: Olya, Dasha, Kasha, Vajda etc. As roupas eram mais ambiciosas do que nunca, mas tremendamente simplistas. O estilo que eu vinha moldando com agressividade durante a vida inteira havia finalmente dado um salto para a esfera seguinte.

E mesmo assim, apesar de toda a nossa boa sorte, adquirida a duras penas, a marca ainda não dava lucro.

A (B)oy estava em sua quarta temporada, e eu sofria uma pressão imensa de todos para produzir um sucesso estrondoso, algo que tirasse a marca do vermelho. A maioria das marcas fracassa se não conseguir financiamento. O empréstimo que Ahmed tinha tomado de Hajji, o chamado gângster indiano, havia complementado minhas vendas por consignação durante mais de dois anos, e para minha estreia no Bryant Park recebi uma subvenção da 7th on Sixth.[6] Mas aquela única noite na tenda acabou nos custando setenta mil. Gastamos dez mil só nos sapatos das modelos.

Mais uma vez, Ben veio em meu socorro. A cobertura que ele conseguiu para o desfile assegurou a presença de vários compradores, e quem eu conquistaria de imediato senão Lena Frank, diretora artística da Barneys! Ela se apaixonou loucamente por minhas roupas e expressou um profundo interesse em colaborar no futuro. Lena me ofereceu

---

6   Organização de propriedade da IMG, que produz a Mercedes-Benz Fashion Week.

um grande adiantamento por vários *looks* modificados de minha coleção Strange Fruit, uma quantia que cobriria os custos de produção, acenaria a Ahmed com um pequeno retorno do investimento e pagaria meus gastos pessoais por mais um ano. Então, armado com um negócio tão quente, Ben conseguiu para mim um perfil na revista W.

Apesar da imprensa e do interesse que conseguira, porém, a (B)oy estava se esgarçando. Dick, o nosso contador, era impossível de agradar. O adiantamento da Barneys foi considerado na melhor das hipóteses modesto, apesar do fato de que cobriria todos os gastos que eu precisava fazer. Toda vez que eu tomava uma decisão que nos custaria mais dinheiro, enfrentava resistência, não importa com quanto eu contribuísse.

Dick Levine: – Não há espaço no orçamento para uma assistente, você está louco? Quanto você está planejando pagar para essa pessoa?

– Doze por hora – eu disse.

– É demais. Vou lhe mandar uma moça por seis.

– A moça que você vai me mandar não vai ter a aparência certa. Preciso de alguém elegante. Que seja muito boa com os clientes. Seria bom que ela tivesse cabelo Chanel.

– Ora, ora, olhe só você. Pensa que eu vou lhe mandar a Chanah de Crown Heights. Vou deixar passar seu antissemitismo desta vez para lembrá-lo de que enquanto seu adiantamento da Barneys não estiver no banco não teremos nenhum lucro.

– Seja legal – eu disse. – É um milagre eu ter chegado tão longe sem uma assistente. Meio período. Alguém para administrar minha agenda.

– Tudo bem. Minha opinião nunca importa mesmo. Quando ela nos processar por benefícios, vou dizer ao Ahmed que a culpa foi sua.

– Onde está o Ahmed?

– Moscou? Madri? Tupelo, Mississipi? Eu não consigo mais saber ao certo. E acho que nem ele.

– Como assim?

– Nada. Mas fique na sua.

– Nunca entendo o que você diz.

– Deixo você ter a sua assistente, agora me largue. Olhe, eu preciso ir.

– Quando tiver notícias do Ahmed diga para ele me ligar.

Talvez eu suspeitasse que Ahmed estava me usando de alguma forma. Mas eram suspeitas de que tipo? De que ele não acreditava na marca e em mim como estilista? De que ele não estava suficientemente presente? Eu descartava qualquer suspeita que parecesse errada. As contas estavam em nome de minha empresa, e depois da minha estreia no Bryant Park o mundo inteiro sabia tudo sobre a (B)oy – bem, a parte do mundo com a qual eu me preocupava. A pouca fama que eu estava conquistando seria minha rede de segurança. Se eu caísse, a indústria me ampararia, disso eu tinha certeza.

Roupas eram reais. Suspeitas eram invenção.

Encontrei uma jovem que fazia especialização em produtos têxteis na Parsons e estava disposta a trabalhar de graça em troca de roupas e quatro créditos de estágio. Extasiado com a possibilidade de poupar algum dinheiro à empresa, liguei imediatamente para Dick para me vangloriar.

– Eu bati seus seis dólares por hora. Que tal nada. Aha!

– Me conte – ele disse.

– Consegui uma estagiária. Ela tem um corte Chanel e tudo mais.

– Parabéns. Agora vá me fazer um vestido e só me ligue quando estiver absolutamente perfeito.

Marcela vinha alguns dias por semana para agendar compromissos e ajudar com os clientes. De certa forma ela me lembrava Michelle. Ambas cresceram em Westchester e usavam muitos DVF *vintage*. Essa semelhança teve um efeito desastroso em mim. De repente, fiquei confuso e arrependido, sentindo falta daqueles domingos quando

Michelle e eu ficávamos juntos. Horas ensolaradas e tranquilas passadas em seu dormitório para deficientes, com álcool emanando de nossos corpos, misturando-se ao odor do sexo matinal. A maior parte dessa saudade de nosso passado juntos só ressurgiu quando Marcela começou a aparecer.

Dói muito saber que Michelle assumiu a responsabilidade de dramatizar nossa relação para o palco. Todos os sentimentos sinceros e lembranças que eu tive depois de largá-la de repente são corrompidos. Mas quem é o bobo, eu pergunto? Quem foi preso por engano? Ou quem caiu na gigantesca armadilha de publicidade criada pelo atual governo e acha que eu sou o terrorista *fashion*?

Numa sexta-feira à noite, em maio de dois mil e seis, depois de uma semana muito ocupada, me encontrei com Rudy para jantar no DuMont, no Brooklyn. Quem eu vejo lá, senão Michelle, agora formada, dois quilos mais leve e usando um novo corte de cabelo, curtíssimo. Uma sombra de olho preta fantástica revelava uma qualidade perigosa que nunca pensei que ela possuísse. Uma combinação de *femme fatale* e Twiggy. Mal sabia eu quão proeminente esse lado escuro viria a se tornar. Ela estava jantando em frente a um chinês que parecia ter acabado de sair do trabalho na Procter & Gamble, no departamento de recursos humanos. Não havia como evitá-los. Os dois estavam sentados bem na frente, junto à janela, e era óbvio que Michelle tinha me visto no momento em que apareci na porta. Então, reuni um pouco de coragem e fui até a mesa deles.

– Olá – eu disse. Eu estava sendo espirituoso, o que quer dizer muito incomodado.

Michelle acompanhou minha alegria:

– Boy? Oi. O que você está fazendo aqui? – Então ela lançou um olhar de desculpa para o companheiro, o que me deixou bastante irritado.

– O mesmo que você. Jantando. – Me virei para o sino-americano e me apresentei: – Boy Hernandez. – Então me virei de novo para Michelle.

– Bom, só pensei que devia dar um oi – disse a ela.

– Você pensou que devia dar um oi? Então você se sentiu obrigado.

– Não vamos entrar nessa. Como você está?

– Estou ótima. Li seu perfil na *W* mês passado. Você apareceu como pensei que você fosse aparecer.

– Como assim?

– Como se fosse outra pessoa.

A garçonete espreitando atrás de mim com o jantar deles me deu uma boa oportunidade para sair, bem a tempo de evitar que eu fizesse Michelle perder completamente o apetite.

– Bom, aproveitem suas entradas. Vou te ligar um dia desses – eu disse.

– Por favor, não.

– Prazer em conhecê-lo, cara.

Eu era incapaz de desfrutar uma refeição ali, enquanto minha ex devorava meia galinha em um encontro com um cara que tinha indícios de Hoboken, Nova Jersey, em sua camisa amarfanhada. Encontrei Rudy sentada no jardim dos fundos, beijei-a em ambas as faces e lhe disse que íamos embora, bem no momento em que a cesta de pães chegou à mesa.

– Mas por quê? – ela disse. – Aqui é ótimo.

– Não sei – eu disse, e logo inventei uma desculpa. – Estou com refluxo. Vamos a um japonês.

– Eu comi comida japonesa no almoço.

– Então vamos a um tailandês. Tanto faz.

– Tudo bem, vamos.

– Só me faça um favor – eu disse. – Caminhe comigo pela sala da frente e segure minha mão.

– Ah, agora estou entendendo. – Eu podia sempre contar com Rudy, mesmo quando não era justo com ela. Ela me deu um beijão na boca e saímos, de mãos dadas, contornando a mesa de Michelle. Os dez centímetros do salto de Rudy exerceram soberbamente seu efeito enquanto saíamos vagarosamente do restaurante.

Naquela noite, delirando de bêbado depois de ter tomado uma garrafa de *rosé* barato, enviei a Michelle várias mensagens de texto lamentáveis. Depois de analisar a transcrição de nossa briga que tinha sido armazenada em meu telefone, liguei para ela no dia seguinte e pedi desculpa. Para minha surpresa, ela aceitou. Fiquei sabendo que agora ela estava morando no Brooklyn. A casa de sua avó ainda não tinha sido vendida, então Michelle ficaria lá até que alguém a comprasse. Nós nos encontramos para um café e jantamos. Nós dois, ao que parece, nos sentíamos do mesmo jeito: incrivelmente sozinhos. Como nosso pós-relacionamento por natureza descartava a perspectiva de amor, nos entregamos a amar sem amor. Luxúria. Começamos a nos ver de novo, mas com regras tácitas. Ficou subentendido, presumi, que estávamos tendo um *affair* casual. O sexo não era alto nem raivoso, como eu esperava, mas tinha certa música, algo suave que eu não conseguia nomear. Não era perfeito, mas era certo.

Sabendo o que sei agora sobre a peça que Michelle escreveu sobre mim, não me arrependo de ter continuado com ela? Não consigo responder. Como é possível prever o que os outros serão capazes de fazer? Como é possível sequer suspeitar onde estaremos amanhã, ou no dia seguinte?

Mesmo na prisão não sei o que vai acontecer, nada é certo. Nada foi decidido, por enquanto. E não posso contar com nada do que me foi prometido nos últimos quatro meses e meio. Embora eu confie no meu agente especial e aprecie nossas conversas, com o passar do tempo ele está começando a parecer cada vez mais impotente. Porque nada muda na minha situação. Quanto mais discutimos, menos chegamos a algum lugar. E começo a acreditar que a única certeza é que amanhã ainda vou estar aqui.

O OUTONO DE BOY
por GIL JOHANNESSEN

De *W*, março de 2006, vol. 3, número 23

É O FIM DA New York Fashion Week, meninos e meninas, e o que aprendemos? Que o jovem e promissor estilista finalmente garantiu um lugar entre os renomados. Pelo menos em Nova York, onde, entre os mais de duzentos estilistas que apresentaram coleções para a temporada de outono de dois mil e seis, quase a metade surgiu nos últimos cinco anos. Em uma indústria cuja sobrevivência depende de novos talentos ("indústria", que horror, modo de vida), tem sido quase impossível para os jovens e inquietos penetrarem a lona do Bryant Park. Costumava ocorrer que, se seu nome não fosse Miuccia e não estivesse inscrito em bolsas de couro italianas, você não conseguiria táxi na Sétima Avenida, muito menos lugar na tenda.

Mas levante a cabeça, estilista promissor. Agora você tem um lugar bem estabelecido em Nova York, e não precisa de um contrato para fazer uma fragrância com a LVMH. Ele se chama New Designers Showcase. Entre os desconhecidos estavam as marcas americanas Plaque, Urbane, Jeffrey Milk e, principalmente, (B)oy, do Brooklyn, invenção do estilista Boy Hernandez.

Hernandez e eu nos encontramos recentemente em seu estúdio em Williamsburg, na orla. Alguns compradores já enfrentaram o trem L para um compromisso no *showroom* da (B)oy. Só para você saber, devota da Alta-Costura, sair da ilha de Manhattan para ir a um *showcase* era completamente inédito até um ano atrás.

Nascido em Manila, Hernandez amadureceu na escola de moda com Philip Tang. Diz a lenda que os dois estilistas foram separados no nascimento. Tang se transferiu para a Central Saint Martins, em Londres, antes de saltar o Atlântico para Nova York, onde conseguiu trabalho como modelista para Marc Jacobs. Hernandez ficou para trás com ambições menores e aprimorou seu talento na cidade de Makati fazendo vestidos de noiva antes de reunir coragem (e pesos) suficiente para vir a Nova York, seu lar desde dois mil e dois.

"Eu tinha literalmente uma mala, um manequim e uma Singer quando comecei em Bushwick", ele lembra. "Fiz minha mesa de trabalho com uma porta de aço que parecia ter sido chutada pela polícia."

A (B)oy funciona no grande estúdio-casa onde Hernandez vive, localizado em uma antiga fábrica de palitos de dente. Quando cheguei, Hernandez me cumprimentou vestindo *jeans* desbotado muito justo e blusão de jérsei com capuz A.P.C. do qual ele se apropriou cortando as mangas, usando-o como um colete aberto sobre uma camiseta velha com pintura salpicada. Os salpicos lembram *Ritmo de outono,* de Jackson Pollock.

Embora sua hiperexuberância sugira certa grandeza imponente, Hernandez é surpreendentemente pequeno. Ele caminha pelo chão gasto da fábrica em um par de Nikes brancos de cano alto que parecem ortopédicos.

A (B)oy não foi a marca celebrada da semana de moda. Diane von Furstenberg dominou a todos com peles de raposa, cabra e carneiro mongol. Vivienne Cho, com quem Hernandez trabalhou no passado, desmontou convenções estruturadas e as reconstruiu com seus *tailleurs* com ombreiras para o milênio. No New Designers Showcase, no entanto, o destaque foi a (B)oy.

Durante os últimos dois anos, a linha de malhas da marca foi oferecida em lojas de consignação como INA e Tokio 7. "De repente, comecei a receber ligações pedindo mais", explicou Hernandez. A linha de malhas também pôde ser fabricada nas proximidades, no Brooklyn, onde toda a (B)oy é feita atualmente. O B em (B)oy, entre parênteses, significa Brooklyn, fato pouco conhecido.

A marca não tem butique própria e, até agora, só foi vendida em butiques e lojas de consignação em Williamsburg, SoHo, Lower East Side e Los Angeles. Tudo isso está prestes a mudar com a recente aquisição pela Barneys. No próximo outono as mulheres poderão encontrar a (B)oy ao lado de Rag & Bone e Thakoon, bem como de um nome mais familiar para Hernandez, Philip Tang 2.0.

"É incrível, sério, ser adquirido pela Barneys. Se você me dissesse quando eu estava na escola de moda que esse era o lugar onde eu estaria em cinco anos, eu teria lhe perguntado:

'Você é RETARDADO ou coisa do tipo?' "

Hernandez não é o estilista mais eloquente do pedaço, mas talvez seja o mais sincero. Essa é uma qualidade que as mulheres procuram nas roupas, e que pode facilmente ser derivada da (B)oy. De seus vestidos de noite com apenas um respingo de cor a suas suéteres de lã *baggy*, o conforto nunca parece se perder na mistura, nem o *glamour*.

"Acho que todos os artigos na coleção da (B)oy são honestos", disse Lena Frank, diretora artística da Barneys.

"Sempre pensei na moda como meu presente para as mulheres, mesmo quando eu era criança", atesta Hernandez. "Eu queria fazer algo por elas, da única maneira que sabia. Todo estilista vai lhe dizer que começou tentando conquistar o coração de uma mulher. Sabe, ganhar a garota. Não interessa como são *gays* agora...

TUDO tem a ver com MULHERES."

Quando questionado sobre como a marca mudou desde o início, Hernandez explica que Williamsburg inspirou transformações significativas no estilo da (B)oy. Os artigos não são mais todos em preto taciturno ou branco doentio. "Isso foi influência de Bushwick, inicialmente. Como eu disse, desenhava para as pessoas ao meu redor. *Hipsters* marginais são taciturnos. Eles só usam cores escuras e neutras.

"Mas eu passei a me interessar muito mais pela cor desde que me liguei nos filmes de Wong Kar Wai. Você já viu *Felizes juntos*? É preto e branco, mas há algumas cenas em cores brilhantes. Esse filme também fala sobre paixão. 'Como a paixão é expressada?', eu me perguntava. Saint Laurent era excelente em capturar a paixão em suas roupas, então olhei um monte de YSL antigos, do início dos anos setenta."

Com a convergência de todas essas influências, Hernandez encontrou um nicho que acabaria sendo a pedra angular da Strange Fruit, sua coleção de inverno apresentada no New Designers Showcase.

A Strange Fruit tira seu nome da música cantada numa gravação famosa por Billie Holiday – uma música com mensagem muito política sobre o racismo americano.

> "Eu pensei que uma MENSAGEM POLÍTICA na coleção seria adequada, já que estamos VIVENDO um MOMENTO TÃO POLÍTICO com a GUERRA AO TERROR e tudo mais.

Claro que é tarefa do estilista prever o futuro com uma ou duas temporadas de antecedência. Mas também precisamos captar o momento. Estou errado?"

De maneira nenhuma. E é isso o que torna a (B)oy tão relevante. Em sua primeira coleção, em dois mil e quatro, Hernandez incluiu uma burca preta toda transparente. A modelo, agradavelmente visível embaixo dela, usava uma calcinha fio-dental com lantejoulas e adesivos de seios combinando. Por acaso eu estava naquele primeiro desfile. As lantejoulas embaixo brilhavam como diamantes no colar. Mas, na época, ninguém sabia o que pensar.

Declaração política ou sinal dos tempos, Hernandez estava brincando com as possibilidades da silhueta, subvertendo nossa imagem do *sexy*, e chamando atenção para as partes do mundo onde as mulheres não têm as liberdades mais básicas. A burca transparente adicionava contexto a uma coleção que, no mais, estava fora do mapa de todo mundo.

"Fechei o desfile com aquela burca não para começar uma polêmica, mas porque um amigo meu na época usava muitas *dishdashas*, sabe, aquelas túnicas de muçulmanos. Ao colocar a burca na frente na passarela, eu estava explorando nosso medo coletivo do Islã. Embora eu não ache que tinha tanta consciência do seu impacto político quanto teria agora."

Boy é um estilista de circunstância. Ele combina padrões florais com silhuetas escuras. Arranca a paixão do tecido, mantendo o conforto no pronto-para-usar chique, ao mesmo tempo que faz um *bildungsroman* com seu estilo. Se esse é o seu presente para as mulheres, esperemos que ele continue presenteando. Temporada após temporada.

Peças da coleção outono da (B)oy em breve estarão disponíveis na Barneys.

Notícias para mim...

Agora tenho um advogado. O advogado que tenho pedido desde que cheguei aqui. Não o insignificante representante pessoal sobre o qual ficam me falando (e com quem ainda não me encontrei), mas um advogado civil de Nova York. Ted Catallano, da Catallano & Catallano & Associates. Aparentemente, Ted era meu advogado o tempo todo; eu só não sabia disso. A carta que recebi dele tem carimbo do correio de vinte e três de julho (mais de três meses atrás) e dá como endereço do remetente Rua 34, número 35. Nem preciso dizer que a carta chegou a mim já aberta, com algumas frases editadas. Meu Deus, a censura que acontece aqui! Não consigo ver a relevância do que eles decidem esconder.

Vou parafrasear a carta. Meu advogado me informou que foi contratado por meu relações-públicas, Ben Laden, em nome de meus pais, "que continuam vivos e bem". Ted entrou com um pedido de ▓▓▓▓▓▓ ▓▓▓▓▓▓▓[1] (e aqui as palavras foram editadas).

---

[1] *Habeas corpus*, o instrumento pelo qual os presos podem tentar ser libertados da prisão ilegal. Isso contestaria a legalidade da detenção de Boy, embora a Lei de Comissões Militares (MCA), sancionada pelo presidente em 17 de outubro de 2006, tenha suspendido o *habeas corpus* para qualquer estrangeiro que

Ele pediu que eu fosse levado de volta aos Estados Unidos e acusado de um crime, ou então libertado imediatamente. É uma carta curta, mas muito eficaz. Lógica sólida no último trecho: libertado imediatamente. Dado que eu não cometi nenhum crime, continuo confiante de que serei levado aos Estados Unidos, onde pretendo retomar minha vida, aquela que eu tinha antes de me tornar o Detento 227.

Ted escreve que está tomando providências para se encontrar comigo, e que no momento em que redige esta carta está aguardando autorização do Pentágono para pegar um avião para a Terra de Ninguém. "Vejo você em breve", ele conclui. Sua saudação final foi editada.

Eu me esforço para entender de qual crime Ted imagina que serei acusado. Saber? Talvez esse tenha sido meu único crime. Mas saber o quê? Sou um bode expiatório, não deixei isso claro? Um burro de carga, um peão. Os peões são sempre os primeiros a ir. Daqui a pouco, quando você olhar "bode expiatório" em qualquer enciclopédia respeitável, vai ver um retrato de Oswald segurando seu rifle e eu, Boy Hernandez, relacionado a "terrorista *fashion*", "lacaio de primeira" e "fracasso". Oh, a vergonha que eu trouxe para minha família! Só posso imaginar a reação deles às manchetes. "TRAMA DE COSTERROR FRUSTRADA! BOY HERNANDEZ, O TERRORISTA *FASHION*!" Se meu pai não estiver completamente dominado pela demência (ele estava muito doente na última vez que nos falamos), espero que a ideia que ele tem de seu único filho não tenha mudado. Papai, acredite que sou um bode expiatório em tudo isso; acredite que, como você sempre pensou, sou

---

se determinasse combatente inimigo ilegal. Como Boy estava aguardando a determinação do seu *status*, seu pedido de *habeas corpus* foi negado. Em junho de 2008, a Suprema Corte dos Estados Unidos declarou inconstitucional a suspensão do *habeas corpus* pela MCA.

burro demais para ter cometido o crime CONFIDENCIAL que eles estão dizendo que cometi.

Papai, *mahal mo pa ba ako*? Você ainda me ama? Mesmo depois da vergonha que eu trouxe para nosso nome?

Não aceite o termo que eles criaram para meu estado atual ("preso"). Estou dentro dos muros de uma prisão que fica no golfo de lugar nenhum atrás de fileiras e fileiras de arame farpado. Minas, que sobraram de um conflito desaparecido com os comunistas, enchem os terrenos fora da prisão. Mesmo na baía, me disseram, existem minas. Que eu saiba, não há nenhuma maneira de entrar ou sair daqui a não ser sob custódia, escoltado para lá e para cá. Então, se é verdade que sou um prisioneiro aqui, devo ter sido detido legalmente! Se não, como vim parar aqui? Mesmo prisioneiros de guerra devem ser detidos legalmente. E, se meus captores não admitirem minha prisão, vou mudar a minha acusação contra eles, para, simplesmente, sequestro! E sequestro, um crime no lugar de onde eu venho, não é pequeno.

Claro, tudo começou com a batida na porta no meio da noite, mas um sequestro é um sequestro é um sequestro.

Estou disposto a dar a meus captores o benefício da dúvida, afinal eles são americanos, merecem isso. Digamos que eu tenha sido detido legalmente e que as ações cruciais que vêm depois da detenção (acusação, julgamento por um júri etc.) foram erroneamente puladas por causa de alguma brecha no sistema.[2] Temos de supor que eles devem ter suas razões.

Assim como eu devo continuar a supor que minhas reservas com o agente especial Spyro existem apenas para determinar o que sei sobre

---

[2] Mais notadamente a Lei de Tratamento de Detentos de 2005, proibindo os prisioneiros de contestar a sua detenção em tribunais distritais federais. Ver também a Lei de Comissões Militares, de 2006.

Ahmed Qureshi, mais conhecido como Punjab Ami, suposto traficante de armas e financiador de meus sonhos.

E o que eu sei?

Sei que a pequena operação em Sunset Park, que tinha reunido todas as nossas amostras para a coleção Strange Fruit, nunca seria capaz de atender ao pedido da Barneys. E que os custos de fabricação na Fashion Avenue eram altos demais para serem cobertos pelo adiantamento, por mais generoso que ele fosse.

Para complicar ainda mais as coisas, em abril Ben recebeu a notícia de que a Neiman Marcus estava interessada em adquirir minha coleção. Eles haviam me desconsiderado durante a semana de moda, mas, por causa do meu perfil na *W*, as coisas começaram a fugir ao controle.

Ahmed, mais uma vez, não era encontrado em lugar nenhum.

– Eu não consigo cuidar dessa merda sozinho – disse a Ben.

– Você está certo. Você tem que contratar mais gente.

– Eu só tenho uma estagiária.

– Então, consiga mais três. Que tal você ouvir a si mesmo? Se a Neiman Marcus quer uma prova, isso significa que a Bergdorf Goodman também quer. Nós vamos ganhar *una milione*! Basta manter a cabeça fora do forno.

Ótimo conselho.

Nessa época eu tinha começado a tomar Xanax aos montes para afastar surtos de ansiedade. Agora que eu era um estilista conhecido, as pequenas pílulas roxas eram a única coisa capaz de me fazer atravessar o dia.

Armado com a notícia da Neiman, tentei falar com Ahmed em seu telefone celular novo e mais uma vez não consegui. No início, ter um parceiro que nunca era encontrado parecia uma bênção. Cuidado com o que você deseja. Afinal, uma marca de moda é uma empresa, e uma empresa não pode ser administrada só por uma pessoa, especialmente eu. Eu precisava que Ahmed participasse, mais que nunca. Não apenas para nos manter à tona com fundos, mas para lidar com o aspecto da fabricação com sua cabeça esperta para negócios. Sem saber onde encontrá-lo, fiquei desesperado. Então, aconteceu acaso feliz: a Herizon entregou uma pilha de listas telefônicas em meu prédio. Aqueles livrões bíblicos eram normalmente um incômodo anual que lotava o saguão até que alguém finalmente tivesse o bom senso de jogá-los fora em benefício de todos os outros inquilinos. Eu só os notei nesse momento porque, quando saía numa manhã, os caras do coletivo de design-construção estavam usando um deles como trava de porta no saguão enquanto carregavam o furgão com conjuntos feitos por encomenda. Colocando meu pé no lugar da lista, eu a abri, e lá, dá para acreditar?, estava Ahmed Qureshi, listado ao lado do meu antigo endereço na Avenida Evergreen. Código de área 718, um telefone fixo. Arranquei a página da lista como fazem nos filmes e a pus de volta onde a havia encontrado.

Corri até o telhado da fábrica de palitos de dente, digitando o número. O que eu estava fazendo lá em cima? Não tenho ideia. Só sei que de alguma forma parecia mais dramático fazer uma chamada telefônica do telhado. Talvez eu pensasse que uma ligação de um telefone celular para um telefone fixo antigo precisasse da melhor recepção possível.

Yuksel, o empregado doméstico de Ahmed, atendeu.

– Yuksel, é o Boy. Onde está o Ahmed? É urgente.

– Eu sente muito, senhor. Ele esteja ocupado.

– Ocupado demais para falar, hein?

– Muito ocupado, senhor.

– Vai se ferrar! Eu preciso falar com ele imediatamente.

O idiota desligou na minha cara assim que eu fiquei irado. Imaginei-o rindo do outro lado, aquele sorriso permanente acima do queixo fraco. A rediscagem trouxe um som que eu pensava que não existia mais. Um maldito sinal de ocupado! O imbecil tinha deixado o telefone fora do gancho. Eu seria capaz de matá-lo. "Arrrgh!", gritei sobre a cidade.

Que opção me restava?

Peguei o trem para Bushwick.

O bairro não tinha mudado. Era tão deprimente como quando eu o deixara, mais de três anos antes. Garrafas quebradas e bitucas de cigarro, cupons de jornais locais de classificados gratuitos espalhados pelas calçadas. Uma nova safra de gente saída da universidade havia ocupado casas na Kosciuszko – eu sabia pelas identificações diferentes nos edifícios. Crypdick e Smock e ART-JOY, os escritores de meu tempo, tinham sido substituídos por GW S8tan, Viet911, FUCK BUSH e BITCHES NOT BOMBS. Tudo tinha assumido um viés político. Do outro lado da rua, um garoto hispânico gritou para mim: "Volte para a China, sua bicha". O pentelhinho realmente me irritou. Fazia tanto tempo assim que eu não era atormentado abertamente? Olhei para meu *jeans* vermelho e meu Nike de couro e minha bolsa Marc, e me senti envergonhado.

Então, reagi com algo de que eu não me considerava capaz. Mostrei um dedo para o garoto. Se ele fosse mais velho eu não teria ousado! Mas, vendo que estava sozinho, achei que ele merecia uma lição de humildade.

– Ah, não, você não fez isso! Não, você não fez isso! – ele gritou.

Mas claro que sim, eu certamente fiz.

Agora cheio de adrenalina, caminhei até meu antigo prédio na Avenida Evergreen e toquei a campainha. As persianas estavam fechadas no apartamento de Ahmed. Recuei para dar uma olhada em meu antigo apartamento no segundo andar. O ar-condicionado que Ahmed tinha me ajudado a instalar permanecia na janela. Estava caindo para fora, inclinado em um ângulo perigoso. Um pombo pousou nele e cagou.

A campainha do interfone soou e eu entrei.

– Onde diabos você se meteu? Eu fiquei o tempo todo ligando para você. Só dava ocupado, ocupado, ocupado.

Ahmed me pegou pelo braço e me fez entrar. Olhou para o corredor atrás de mim.

– Você foi seguido?
– O quê?
– É uma pergunta legítima.
– Por que eu seria seguido?
Ele fechou a porta e trancou os ferrolhos.
Eu me virei e dei de cara com uma grande escrivaninha no *hall*.
– Me dê uma mão aqui, pode ser? – Ele me orientou a ajudá-lo a encostar a escrivaninha na porta da frente, como uma barricada.
– O que está acontecendo?
– Apenas empurre.
– Yuksel! – chamei. – Onde está aquele diabo quando a gente precisa dele?
– Eu o mandei comprar suprimentos.
– Suprimentos? Que suprimentos?
– Água mineral, chá, *scotch*, patê de fígado. Suprimentos!
– O que está acontecendo?
– Venha – disse Ahmed, levando-me para a cozinha. O depósito estava lotado até a borda com sacos de fertilizante cobertos com lona azul. Ora, da perspectiva de um homem inocente – minha perspectiva –, não havia nada muito incomum nisso. Ahmed sempre tinha coisas a granel entrando e saindo.
– Estou no meio de um imenso negócio – disse ele. – Este é o grande momento, Boy. Pode significar minha aposentadoria antecipada.
– Você esqueceu completamente o nosso negócio? – eu o ataquei. – Lembra? A nossa marca de moda. Eu preciso de você, cara. Por onde andou? Agora nós temos pedidos. Barneys. Talvez Neiman Marcus. Bergdorf Goodman. Não posso dar conta disso sozinho. Você recebeu minhas mensagens?
– Mensagens? Como você ainda está deixando as malditas mensagens? Eu mandei desligar esse número. Não deixe nenhuma mensagem, Boy. Essa linha provavelmente está sob vigilância.

– Vigilância? Do que você está falando? Quem está vigiando você?
– Quem? Como assim, *quem*? Não é nada. A ASPCA. Eu fiz um negócio com cavalos que deu muito errado. Perdemos alguns em trânsito. Você ficou sabendo sobre a colisão do cargueiro no norte? Não? Que confusão! Cascos e crinas para todo lado. Você se lembra que eu lhe falei sobre minhas relações em Saratoga? De qualquer forma, não é preciso se preocupar. Essa ASPCA, eles não têm autoridade real. São uma instituição sem fins lucrativos.
– Isso soa como um monte de merda.
– OK, OK. E eu não sei? Mas é para seu próprio bem que deixo você fora disso.
– Você sempre fala em confiança, mas não pode nem me contar a verdade. E por que estamos entrincheirados aqui como se fosse a Terceira Guerra Mundial?
– OK, não posso enganá-lo. Não é a instituição para animais. E eu não estou transportando nenhum cavalo. É fertilizante.
– Estrume?
– Foi isso que eu disse. Estrume. "Cocô de vaca?", eu perguntei a eles. Mas não. Não é esse tipo de fertilizante. É para um grupo de somalis que precisa de toneladas. E eles vêm a mim para obtê-lo. Eu juro, eu estou de volta, querido. Estes somalis também significam negócios. Depois disso, o céu é o limite com esses caras. E eles realmente se chamam ASPCA, eu não estava mentindo sobre isso.[3] Boy, se eu só lhe conto meias verdades, é para sua segurança.
– Foda-se. Não posso acreditar em mais nada que você diz. Minha única preocupação agora é com a marca. Ela pode ser nossa, mas é a minha reputação que está em jogo.

---

3   Isso é verdade. A Coalizão Popular Somali Armada pela Autonomia é uma organização terrorista que estava ligada ao bombardeio, em 1998, da embaixada dos Estados Unidos na Nigéria.

Onde estava o meu juízo? Minha bússola moral? Meu bom senso? Às vezes eu acho que nunca tive nenhum. Vejo agora que estava cego por meu próprio orgulho. Permita-me propor, por um momento, uma hipótese. Se, no meu estado de desespero, eu tivesse que escolher entre encontrar a localização de uma bomba-relógio mortal e salvar minha marca da morte completa, eu escolheria minha marca – meu sonho, meu trabalho, meu meio de vida.[4] Eu estava absorvido a esse ponto. Mas ainda sou inocente, eu juro, apesar de minha disposição na época.

– Vamos tratar da tarefa que temos – disse Ahmed. – Agora, o que é que está lhe deixando estressadinho?

– Eu não sei o que fazer para atender a essa encomenda da Barneys. E o Ben diz que a Neiman pode estar interessada. Precisamos começar a produzir em massa essa merda. E isso é você que tem de resolver, seu idiota.

– Uma coisa de cada vez, Boy. Como você verá, isso não é importante. Eu dou um telefonema, não tem problema.

– Então faça isso. Dê um telefonema. Mas a minha preocupação é a seguinte. Podemos conseguir que um grande pedido seja feito em Nova York? Com um custo que valha a pena?

– Não é possível. A menos que usemos a opção do trabalho infantil. Mas esse é um jogo de alto risco que nenhum de nós quer jogar. Vamos ter que ir para o exterior.

– Primeiro, podemos apenas tentar pensar numa maneira de fabricar as roupas aqui? Esse é um dos argumentos de venda da marca. *Made in New York*. Aqui no Brooklyn. As pessoas respondem a essa merda. Olhe

---

4 O cenário da bomba-relógio é normalmente utilizado por aqueles que permitiriam o uso de tortura em circunstâncias excepcionais. Foi um conceito apresentado pela primeira vez no romance *Os centuriões*, de Jean Lartéguy (1960).

a American Apparel. Cristo, eu acabo de aparecer na *W* me gabando justamente disso. Vou acabar parecendo um completo idiota.

– Você está sendo irracional.

– Eu sou irracional porque não quero parecer um mentiroso.

– Agora nós já superamos isso, não?

– O que isso quer dizer?

– Foi você quem fez promessas que não pode cumprir. Você está vendendo roupas feitas em um lugar onde elas não podem ser feitas.

– Isso é uma ameaça?

– Claro que não. Porque a nossa relação é de confiança.

Michelle estava certa desde o início. Ahmed não era confiável: finalmente eu percebia isso. Eu tomara a opinião dela com uma tentativa de me segurar. Como eu tinha sido cego! Teimoso! Por que eu não consegui enxergar? "Eu fui colocado nesta terra para ser posto à prova com aflições." Mas eu juro: só imaginava que Ahmed estava *me* ferrando. Nunca passou por minha cabeça que ele poderia ser capaz de prejudicar outras pessoas.

– Nós temos que ir para o exterior, Boy. Eu estou dizendo isso desde o primeiro dia.

– OK, mas, se formos para o exterior, eu preciso de garantias de que não usaremos empresas que exploram os trabalhadores.

– Você é quem sabe, Sr. Nike Airman.

– Escute, o que eu estou fazendo é moda de ponta. A reputação sobre como nós fabricamos é tão importante quanto as roupas em si.

– Eu posso conseguir isso no exterior. É o que eu faço, Boy. Mas você não confia em mim.

– Eu quero tudo feito legitimamente!

– Querido, eu juro por meus filhos.

– Você não tem filhos.

– Incrédulo. Tudo bem, meus filhos não nascidos. Que Alá me faça atirar em minha mãe entre as rachaduras da...

– Já entendi. Você jura. Apenas faça acontecer.
– Fico feliz em saber que minha palavra ainda vale alguma coisa por aqui.

Eu me sentia como uma máquina de fliperama, minha cabeça tinindo com planos saltando para a frente e para trás.

– Venha, vamos comer alguma coisa – ele disse. – Eu faço um sanduíche para você.
– Eu não estou com fome.
– Então o quê?
– Você disse que ia dar um telefonema.
– Eu vou, eu vou. Mas não daqui, você está louco? Eu não lhe disse que estou sob vigilância? Estou tentando fazer o mínimo de ligações.
– Então, envie um *e-mail*.
– *E-mail*? *E-mail* é um registo escrito. Não. Nada de *e-mail*.
– Então use meu telefone. Espere, eu já estou ficando sem créditos. Ótimo. Você realmente está me colocando numa situação difícil, Ahmed. Eu quero um pouco de água, pode ser? Preciso tomar uma pílula.
– Olhe no espelho, Boy. Você está parecendo um peixe. – O filho da mãe encolheu as bochechas para mim. – Olhe para mim. Eu tomo vitaminas. E quando algo está me incomodando eu ataco de frente. Não deixo supurar. É isso que está apodrecendo dentro de você.
– Eu não deixo as coisas supurarem. É por isso que estou aqui. O que está me incomodando é *você*.
– Oh, sai dessa! Tudo bem, eu sei. Eu não estava lá para lhe ajudar e você está magoado. Mas considere o que está naquele quarto. – Ahmed me puxou pelo ombro e apontou para o mar de lona de acampamento azul. – O que eu estou fazendo vai me trazer uma fortuna. E isto aqui é só o começo. Quando eu fizer esses somalis sentirem o gostinho, aí nós vamos ver dinheiro de verdade. O suficiente para produzir suas roupas por dez temporadas!

O preço do sucesso era algo que eu vinha ponderando em minha mente naqueles dias. Cada centavo com que tínhamos começado viera de Ahmed. Ele era o mago que controlava tudo. Meu aluguel, meu salário – eu devia tudo a ele. Não consigo acreditar que não dei importância ao que agora está bem na minha cara. Eu não tinha tropeçado em um capitalista empreendedor, ansioso para entrar no ramo da moda. Tinha encontrado um conspirador, um mentiroso, uma fraude. Ele estava aprontando alguma coisa, agora posso ver isso com clareza. Só que eu estava cego demais, devido a minha ganância, ou então era muito burro, para suspeitar. Eu devia saber que o dinheiro que ele estava injetando em minha marca era tão sujo quanto o fertilizante no quarto ao lado, que devia haver outros motivos por trás da generosidade de Ahmed.

Eu estava iludido ao ponto de pensar que tinha uma fada madrinha?

Talvez seja como Hicks sublinhou no meu Corão, e eu mereça o que recebi.

Quando aquele que está vindo chegar, alguns serão humilhados e outros, exaltados.

Terra de Ninguém

"Conheci o medo e os terrores da solidão."
Yves Saint Laurent

Boyet R. Hernandez, querelante

Há quanto tempo estou na Terra de Ninguém? Devo contar os dias? Já faz mais de cinco meses que aconteceu o Evento Avassalador, aquele arrebatamento e agarramento que me trouxe para cá. Mais um sufocante verão de Nova York passou, e agora o outono está escurecendo à medida que o inverno se aproxima da cidade. Veja a folhagem nos parques, como penas de um peru! Veja as gotas de chuva dançando nos vidros das janelas dos táxis! Tudo isso, só posso imaginar. E pensar que a coleção que Gil Johannessen chamou de *"bildungsroman"* foi composta justamente para essa temporada, e eu não estou lá para vê-la ser usada! *Bildungsroman!* Que termo fálico! Esqueci completamente seu significado, você pode acreditar? É isso que cinco meses na Terra de Ninguém fazem com você. Sua mente fica tão nublada com pensamentos sujos, pensamentos malditos, que você começa a perder de vista o que antes parecia tão importante.

Aqui eles fazem todos os esforços para manter os pensamentos malditos afastados impondo seu próprio léxico. Uma língua franca da Terra de Ninguém. Você sabia que na Terra de Ninguém temos uma centena de palavras para suicídio? É verdade. Comportamento autodestrutivo, gesto de suspensão, guerra assimétrica, automutilação (tentativa de suicídio), insuficiência cardíaca induzida, pacto de *checkout* (greve de fome), evasão da vida, extinção pessoal, incisão higiênica (corte ao se barbear), a lista não tem fim. Mas nunca se ouve ninguém falar de suicídio. É completamente proibido! E você também não vai ouvir nenhum de nós ser chamado de prisioneiro. Isso também é proibido. Somos detentos. É tudo muito inteligente da parte deles. Como não somos chamados de prisioneiros, eles não precisam nos acusar de um crime.

Não vejo mais Riad, meu parceiro de banho. Eu soube por Cunningham que ele tinha parado de comer. Era um protesto, não mais por causa da retirada das garrafas de água de plástico, mas por causa da situação geral: Terra de Ninguém. E foi assim que Riad desapareceu do bloco. Eles o levaram para a enfermaria, onde, ouvi dizer, é alimentado à força através de um tubo enfiado em sua narina direita.

– Ele é um vegetal – disse Cunningham. – O cara está perdido. O cara é um vegetal. Ninguém liga.

Hoje cedo recebi uma carta do presidente, datada do mesmo dia, três de novembro de dois mil e seis. Um policial militar que eu nunca tinha visto antes a entregou diretamente para mim, ignorando meu guarda do dia, Win. O envelope trazia o selo oficial do Executivo: uma águia-calva vestida com um escudo, segurando em suas garras um ramo de oliveira e flechas. O selo na verdade diz: "SELO DO PRESIDENTE DOS ESTADOS UNIDOS". Sempre supus que ele dizia outra coisa, "vida, liberdade, a busca da felicidade", algo assim. De qualquer forma, à vista do selo do presidente, meu coração saltou. Foi a primeira correspondência que recebi desde a carta do meu advogado. Um pedido de desculpa, pensei, do próprio presidente. Só que não era nada disso. A carta me informava de meu julgamento iminente. *O Presidente dos Estados Unidos v. Boyet R. Hernandez, querelante.* Depois ela explicava que o processo determinaria meu *status* como combatente inimigo ou "não mais combatente inimigo".[1] Ela mencionava

---

1 Também conhecido como NLEC.

quem estaria presente no tribunal (um juiz, um promotor e meu representante pessoal, sem júri) e declarava que eu me reuniria com meu representante pessoal no momento devido. *No momento devido!* Com meu julgamento muito próximo (apenas duas semanas a partir deste dia, dizia a carta), eles ainda não deixaram claro exatamente *quando* eu me reuniria com esse fantasma evasivo, o homem que deve defender minha vida! E nem uma menção a meu advogado em Nova York estar presente no tribunal.

A carta tinha o endereço do remetente:

1600 Pennsylvania Avenue

Washington, DC 20006.

Meu agente especial leu tudo que escrevi até agora. Tudo isso ele consumiu bem na minha frente durante nossa última reserva. Para me manter ocupado durante as horas que levou para ler minha confissão, ele me trouxe uma resenha da peça de Michelle publicada no *Daily News* (mais uma vez seriamente desatualizada, mais uma vez com certos detalhes editados). Ele também me trouxe a edição de outubro da *Vogue* e uma caixa de *donuts*. É como se Spyro antecipasse minhas necessidades antes que eu mesmo as saiba, e eu descobri que ele é a única coisa coerente em minha vida aqui na Terra de Ninguém. Sua vontade de agradar me lembra, bem... de mim. Antes eu vivia disposto a agradar a todos, e logo descobri que assim sempre conseguia o que queria. Mas não me entenda mal. Spyro não me diz só o que eu quero ouvir. Eu também nunca fiz isso. Não, eu estou descobrindo que ele é completamente autêntico em sua intenção de extrair a verdade. E é por causa de sua natureza autêntica que não quero nada mais do que agradá-lo. Do que dar-lhe os fatos, do que lembrar as coisas que eu posso considerar insignificantes, mas que ele considera muito úteis.

– Você é muito badalado na Broadway – ele disse quando me entregou o artigo.

— *Off-Broadway* — eu o corrigi.

— É só uma expressão. Não precisa se sentir insultado — disse Spyro. E me deixou ler a resenha. Então li.

Tente imaginar sua vida adaptada para uma peça. As coisas são distorcidas em benefício da diversão do público. Entenda, é mais divertido para todos que eu seja o terrorista *fashion*. Michelle é mais simpática como vítima. Os motivos fazem mais sentido se forem excessivamente simplificados. É tudo parte do entretenimento. Eventos *precisam* ser fabricados para resolver o terceiro ato. Isso é teatro. Claro, todo mundo sabe que uma peça é uma obra de ficção. Mas nessa ficção o público está sempre procurando um ou dois indícios de verdade. Quais podem ser eles? Talvez este, talvez aquele, eles palpitam. Mas quem sabe realmente? O que você tem é uma plateia de inteligência mediana influenciada por um punhado de atores contando mentiras. É isso que a ficção é. Mentiras. Spyro, logo ele, deveria saber disso, considerando que foram seus gregos que baniram os contadores de histórias porque eles envenenavam a mente.[2] Talvez, enquanto lia meu documento, ele realmente estivesse se perguntando: Em que posso acreditar? Esta é uma confissão verdadeira, uma apresentação exata dos fatos? É preciso levar em conta as circunstâncias extremas em que redijo minha confissão. Estou sozinho em minha cela. Cercado por um bando de terroristas inúteis. Vigiado vinte e quatro horas por dia. Enquanto minha canetinha rabisca um bloco amarelo, praticamente tenho uma arma apontada contra minha cabeça. (Por assim dizer. Spyro nunca faria uma coisa dessas. Nem Win, nem Cunningham. Eles andam desarmados.) Não tive tempo de cometer nenhum erro. Não há ensaios na Terra de Ninguém. Aqui é fazer ou morrer... e você passa vergonha se contar uma mentira.

---

2   Ver Platão, *A república*.

Eu fiquei tão revoltado com o que lia na resenha de *O inimigo em casa* que tive de parar várias vezes para comer um dos *donuts* que Spyro tinha trazido. O desempenho de Lou Diamond Philips como Guy, o Terrorista *Fashion,* era chamado de "heroico à luz de uma tragédia tão tenebrosa". E Chloë, que aparentemente "se despe de tudo" como Liberdade, fez "uma estreia de primeira". E, você acreditaria?, na resenha não há nenhuma menção a mim ou a minha situação. É como se eu tivesse sido completamente esquecido. A peça gira em torno de um estilista de moda, vagamente baseado em minha vida, e não há sequer um aceno de cabeça em minha direção. "À luz de uma tragédia tão tenebrosa..." No entanto, nenhuma menção do que é tão trágico. Desde a farra de tiros de Andrew Koonanan,[3] que terminou com a trágica morte de Gianni Versace (e felizmente um Koonanan a menos, já que ele fez a própria honra), nunca uma nuvem tão escura pairou sobre a indústria, e eu já fui esquecido.

Enfim, depois de uma experiência tão traumatizante, eu realmente não tinha interesse na leitura da *Vogue*. Folheei a revista apenas para agradar a meu agente especial, porque ele a tinha trazido até aqui. Seu conteúdo parecia irrelevante para minha vida. Estou começando a perceber que, com o passar do tempo, minha carreira, meus amigos, meus casos, cada aspecto da minha pessoa tão cuidadosamente detalhado em minha confissão está se tornando cada vez menos importante para mim. É como se ao escrever sobre eles eu estivesse disposto a esquecê-los.

Eu realmente suprimi alguma coisa, como meu interrogador sugere? Algo tão desprezível que não posso nem recordar?

Depois de um curto tempo fingindo interesse na revista, eu a larguei e comi o resto dos *donuts*.

---

3   A grafia correta é *Cunanan*.

Spyro lia meu bloco com uma determinação firme, folheando as páginas em um ritmo muito mais rápido do que eu esperava. Ninguém deveria ter de passar por uma coisa dessas – ficar sentado na frente de seu crítico mais importante enquanto ele examina o trabalho feito. Era a minha vida, a verdade, escrita para ele julgar. (A carta do presidente me lembrou de que é a minha vida que está em julgamento. Às vezes esqueço isso. Que coisa incompreensível, ser julgado por sua vida. É quase impossível entender.) Eu igualaria a experiência de ver minha confissão lida assim com a de um desfile de moda, no qual editores e compradores fazem anotações enquanto veem a coleção de alguém. Mas pelo menos, como estilista, a pessoa pode esperar nos bastidores e não está sujeita a ser escrutinada por eles de frente. Spyro, no entanto, manteve-se como um profissional completo, como sempre, e raramente abandonou seu rosto sério na leitura: enrugou a testa, franziu os lábios etc. Só relaxei quando ele soltou um jorro de ar pelas narinas. Porque percebi que estava segurando o riso. Ele encontrou alguma coisa engraçada em minha confissão. Isso me deixou à vontade. E ele continuou a ler.

Onde eu estava em vinte e cinco de maio de dois mil e seis?, Spyro quis saber quando virou a última página de minha confissão.

A importância da data me escapou, embora eu soubesse que estávamos chegando perto do Evento Avassalador.

– Foi o dia em que Ahmed foi detido – ele esclareceu. – Você se lembra de onde estava?

– Não posso dizer que sim – respondi.

– Veja se isto o ajuda a se lembrar. Você estava no Hotel Gansevoort. Teve uma reunião com Habib Naseer, ou Hajji, como você o conhece.

Spyro estava me revelando pela primeira vez que sabia muito mais do que deixava transparecer. Lembrei-me do período de que ele estava falando. Sim, eu me lembrava. Era a Fleet Week. A cidade estava cheia de marinheiros bonitos em seus uniformes brancos bem passados, homens de verdade no R&R, andando para cima e para baixo na Sétima e na Oitava avenidas e assombrando aqueles bares horrorosos da Bleeker Street à procura de Joanie e Chachi.[4] Essa foi uma época muito estressante para mim. Eu ainda estava tentando pôr em prática os planos de fabricar no exterior para atender ao pedido da Barneys. A discussão que tive com Ahmed quase um mês antes não resolvera nada. Eu não tivera notícias dele desde então. Portanto, eu estava um pouco azedo em relação a todo aquele calvário e grato pelas diversões que o surto anual de marinheiros em Nova York oferecia.

A Fleet Week me lembrava de muitas maneiras a Manila da minha juventude, quando minha mãe me levava ao distrito de Malate. Da janela de nosso Mazda eu via muitas vezes americanos altos e bonitos em uniformes cáqui andando pela cidade com sacolas de compras, flertando nas esquinas com as meninas do colégio da Avenida Taft. É esquisito, mas me lembro de querer ser uma daquelas meninas, rindo da atenção que recebiam dos americanos. Para um jovem *pinoy*, ser encharcado de atenção dos americanos era algo desejável.

Eu estava, de fato, no Hotel Gansevoort na noite de vinte e cinco de maio (confio na palavra de meu agente especial sobre a data), mas não estava lá para ver o homem que eu conhecia como Hajji. Estava lá para uma festa, o lançamento da nova linha de sapatos de Philip Tang, a Size 2.0. Antes, eu jantara com Vivienne Cho no Spotted Pig, ostras cruas e uma barriga de porco com cobertura de glacê adocicado. Nada digno de nota. No caminho para o Gansevoort andamos pela West Side

---

4   Mulheres e cocaína, presumivelmente. Tiradas do título da série *Joanie loves Chachi*, de 1982, uma continuação de *Happy days*. Embora *Joanie loves Chachi* não agradasse aos telespectadores dos Estados Unidos e tenha sido cancelada após duas temporadas, foi realmente um grande sucesso nas Filipinas, onde ainda é transmitida.

Highway, depois fomos até um dos cais para dar uma olhada nos navios estacionados no Hudson, os enormes vasos que transportavam os heróis para um lado e para outro na guerra com os iraquianos.

Observando os marinheiros caminhando em um cais adjacente ao longe, Vivienne me disse:

— Eu acho que não poderia amar um homem de uniforme.

— Nem eu – eu disse.

— Eu estou falando sério. Um homem que está sempre longe, na guerra. Um soldado. Amar um deles me deixaria louca de preocupação.

— Você também não pode amar um homem que está por perto o tempo todo.

— Considerando meu histórico, você está certo. Mas pelo menos eu transaria diariamente.

— Isso soa tão planejado! O sexo deve ser espontâneo, um desejo que toma a gente, não um evento recorrente em seu BlackBerry. Imagine o sexo que você teria com um desses marinheiros quando ele voltasse para casa, de licença.

— Sexo de lua de mel. Seria uma coisa digna. Eu estaria fazendo uma coisa digna por meu país.

— Patriotismo glorioso. Você me inspirou. Vou encontrar uma marinheira para mim esta noite.

— Elas são todas lésbicas.

— Não são. Seria a combinação perfeita. Eu saborearia o fato de que ela estaria longe, no mar, na maior parte do ano. Ia escrever para ela todas as semanas, até duas vezes se tivesse vontade. E quando ela voltasse eu beijaria o chão sob seus pés. É assim que eu faria um relacionamento funcionar. Ficar à espera em intervalos de seis meses.

— Há muitas vantagens em namorar um marinheiro. Olhe. Agora é nossa chance. – Vivienne apontou para dois marinheiros no cais que tinham saído para um passeio noturno. Um homem e uma mulher, atemporais, como se Ralph Lauren os tivesse criado magicamente.

— Devíamos convidá-los para a festa de Philip – disse ela.
— O tema é a Fleet Week. Eles vão se adaptar num instante.
— Perfeito.

Vivienne se aproximou dos dois oficiais e os convidou, mas eles recusaram.

— Eles dizem que não podem se afastar muito da base – ela indicou o navio deles, o USS *Katharine Hepburn*[5]. – Não é aquela gracinha?

— Você mencionou que era *open bar*? Mencionou modelos masculinos e femininos?

— Eles estão casados com o mar, eu imagino.

O que há num grande corpo de água que me deixa tão sentimental? De pé na beira do cais, diante daqueles navios gigantes iluminados como o Natal, eu mais uma vez pensei em meu primeiro dia nos Estados Unidos, quando a Estátua da Liberdade estava velada em seu estado de luto, uma imagem a qual recuso permitir que minha memória renuncie em favor deste lugar. Naquele dia, entre todas as emoções que se agitavam em minha virilha, eu me senti muito semelhante a um homem livre. É muito difícil para mim imaginar ser verdadeira e totalmente livre nos limites desta cela. Mas acredito que senti isso naquele primeiro dia – a verdadeira liberdade. As pessoas gentis do mundo todo a procuram nos Estados Unidos. Veja, a verdadeira liberdade é algo tangível – é o direito de americano inato –, mas também é algo que pode ser retirado sem aviso prévio.

Aproximadamente às nove da noite, Vivienne e eu chegamos à festa de Philip na cobertura do Hotel Gansevoort. Modelos em uniformes brancos de marinheiro, muito justos, desfilavam usando sapatos de salto alto, botas com cadarços e *ankle boots* com zíper de Philip.

---

5 Não existe esse navio. Muito provavelmente era o USS *Katherine Walker*.

Os garçons usavam aqueles antigos uniformes de convés *vintage* com boné de marinheiro. A piscina estava iluminada, turquesa e clara. Era como se estivéssemos no convés de um navio de cruzeiro, flutuando acima dos telhados do Meatpacking District.

– Parece que vamos acabar conseguindo nossos marinheiros – disse Vivienne.

Philip veio até nós embalando duas modelos com uniforme de oficial, uma em cada braço. – Feliz Fleet Week – disse ele.

Vivienne cumprimentou Philip de forma negligente, um beijo sem contato. Eles andavam se estranhando por alguma coisa que não me dizia respeito, e isso deixou o clima meio pesado.

– Você está ótimo – eu disse a ele.

– Eu. Eu estou uma merda. Tenho trabalhado demais. Estou feliz de os sapatos terem chegado para a festa. Estavam presos em Milano.

– *Milano* – eu disse, balançando a cabeça.

As meninas se libertaram dos braços dele e caminharam para a piscina, exibindo os sapatos.

– Veludo preto com abertura para um dedo – disse Philip. – O outro é uma bota de couro cor de vinho com um salto de cinco centímetros. Ele vem em preto, marinho, platina e osso.

A menina no salto alto de veludo voltou e se apresentou. – Eu sou a Jeppa – disse ela.

Jeppa ficou parada, com as mãos nos quadris, uma perna parcialmente aberta para o lado, o pé em um ângulo perpendicular.

– Oi, Jeppa. Eu sou o Boy.

Vivienne se virou e acenou para alguém do outro lado da festa. Philip foi puxado por um fotógrafo que queria uma foto dele em uma espreguiçadeira.

– Eu sei quem você é – disse Jeppa.

– Nós já nos conhecemos? – eu disse.

– Eu fiz *casting* para um de seus desfiles em fevereiro.

— É claro! Como eu poderia esquecer? Jeppa. Qual é seu sobrenome?
— Jensen. Jeppa Jensen. Mas minha agência me faz usar só Jeppa.
— A teoria Iman — disse Vivienne.
— E isso está funcionando? — eu disse.
— Você não me contratou.
— Não brinca. Vou despedir meu diretor de *casting*.
— Eu não tomei isso como uma coisa pessoal.
— De onde você é, Jeppa Jensen? — Eu sempre senti que usar o nome completo de uma mulher criava uma intimidade lúdica, independentemente da formalidade.
— Suécia — disse ela. Seu sotaque cantava com aquele agradável ciciar que as europeias usam quando falam inglês. Francesas, suecas e alemãs, todas fazem isso.
— Agora eu me lembro — eu disse.
— Ele não se lembra de você — interveio Vivienne. — Seu uniforme está fazendo o pau dele se mexer. Cuidado com estilistas heterossexuais que rondam as coberturas à noite. Você pode ser atacada. Fique longe da piscina. Eu preciso de uma bebida. Alguém quer?
— Ignore-a — eu disse. — Venha, vamos todos tomar uma bebida.
Um modelo marinheiro nos serviu três copos de champanhe de uma bandeja. Nós nos mudamos para o bar. Eu pedi três vodcas com aroma de gengibre. Vivienne disse em meu ouvido, com seu hálito quente: — Você pode me agradecer mais tarde.
— Pelo quê?
— Eu disse que você era heterossexual. De que outra forma ela ia saber?
— Ela está trabalhando. Eu não espero nada.
— Você espera tudo.
Vivienne se voltou para cumprimentar Carl Islip, um estilista famoso.
Jeppa puxou um maço de Gitanes e se virou para Steve Tromontozzi, um amigo meu. Pediu fogo. Devia ter ouvido o ataque mesquinho de Vivienne a minha masculinidade, embora fingisse não saber.

Usei a oportunidade para observar o contorno do sutiã de Jeppa sob seus braços e em volta das costas, as alças pretas visíveis através do algodão branco de sua blusa de oficial. Steve acendeu o cigarro dela e ela exalou uma pluma de fumaça no ar da noite. Jeppa parecia um sonho de adolescente. Loira platinada, pele clara, olhos cor de avelã. E eu amo narizes escandinavos, tão diferentes de minha azeitona achatada. Essa sueca tinha o poder de extasiar! Em minha segunda bebida eu estava pronto para seu feitiço.

– Cigarro? – ela ofereceu.

– Por favor – eu disse.

Jeppa deu mais uma pequena tragada no dela e me entregou. O filtro fibroso ainda estava úmido onde seus lábios tinham acabado de tocar. Ela acendeu outro com a ajuda de Steve Tromontozzi, e eu balancei a cabeça para ele. Virei-me para Vivienne, mas ela tinha saído. Estava à beira da piscina conversando com Leslie St. John e Rudy Cohn. Eu devia ir cumprimentá-la, pensei. Meu caso com Rudy havia esfriado, mas ainda continuávamos a ser bons amigos. Voltei-me para Jeppa, que beijou levemente a borda de seu Gitanes, depois torceu adoravelmente o pescoço para longe de mim para soprar a fumaça. Eu estava prestes a sugerir que fôssemos nos juntar a Vivienne quando senti o dedo do pé livre de Jeppa roçar em meu tornozelo. Ela tinha me envolvido em um jogo de toques. Sorri para ela. Ela se fingiu de inocente, alheia ao que havia começado.

Então o telefone zumbiu em meu bolso.

Olhei para baixo e vi que já tinha perdido duas chamadas de um número não identificado: 555. Um número de filme. Coloquei o telefone de volta no bolso, mas ele zumbiu novamente. Mesmo número. Eu me desculpei e atendi. A voz do outro lado não era conhecida.

– Qual é a grande ideia? – ele disse. – Você não atende?

– Quem é?

– Qual é a grande ideia?
– Perdão? Acho que você me confundiu com outra pessoa.
– Ele me disse que você era petulante, mas isso...
– Tudo bem. Agora eu vou desligar.
– Encontre-me no saguão.
– Perdão?
– No saguão, Lobinho.
– Quem está falando?
– Você pode me chamar de Raiz-forte. Nada de nomes ao telefone. Sacou? Vou esperar no saguão por dois minutos, e então me mando.
– Você está no hotel? Espere, como você conseguiu esse número?

Ele desligou.

Pedi desculpa a Jeppa e depois tomei o elevador até o saguão. Não foi difícil identificar o homem que acabara de ligar. Ele ainda segurava o celular na mão. Estava usando um dos ternos de Ahmed, o xadrez cinza com abotoamento duplo que eu tinha feito por encomenda. Era grande demais para ele. Quando me viu, abriu os braços, como se esperasse um abraço.

– Quem é você? – eu perguntei.
– Eu lhe disse, me chame de Raiz-forte. – Deu uma volta completa. – O que acha?
– Eu acho que esse não é seu terno.
– Venha comigo até meu quarto. Lá nós conversamos.
– Eu não vou com você. Nem sei quem você é.
– O terno. Você o conhece. Então sabe que eu sou gente boa.
– Sim, mas ele não é seu. É o terno de meu parceiro de negócios. O que você fez com ele?
– Fale baixo. Ele me deu o terno. Estou aqui para ajudá-lo em suas dificuldades de fabricação. Eu sou o Hajji – ele sussurrou. – Você me conhece?
– Você está aqui para isso *agora*? Como você me encontrou?

– Eu segui você.

– Você me seguiu?

– Qual é, há um eco?

– Por que você não apenas ligou? E onde está o Ahmed?

– Ele deixou a cidade a negócios. Vamos subir. Eu peguei um quarto para que pudéssemos conversar.

– Eu tenho uma festa.

– Então vamos conversar na festa. Mas eu peguei um quarto porque imaginei que você não gostaria de me apresentar a todos os seus amigos chiques por enquanto.

– OK, agora eu entendi. Vamos.

Segui Hajji. No corredor, passamos por um homem que eu conhecia, mas não consegui identificar. Ele estava saindo de um quarto com uma jovem modelo. Havia manchas de batom no colarinho de sua camisa. Provavelmente era um amigo de Philip. Acenei com a cabeça para ele, mas ele não entendeu.

Quando chegamos ao quarto de Hajji, comecei a pensar em minha tia Baby, a agiota de Cebu que encontrara seu fim em um cenário muito semelhante àquele em que eu me achava agora. Ninguém sabia como acontecera exatamente, mas, como não havia sinais de luta ou arrombamento, a polícia suspeitou que o assassino fosse um conhecido, alguém com quem ela tinha negócios. Alguém que ela conhecia.

Olhei em volta, paranoico, tentando me convencer de que nada de ruim poderia acontecer comigo no Gansevoort. Era uma fortaleza de luxo e hedonismo na entrada do Meatpacking District. De acordo com os *blogs* de celebridades, Kate Moss havia comemorado seu aniversário ali apenas algumas semanas antes. Consolei-me com essa fofoca. E Hajji e eu tínhamos sido vistos juntos no saguão. Mas talvez minha tia tivesse pensamentos semelhantes em sua mente pouco antes de um filho da puta vir por trás dela e colocar um saco em sua cabeça.

– Você quer um copo de água? – perguntou Hajji.

– Não, eu quero voltar para a minha festa. O que nós viemos discutir aqui?
– Você vai direto ao ponto, Lobinho. Gosto disso.
– Você sabe ao menos o meu nome?
Hajji abriu o paletó, mostrando a etiqueta que eu tinha costurado no bolso interno do peito.
(B)OY.
– Você é esse cara – disse ele. – Eu sei tudo sobre você. A pergunta é: Você me conhece?
– Ahmed mencionou você, sim.
– Então você conhece a minha reputação. E você está à vontade com isso?
– Do que estamos mesmo falando?
– Trabalhar juntos.
– Como?
– Sente-se. Relaxe.
– Eu ainda estou imaginando por que você está vestindo esse terno.
– Eu já te disse. Ahmed o deu para mim. Eu não conseguia tirar os olhos dele. Eu disse: "Onde você conseguiu um terno tão magnífico?" O brilho. O padrão. O corte. Eu tinha que ter um. "É realmente magnífico", eu retruquei. Ele disse: "Você não pode consegui-lo em nenhum lugar. É exclusivo". Eu respondi: "Impossível!" Então nós brigamos. Ele tirou o terno, é claro, para não amassá-lo no estábulo.
– O estábulo?
– O estábulo aonde nós vamos para conversar. Enfim, depois que eu prendi o braço dele nas costas, ele me disse que era você quem o tinha feito. Personalizado.
– Sim, mas eu ainda não entendo por que você o está usando esta noite.
– Ele o deu para mim. Eu disse que abateria uma porcentagem dos juros. Ele me deu o terno. Está feliz agora, Lobinho?

Eu estava perdendo tempo. Era um sentimento que eu tinha em relação a pessoas como Hajji, uma névoa melancólica que pairava sobre mim sempre que eu estava na companhia de alguém abaixo do meu nível de inteligência. Esse sentimento tomou o lugar da minha paranoia.

– Pensando bem – eu disse –, vou tomar um copo de água.

Ele acendeu uma luz acima da pia e ficou de olho em mim no espelho, enquanto enchia um copo. Hajji tinha marcas profundas de varíola no rosto. Seu cabelo era tingido num preto barato, e sob a luz eu podia ver a base violeta da cor.

Ele trouxe a água.

– Obrigado. – Sentei-me na beira da cama e tomei uma pílula roxa.

– Essa coisa vai te matar – ele disse.

– Elas são vendidas com receita.

– Eu é que não tomo pílulas.

– Surpreendente.

– Então, o Ahmed me disse que você tem um problema de fabricação. Estou aqui para te dizer que não é mais um problema, meu amigo. Eu posso mandar fabricar as suas roupas no exterior, na Índia. Isso pode ser feito rapidamente. Nós mandamos para eles vestidos, eles nos mandam as amostras, e vai e vem até que cheguemos a um acordo. O Ami me explicou que você não gosta muito de usar o exterior. Que você quer tudo fabricado em Nova York. Eu não te culpo. Todo mundo quer americano. As pessoas pagam muito dinheiro por qualidade. É uma simples questão de trocar as etiquetas depois de passarem pela alfândega. Nós enviamos a remessa a uma fábrica no Brooklyn e trocamos todas as etiquetas lá. *Voilá!*

– Iludir e trocar. Esse é o seu plano, hein? – Coloquei minha água na mesa de cabeceira e me levantei, frustrado. – Sinto muito. Foi para isso que você me seguiu até aqui? Nós não poderíamos discutir isso por telefone? Escute, você tem meu número. Ligue para mim na segunda-feira e vamos conversar.

Ele me pegou com as mãos e me puxou de volta para a cama.

– Agora escute, Lobinho. Eu não estou aqui para perder meu tempo. O Ahmed disse que você precisava fabricar roupas; ora, eu estou oferecendo meus serviços. Não ofereço esse tipo de negócio para todo mundo. E, com o tanto de dinheiro que me deve, você tem sorte de eu não tomar simplesmente a minha parte do seu negócio. Você acha que eu não sei quem você é? Eu li!

– Você está me ameaçando?

– De jeito nenhum. Só estou tentando te explicar como funciona. As roupas que fizermos juntos as pessoas vão usar, porra! E, devo dizer, desde que vi o Ahmed vestindo este terno eu fiquei com inveja de seu novo amigo, o alfaiate. Acho que devemos fazer negócio. Alguém que pode fazer um terno como este... exclusivo. Sem dúvida. É realmente magnífico.

Eu sabia que tinha de sair do quarto dele o mais depressa possível, mesmo que isso significasse dizer a Hajji tudo o que ele queria ouvir. – OK. – eu disse. – Parece ótimo. Você é amigo do Ahmed. E eu confio nele. Então vamos nos falar na segunda-feira. Ligue para mim e você pode ir ao meu estúdio.

Levantei-me e fui recebido com a mesma hostilidade. Ele me puxou de volta para a cama.

– Nós ainda não terminamos! Este terno ainda precisa ser modificado. E você é o único que pode fazer isso.

– Agora? Você perdeu o juízo? Tenho pessoas à minha espera. Elas vão ficar desconfiadas se eu demorar muito.

Ele foi até a mesa de cabeceira e pegou um saco plástico da CVS, que jogou para mim. Olhei dentro. Ele estava falando sério. Tinha comprado uma agulha e linha, um pequeno *kit* de viagem. O recibo ainda estava no saco.

– Eu não posso fazer isso agora. Preciso de uma máquina de costura. E onde está a tesoura? Vamos estragar o terno. Escute, marque uma hora e vá ao meu estúdio. Então eu faço.

– Eu quero este terno. – Bem nesse momento o telefone dele tocou. O toque era uma música *pop* árabe, cânticos exóticos sobre uma batida acelerada de dança. Ele atendeu e estendeu o dedo, me pondo em espera. Falou numa língua que depois eu aprenderia a reconhecer como urdu.

Esperei na cama por alguns segundos antes de perceber que essa era minha oportunidade de chegar à porta. Hajji estava na mesa atrapalhado com os artigos de papelaria do hotel. Comecei a andar. Ele terminou a ligação abruptamente, bem quando eu estava girando a maçaneta da porta. De repente, ele estava tão preocupado que não parecia se importar pelo fato de eu estar indo embora. Eu devo me despedir, pensei. Ser amistoso, mas rápido.

– *Ciao* – eu disse. – Vejo você na semana que vem.

– Vou te ligar para tratar do terno.

– Você sabe que pode levá-lo a qualquer alfaiate. Eles fariam um trabalho melhor. Posso recomendar um.

– Só que eu quero que você faça isso.

– OK, ótimo. Nenhum problema. – Eu estava lidando com um maníaco. – Ligue para mim na segunda-feira e marque um horário. Estou ocupado, mas tudo bem.

Saí de lá correndo e peguei a escada de volta à cobertura. Liguei para a casa de Ahmed do topo da escada.

– Yuksel, é o Boy. Ele está aí?

– Hein?

– Eu quero que você anote um recado. Você está pronto? Muito bem. Diga ao Ahmed que eu não gosto de ser seguido. Diga a ele que eu acabo de ser chantageado por seu amigo Hajji. O gângster indiano com cabelo roxo. Diga a ele que, se eu vir de novo esse Hajji, o nosso negócio está acabado! Você está me ouvindo? Certifique-se de que ele receba o recado. Yuksel?

– Senhor?

– Leia o recado para mim.

Tivemos de fazer várias tentativas até que Yuksel conseguisse captar o espírito do recado. Então voltei para a festa.

Meu agente especial me informou que Ahmed foi levado sob custódia naquela mesma noite aproximadamente às nove horas, no momento em que Vivienne e eu estávamos entrando no Gansevoort para a festa Fleet Week de Philip. É estranho pensar sobre o que acontece simultaneamente nos momentos mais insignificantes. Nunca, nem por um momento, minha mente vagou fora da bolha da indústria. Entenda, nunca me ocorreu que uma autoridade superior viria bater em minha porta.

Tristeza no Campo Delta

Ontem, eu testemunhei uma incisão higiênica. É muito difícil para mim reunir as palavras certas para tal ato de brutalidade; portanto, eu tenho de usar o termo deles. Uma incisão higiênica. Um corte no pulso com uma lâmina cega.

Khush, que é como eu ouvi ele ser chamado no pátio da prisão uma vez, não era de forma alguma um homem simpático. Ele estava doente. Como, você pergunta, eu poderia saber disso quando ele não falava uma palavra de inglês? Não é verdade que podemos detectar a doença de modo muito semelhante a como podemos sentir uma atração? Khush me lembrava um cão raivoso. Ele parecia ótimo de longe, mas, quando você se aproximava, percebia o brilho em seus olhos e a espuma em volta do queixo. Era o substituto que me deram quando meu primeiro parceiro de banho, meu amigo Riad, decidiu se transformar em um vegetal por meio de uma dieta de ar.

Estávamos juntos no deque, Khush e eu, esperando pelos chuveiros. Eu nem olhava para ele.

Quando os chuveiros vagaram, nossos números foram chamados.

Caminhamos rapidamente com nossas correntes, entrando nas respectivas tendas. Khush na esquerda, eu na direita. A grade metálica bateu atrás de nós e os guardas fecharam as trancas. Nós nos viramos e andamos para a frente, enfiando as mãos na fenda da porta do chuveiro. Nossas correntes foram retiradas. Tiramos a roupa e a entregamos aos guardas através da fenda. Recebemos nossa pequena barra de sabão e outras amenidades. Khush, como eu, também havia sido considerado cumpridor das normas, e assim ambos tivemos a opção da navalha de plástico. Uma navalha muito cega.

Água fria do esguicho. Dois minutos.

Olhando para baixo, observei os fluxos de nossos chuveiros convergir para o ralo único entre as duas tendas. Eu conseguia ver os pés do meu parceiro de banho. A água formava uma poça antes de descer pelo ralo. Dessa vez eu não tive vontade de me ensaboar com a barra de sabão, ou mesmo de passar xampu no cabelo. Em vez disso, como uma criança, abri os olhos para o sol no alto e deixei que os raios me cegassem. Eu me lembro de fazer isso quando era pequeno no chuveiro ao ar livre na casa de praia de meus pais, em Samar. Eu tirava o sal de meu corpinho e a areia de meu couro cabeludo com um fio de água.

Na prisão a gente aprende a saber a hora sem relógios, contando automaticamente os segundos na cabeça. Então eu soube quando nossos dois minutos estavam quase terminados. Olhei para os pés e meus olhos ainda não estavam ajustados à luz. Estavam submetidos àquela distorção de tom que temos depois de olhar diretamente para o sol. Tudo estava tingido de vermelho. Então, veja, eu esperei que a poça aos meus pés ficasse da cor que devia ser.

Suponho que não deveria ter sido nenhuma surpresa o que aconteceu. Como eu disse, esse Khush não estava bom da cabeça.

– *Médico! Médico!* – um guarda gritou. A água foi cortada. Minha visão começou a voltar ao normal. Tive de apertar os olhos para ver que havia realmente sangue aos meus pés. Encostei-me na porta do chuveiro. Tentei abaular os pés, mas não havia como escapar do sangue. Ele havia vazado por baixo e alagado totalmente minha tenda. Khush devia ter atingido uma artéria, porque depois que toda a água escorreu o sangue continuou chegando.

– Me deixem sair – eu disse, mas ninguém fez nada.

Perguntei a Spyro sobre o incidente durante a nossa reserva hoje de manhã. Agora que ele leu minha confissão, temos nos encontrado com mais frequência.

– Foi um suicídio – eu disse.

– Eu não ouvi falar disso. Vamos voltar a Ahmed e seu relacionamento com Hajji.

– Isso pode esperar – eu disse. – Um homem se cortou enquanto estávamos no chuveiro. Eu quero saber se ele está vivo ou morto.

– É tão importante para você? Você quer que eu pare. Quer que eu pare o que estamos fazendo para que possamos descobrir o que aconteceu com esse cara? Você mal o conhecia. Por que o súbito interesse? Por que você está parando?

– O sangue dele ficou em mim. Eu gostaria de saber se ele está vivo.

– Então você ficou com um pouco de sangue. E daí?

Meu interrogador tirou uma caneta do bolso do peito.

– Você tem um nome? – ele disse.

– Khush – eu respondi. – Não sei o sobrenome dele.

Ele escreveu.

– Você sabe o número dele?

– Só sei meu número – eu disse.

Eu podia ouvi-lo respirar pelas narinas. Às vezes ele parecia um touro, meu interrogador. Ele se levantou, pegou o pedaço de papel, voltou-se para mim mais uma vez, frustrado, e em seguida saiu da sala.

Não sei por que eu queria saber se Khush ainda estava vivo. Eu nunca disse uma palavra a ele. Com a quantidade de sangue que eu tinha visto ele perder, seria um milagre se ainda estivesse respirando. Mas o que eu sabia? Eu precisava de uma conclusão sobre essa incisão higiênica, esse *suicídio*, sabe? Senão, ele permaneceria incerto, assim como tudo na Terra de Ninguém.

Meu agente especial voltou e se sentou à nossa mesa.

– Seu amigo... Khush. Você vai ficar feliz de saber que ele está vivo. Ele se feriu. Gravemente. Isso é tudo. Ele está na enfermaria em estado crítico. Dizem que ele não estava bem no andar de cima. Estava deprimido. Tomando todos os tipos de medicação. Mas está vivo. De acordo com o co, não foi muito sério. Feliz agora?

– Eu estou feliz? Um homem tentou se matar ao meu lado. Ele devia estar morto! Só que isso seria muita sorte para ele!

– Tudo bem, você vai se acalmar? Foi automutilação. Um grito de socorro.

– Besteira.

– O quê?

– Tudo. Este lugar. Este quarto. Isso tudo é besteira. Já chega para mim.

– Agora se acalme. Não chega coisa nenhuma. Estamos apenas começando, você e eu. Agora, concentre-se. Eu disse o que você queria saber. Agora eu quero saber o que eu quero saber.

– Que é o quê? Sempre a mesma coisa.

– Eu quero que você pare de protelar e me diga a verdade.

– *Protelar?*

– Sim, protelar. Protelar.

– Um homem tentou tirar a própria vida!

– Mas ele não tirou, não foi? Ele está vivo!

Talvez eu esperasse que minha disposição voltasse a ser como era antes do incidente, já que eu sabia que Khush estava vivo. Mas nada mudou. Não senti nenhum alívio. Era o ato em si que me assombrava, não a condição em que ele estava agora. Spyro estava certo: de qualquer maneira, não importava.

– Eu estou ficando louco neste lugar – eu disse, colocando a cabeça nas mãos. Eu não poderia continuar com a nossa reserva. Queria voltar para minha cela e me enrolar no cobertor.

– Essa é uma reação natural à violência, Boy. Você viu algo que é difícil de entender. Está traumatizado. Eu sei como você se sente.

Não aja como se eu não soubesse. Eu também já vi isso acontecer. Vi pessoas se matarem. Vi pessoas inocentes serem mortas.
– Ele não era inocente? Quem pode dizer?
– Ele estava aqui, não estava? Havia uma razão para ele estar aqui. Assim como há uma razão para você estar aqui.
– Estou aqui porque foi cometido um erro. Um erro grave.
– Você está aqui por causa de sua ligação com terroristas desprezíveis. E eu quero saber quem e quando.
Eu me levantei.
– Sente-se. Nós vamos continuar.
– Mas nós não vamos a lugar nenhum. Não estamos caminhando. Com você é a mesma coisa indefinidamente.
– Sente-se, eu disse.
Fiz o que ele mandou.
– Vou recomendar que você passe pelo psiquiatra. O mais depressa possível. Está bem?
O mais depressa possível. Tudo aqui é prometido a você o mais depressa possível.
– Quando vou sair daqui? – perguntei.
– Quando você me disser tudo que eu preciso saber.
Eu continuei. Continuo porque o homem na cela ao lado da minha, um iemenita, é tão velho que eu posso cheirar sua morte. Porque morrer tem um cheiro particular. Porque sei que, se eu não continuar com minha confissão, posso acabar como ele. Ele não fala nada de inglês, esse iemenita. Acho que está velho demais. Chega um momento em que o cérebro é teimoso demais para aprender qualquer coisa nova. Sem falar que ele parece incapaz de sequestrar sequer uma bicicleta. Mas se ele é inimigo ou não, não tenho nada com isso. Tenho pensado muito sobre o que meu agente especial me disse a respeito de cada prisioneiro, como cada um de nós tem uma razão válida para estar aqui, embora alguns de nós não mereçam saber por quê. Eu

quase não me importo mais. Fiz a pergunta errada o tempo todo. *Por que* não tem nenhuma utilidade para mim. Eu estou aqui. Não existe por quê. Há apenas isso. Portanto, vou concentrar o resto da minha energia em sair daqui.

    O velho vai morrer em breve. Eu não me sinto nem um pouco mal por falar assim. Ele está deixando isso acontecer. Desistiu. Talvez tenha raciocinado que aqui pode conseguir uma operação dos americanos, enquanto em sua terra natal ele já teria expirado. Talvez esteja pensando: "O que eu faria lá fora, senão morrer de qualquer jeito?" Quem sabe. Como eu disse, ele não fala inglês. Perdeu a vontade de viver, isso é muito claro para mim.

    Devo prosseguir e acabar minha confissão. Em frente, eu digo, estou pronto. Não quero ficar na história como um criminoso de guerra, quando na verdade, como venho dizendo repetidamente, sou apenas um estilista de roupas femininas. Eu sou inocente! Essa é a única constante que continua tentando se encaixar em minha equação impossível. Um homem inocente não deveria ter nada a temer. Se é a verdade o que meu agente especial quer, então é a verdade que vai me livrar desta cela.

    É certo que eu soube da prisão de Ahmed um dia depois de ela acontecer. Vinte e seis de maio. Ben me contou durante um almoço mexicano no El Baño. Pegamos a entrada secreta pelo beco, porque muitos dos restaurantes da cidade nessa época construíam entradas secretas para os fregueses bem informados. Você tinha que atravessar o banheiro para chegar ao salão principal. Era um banheiro misto. Esperávamos uma boa mesa, mas a que conseguimos estava tão perto do banheiro que qualquer pessoa que fosse urinar podia ouvir nossa conversa.

    – Este restaurante perdeu o *je ne sais quoi*.

    – Talvez devêssemos ter entrado pela frente e esperado – disse Ben. – Por que usar uma entrada secreta se vamos ser tratados como um bando de amadores? Chega deste lugar.

– Eu só espero que a *carnitas* ainda seja boa.

– Eu vou querer banana – ele disse à garçonete. – Água da torneira. Um café, puro.

– *Carnitas enchilada* e um *café con leche* – eu disse. – Você não vai comer?

– Novos progressos.

– Com a Neiman Marcus?

– Não, surgiu alguma coisa. Você sabe que eu tenho velhos amigos no *Post*. Bem, esta manhã falei com George Lipnicki, que cobria moda e entretenimento um milhão de anos atrás. Agora, sua área é tudo do Departamento de Segurança Interna. Contraterrorismo. Se um suspeito de terrorismo está sob vigilância na área dos três estados, até dos peidos o George fica sabendo. De qualquer forma, eu ouvi um nome familiar para nós. Seu amigo financiador, Ahmed. George mencionou "Qureshi". Foi de passagem. "Como foi seu dia?" "Uma droga, com essa história do Qureshi." Eu disse: "Espera aí, não *Ahmed Qureshi*?" Ele disse: "Sim, parece ser esse cara. Como você adivinhou?" Ahmed foi preso em Newark ontem à noite. Os federais estão com ele.

– O quê? Vai se ferrar. Por quê?

Alguém deu descarga e saiu do banheiro. O homem praticamente teve de passar por cima de nossa mesa para sair.

– Relaxe, fale baixo. O George ainda está averiguando a história. Pode ter havido um engano, você sabe como é com os federais. Eu fui detido em dois mil e dois em um maldito erro de digitação. E todos esses nomes muçulmanos andam juntos – Ahmed al-Mohammed-Sheik-bin-Barack-Hussein. George acha que foi um negócio com armas. Uma bomba de fertilizante, talvez. Foi uma operação montada do mais alto nível.

– Perdão, uma bomba de quê?

– Uma bomba de fertilizante. Mas nada disso está confirmado. Você precisa tomar medidas para se distanciar...

– Uma bomba de verdade?

– Sim, feita a partir de fertilizante. Mas é preciso ter toneladas de material. Você deve se lembrar do maluco que foi apanhado vindo do Canadá com um caminhão carregado de fertilizante. Não era estrume, mas o tipo de fertilizante que pode explodir. Como é o nome dele... o filho da mãe de Oklahoma City. Ele usou uma coisa semelhante.

– Fertilizante.

– Timothy McVeigh. Agora ele está morto. Por que será que nunca esquecemos os nomes desses loucos? Eles não merecem espaço em nossa cabeça. Manson, Ted Kaczynski, Khalid Sheikh Mohammed.

– Oh, Cristo! Como eu poderia saber?

– Esses pentelhos sempre encontram uma maneira de nos ferir. Se o fertilizante se tornar ilegal, eles vão descobrir como explodir detergente para roupa. Bomba de sabão, com opção de alvejante. Fico surpreso de eles não terem pensado nisso.

O garçom trouxe nosso almoço. Tentei manter a calma, mas não conseguia parar de me mexer. Peguei minhas pílulas roxas.

– Vamos lá, coma – disse Ben.

– Ouça, eu vou lhe contar isso não porque você é meu assessor, mas porque você é meu amigo. Você é meu amigo, certo?

– Claro que sou seu amigo. Você pode me contar qualquer coisa.

– OK. Eu fui ao apartamento do Ahmed recentemente. Acho que vi o que poderia ser sacos de fertilizante. Pilhas de fertilizante, como em uma estufa. Eu não perguntei para que era. Ele sempre tem coisas indo e vindo. Quer dizer, uma bomba de fertilizante? Como eu poderia saber? Parece inventado.

– Relaxe, Boy. Acalme-se. OK, você viu alguma coisa. Um monte de coisas. Mas, para seu conhecimento, não é uma substância ilegal. E quem sabe o que ele ia fazer com aquilo?

– Jesus! O que você acha que vai acontecer?

– Bem, eu vou ser honesto. Há uma investigação. Eu diria que você vai ser levado e interrogado. Ao ver que vocês dois tiveram muito contato, eles vão querer saber por quê – o que eles provavelmente já sabem – e você vai dizer a verdade a eles.

– A verdade?

– Ele era um investidor.

– E era mesmo!

– Calma, não fique agitado. Qual é a pior coisa que poderia acontecer? Eles levam você por um dia, duas horas, talvez lhe peçam para voltar para outra reunião. Você não fez nada errado.

– Eu não posso acreditar nisso. Merda! Vou ser deportado. Eu não posso voltar, Ben.

– Relaxe, Boy. Você não será deportado. Interrogado, só isso. Para confirmar o que provavelmente eles já sabem. Atualmente isso é procedimento-padrão. De acordo com nosso atual governo comedor de merda, todos nós temos de fazer sacrifícios. Mesmo que isso signifique faltar à London Fashion Week por causa do fracassado de um palhaço do birô – história verdadeira. Devo lembrá-lo de que fui detido por causa de "semelhanças homófonas". Tratado como um criminoso barato. Mas você, não. Não se preocupe.

– Você está começando a parecer o Ahmed.

– Qual é a pior coisa que poderia acontecer? Você é um estilista em ascensão.

– Eu peguei dinheiro.

– O que mais? Ele era um investidor! Essa é a natureza da coisa. Há um velho ditado que diz: "Não cabe a nós saber o motivo..." Já ouviu isso? Você pega o dinheiro de investidores; quem vai perguntar como eles o conseguiram? Você está limpo, Boy. O que eu lhe digo sempre? Eu trago informações para que você possa estar preparado. Só *por precaução*. Agora vamos lá, vamos comer.

– Não posso. Estou ficando enjoado.

Pedi desculpa, entrei no banheiro e fiquei me esforçando para vomitar sobre um assento aquecido de privada, um TOTO, desesperado com cada coisa vil que sairia de mim e depois desceria com a descarga automática enquanto eu lavaria minha boca imunda no bidê. Mas eu estava vazio por dentro. Encostei a cabeça no assento quente e olhei para o fundo do vaso. Oval, como o interior de um ovo. Ainda com a cabeça na privada, fiquei em posição fetal. Enfiei a mão no bolso direito do casaco para pegar minhas pílulas roxas. Consegui abrir a tampa de segurança do frasco com o polegar, mas isso fez com que muitas delas caíssem no chão. Peguei duas e as levei à boca, mastigando-as até virarem um pó seco. Engoli.

Ben devia ter vindo ver como eu estava, porque a próxima coisa que percebi foi ele abrindo com um chute a porta, que eu não tinha trancado.

– Pelo amor de Deus, garoto, quantas você tomou?

– Duas. Eu derramei o resto.

– Não brinca. Eu pensei que você tinha tentado se matar. Venha, levante-se. – Ele me segurou por baixo dos braços e me pôs de pé. – Agora, limpe-se. Ali. Você consegue ficar de pé? – Ele me deu um par de bofetadas amorosas na bochecha. – Vai se lavar. Senão, quem vai querer beijar esse rostinho lindo?

Fui até a pia e joguei um pouco de água fria no rosto.

– Pegue – disse Ben, entregando-me uma toalha. – Enxugue-se. Eu não queria te assustar. Você vai ficar bem. Se o que está ruim piorar, eu conheço um bom advogado.

– Se o que está ruim piorar... De onde vem essa expressão?

– É apenas um ditado. Eu não investigo de onde as coisas vêm, Boy. Fui criado como um católico irlandês.

Discutimos a possibilidade de eu me entregar, mas Ben sugeriu que eu não me preocupasse com isso ainda, que tocasse minha vida, e, se e quando o FBI precisasse de minha ajuda, eles iriam entrar em contato comigo. E eu fiz exatamente isso. Toquei minha vida, desavisado. Se chegasse a hora em que meu país de adoção me convocasse, eu diria a eles o que eles precisavam saber.

No Corão, em particular em um capítulo intitulado "Triste", há muito sobre o dia do juízo, quando aquele que está vindo chega, quando todos nós seremos divididos. Crentes de um lado, não crentes do outro, uma linha na areia entre nós. Os hipócritas contra os corretos. E cada grupo pensa que os outros são os hipócritas. Quem vai dizer qual é o lado certo? Não há nenhuma orientação nesta vida, só sua própria consciência. É isso que eu digo. Se a sua consciência está lhe dizendo para fazer mal aos outros, chega para você, você está acabado neste mundo. Ninguém gosta de um louco. Ele só gera mais loucos. Minha versão da verdade não inclui uma vida após a morte. Há apenas um presente, e, se você fizer o melhor dele, for fiel a si mesmo, tratar os outros com respeito razoável, jogar seus trocados em uma xícara de café, uma ou duas vezes por semana etc., acho que você pode ser muito feliz. Preocupe-se com o que vem por aí e é provável que você fique louco e passe por cima do que sua consciência está lhe dizendo.

Acabei de ler: *"Aqueles que negam a vida que virá, os céus e todo o seu esplendor, serão severamente punidos no futuro".*

É aqui que eu discordo do livro glorioso. Não o estudei intensamente, como o resto dos meus companheiros aqui. Cada um deles dedicou a vida a ele de forma muito semelhente a como dediquei a minha à moda, e para mim isso está ótimo. Não estou tentando ser o crítico social número um. As pessoas têm *fatwas* para esse tipo de coisa. *Aqueles que negam a vida que virá...* Isso significa eu. Pelo livro, estou condenado. Um *kafir*. O infiel. O incrédulo. Bem, agora, pelo jeito, já estou cumprindo minha sentença, juntamente com esses outros caras. O dia do julgamento está sobre nós. O que isso me diz? Eu não consigo extrair muito significado nem esperança do que é dito no livro glorioso, mas quanto a esses outros indivíduos infelizes, estou começando a entender por que eles põem todos os ovos na cesta de Alá. Eles vieram do nada, caíram em caminhos de mais nada, e foram submetidos a muita merda, então eles pensam: Como as coisas podem ser tão ruins para sempre? Logicamente, se não há outro deus além de Deus, não podem. O livro glorioso deles confirma que eles vão receber algo especial exatamente como a edição de setembro me diz que o jérsei está na moda. E assim eles têm sua vida após a morte e eu tenho Nova York. Eu consegui meu paraíso na primeira vez. Esses coitados ainda estão esperando.

A propósito do fertilizante

Eu nunca fui uma pessoa deprimida. Esse era o temperamento de meu pai, não o meu. Eu pensava que conseguiria lidar com qualquer coisa, o que se provou basicamente verdadeiro. Veja como eu cheguei longe. Consegui ir para Nova York, um *pinoyzinho* da Marlboro Street. E olhe onde estou agora – na borda do mundo, no aro em volta do reto dos Estados Unidos, e ainda não caí.

Esta manhã, como Spyro prometeu, recebi a visita de uma psiquiatra. Ela tinha cabelos loiros amarrados para trás em um coque. Sem maquiagem. Seu sotaque era familiar, do Nordeste. Massachusetts ou Rhode Island. Conversamos através da grade de minha cela. Toda vez que eu respondia uma pergunta, ela fazia anotações em sua prancheta.

– Você sabe quem você é?

– Dois-dois-sete.

– Estou falando do seu nome. Qual é seu nome?

– Boy.

– Qual é seu nome completo?

– Boyet Hernandez.

– Qual é o sobrenome de solteira da sua mãe?

– Reyes.

– Qual é o sobrenome de solteira da mãe dela?

– Araneta.

– O que você faz, Boy?

– Como assim, o que eu faço? Eu sou prisioneiro. Não faço nada.

– Você não é prisioneiro. Você está sendo mantido aqui indefinidamente até que possamos estabelecer se você é ou não um inimigo. Isso não deve ser encarado como o fim, Boy. É apenas uma parada no início de uma longa jornada.

– Bobagem.

– Posso lhe fazer mais algumas perguntas? Tudo bem?

– Faça o que tiver de fazer.

– Você está se alimentando?

– Se você chama isto de alimento, então eu estou me alimentando.

– Você está dormindo?

– Quase nada.

– Está ou não?

– É impossível dormir mais de uma hora aqui. Há sempre tumulto no bloco. Eu ouço ruídos.

Ela parou de escrever na prancheta. – E esses ruídos... o que você ouve?

– Você está me perguntando se eu ouço ruídos em minha cabeça como um psicótico? Esses são reais, pode acreditar. Vá perguntar aos outros. Há ruídos que nos mantêm acordados à noite. Os guardas. E os homens que estão sendo retirados de suas celas. E bombas. Você pode ouvir bombas estourando durante a noite.

– Bombas.

– Sim, bombas. Explosões.

– Você tem pesadelos, Boy?

– Quando eu consigo dormir, tenho pesadelos.

– Você está se sentindo desesperado?

Comecei a rir. Era um riso nervoso que eu sabia que produziria lágrimas. Após algum tempo eu não consegui segurar, comecei a soluçar. Virei o rosto para o outro lado. E, você nem imagina, ela continuou a me fazer perguntas, embora fosse óbvio que eu estava transtornado demais para responder. Quando eu não respondia, ela esperava apenas um instante e passava para a próxima. Estava com pressa! Era bastante evidente que seguia um roteiro. Ela nem sequer perguntou sobre o incidente com Khush.

– Você quer prejudicar alguém, incluindo você mesmo?

Como se espera que um homem responda a isso aqui? Sim, eu gostaria de matar você e sua família inteira, se pudesse. E depois eu adoraria fazer isso comigo também, mas apenas se eu continuar aqui.

Então a jovem de Rhode Island ou de algum lugar parecido me explicou os benefícios da terapia de imagem.

– Imagine – disse ela – o seu momento mais feliz. Feche os olhos e comece a respirar profundamente. Aspire o ar pelo nariz e solte pela boca. Para dentro. Para fora. Tire um segundo para olhar esse momento feliz. Quem está lá? Por que eles estão lá? Por que você está tão feliz? O que há nesse momento de sua vida que faz você querer voltar a ele?

Fechei os olhos e imaginei minha tenda branca no Bryant Park. A passarela, as coleções, meu *bildungsroman*. Os bastidores. Olya, Dasha, Kasha, Vajda. Tangas, bundas, cabelo, maquiagem. Oh, mas não adiantou! O que acontecia com a minha tenda branca durante esse exercício bobo? Eu via respingos de vermelho em toda a superfície da lona. A veia de Khush aberta com uma lâmina de plástico cega.

Eu não conseguia tirar o fio da lâmina de meus pensamentos.

A psiquiatra ficou com pena e me receitou antidepressivos, a ser administrados diariamente. Um pequeno conforto. Os medicamentos levam semanas para fazer efeito, e eu não tenho semanas. Meu julgamento de dezessete de novembro está a apenas dez dias de distância, segundo a carta do presidente.

Depois que ela saiu, recebi meu almoço e em seguida fui levado para mais uma reserva com o agente especial Spyro. Ele tinha transcrições de minhas conversas telefônicas nos dias seguintes à prisão de Ahmed, cortesia daqueles renegados da Herizon Wireless. Privacidade o cacete. Não existe ligação telefônica privada hoje em dia. Ele sabia os horários em que as chamadas foram feitas, o que foi dito. Eu lhe pergunto, quem não teria uma imagem ruim quando fosse espionado continuamente? Tenho quase certeza de que, se as circunstâncias fossem invertidas e o povo americano conseguisse ouvir as ligações feitas entre o presidente e seu vice-comandante, haveria tumultos na Avenida Pennsylvania. Um golpe de Estado. Meu argumento é que, quando as coisas são faladas atrás de portas fechadas, são ditas com a convicção de que ninguém, com exceção das partes envolvidas, irá ouvi-las. Aqui está um pedacinho da verdade sobre a natureza humana: Às vezes, nós simplesmente não pensamos sobre o que dizemos antes de dizer. Uma vez, na cama, chamei Michelle de puta depois que ela puxou meus pelos pubianos. "Sua puta", eu disse. É claro que não houve transação em dinheiro, apesar de eu ter acabado pagando por isso no sentido proverbial, com a maldita peça dela.

A propósito das transcrições de minhas ligações, aqueles vagabundos da Herizon tiraram todo o humor e a inflexão de minhas conversas telefônicas. O que resta é linguagem sem voz. Apenas palavras em uma página. Mesmo eu tive dificuldade de decifrar essas palavras durante a reserva de hoje. Mas Spyro me permitiu manter as transcrições, e assim consegui restabelecer o tom das ligações, usando os documentos da Herizon como um memorando.

Aqui está o que foi dito entre mim e as várias partes em vinte e sete de maio de dois mil e seis.

Às nove horas eu recebi uma chamada de Ben Laden.

– Página dois do *Post* de hoje. Você tem ele aí?

Eu tinha. Alarmado com a urgência da voz dele, corri para pegar o jornal, sem fazer perguntas. Procurei o artigo de George Lipnicki na página dois. Li ao telefone:

– "Ahmed Qureshi, um ex-comerciante de tecidos, foi preso na sexta-feira no Hotel Sheraton, perto do Aeroporto Internacional de Newark. [...] Segundo a denúncia criminal, Qureshi foi acusado de vender e transportar fertilizante de nitrato de amônio, um dos principais ingredientes em explosivos caseiros. [...] O comerciante canadense [...]" Ah, ele é realmente canadense. Eu tinha minhas dúvidas. "O comerciante canadense foi preso em flagrante em uma operação montada pelo FBI, na qual supostamente Qureshi elogiou Osama bin Laden para um informante."

– Ele elogiou Osama bin Laden – disse Ben. – Você pode acreditar nisso?

Eu continuei a ler: "Ele é um grande homem, Bin Laden. Ele fez uma coisa boa [...]"

Essas palavras não eram minhas. Veja, eu estava lendo o artigo do jornal. Palavras fora de contexto podem fazer muito mal, especialmente se forem usadas como prova no julgamento de uma pessoa.

– Meu xará está de novo no jornal – disse Ben. – Bem quando eu pensava que não tinha mais de me preocupar. *Allah akhbar* o cacete.

– Isso é ruim, Ben.

– Quando eu falei com o George, ele não tinha ideia das conexões de Ahmed com a marca. E eu não disse a ele. Não acho que nada vá levar a você. Todas as informações que ele tem vêm dos federais. Ele não faz nenhuma investigação quando uma história como essa cai no colo dele. Parece que eles pegaram quem queriam pegar e todo mundo está feliz. A nova história é a justiça. O que acontece com Ahmed agora? Coisa desse tipo. O que posso dizer? Acho que nos esquivamos da bala.

– Isso é loucura. Eu não entendo.

– Ele era um psicopata. Ninguém consegue entender psicopatas. Pra que tentar? A cabeça deles está ferrada.

– Sim, mas eu não acredito que ele iria querer machucar ninguém. Eu o conheço, Ben. Ele não seria capaz.

– Faça-me um favor: Toque sua vida. Não há nada que você possa fazer até que seja chamado para interrogatório. E isso não é uma coisa certa. Pode ser que você nunca mais ouça falar nisso.

Depois que falei com Ben, preparei o café da manhã. Uma coisa estranha de fazer depois de receber uma notícia como essa, considerando minha reação no dia anterior no banheiro do El Baño. Mas eu desafio você a apontar alguém que tenha demonstrado coerência diante da surpresa. Mais uma vez, devo invocar o próprio presidente na minha analogia. Dois em cada três dos eventos mais chocantes do seu mandato até agora trouxeram a mesma reação: paralisia e negação. Muito coerente. No entanto, pense em como ele lidou com a notícia quando seu braço direito[1] baleou um septuagenário, confundindo-o com uma codorna: "Estou satisfeito", disse o presidente, aparentando muita calma. E que compostura! Mas tenho certeza de que, na alma, o presidente estava profundamente chocado e perturbado quando proferiu essas palavras.[2] Por dentro, admito, eu era um caso perdido, enquanto externamente eu cozinhava dois ovos por cinco minutos. Então, comi na minha mesa de trabalho, a fim de olhar alguns esboços. Quebrei a pontinha das cascas, salguei os ovos e soltei suas suaves bordas brancas com uma colher de chá. Quando não estava mais com fome, pois raramente terminava dois ovos, voltei minha atenção para a página em branco e comecei a esboçar um vestido de seda, crepe da china, com detalhes de lantejoulas.

---

[1] O vice-presidente Dick Cheney.
[2] "Eu achei que o vice-presidente lidou muito bem com a questão, e achei que sua explicação ontem foi uma explicação poderosa. [...] Estou satisfeito." – presidente George W. Bush, 16 de fevereiro de 2006.

Aproximadamente às dez e cinco, quando ainda trabalhava em meu esboço, fui interrompido por um segundo telefonema.

– Adivinhe, Lobinho. Quem fala é Raiz-forte. – Droga. Era aquele gângster indiano, Hajji, do Gansevoort. Eu tinha dito a ele que me ligasse na segunda-feira. Mas com Ahmed na prisão eu pensei que poderia me livrar dele por conta própria.

– Certo – respondi. – Que bom que você ligou. Acontece que eu não vou mais precisar da sua ajuda. Sabe o que aconteceu? Encontrei um fabricante aqui no Brooklyn! Você pode acreditar na minha sorte? Enfim, é melhor assim, então...

– Você viu os jornais?

– Os jornais?

– Para com isso. O jornal de hoje. Extra, extra, leia tudo sobre o caso. Você deve se interessar em saber que nosso amigo foi preso.

– Eu não sei do que você está falando. Escute, eu realmente tenho que desligar.

– Você é mesmo um sortudo. Eles nem sequer mencionam seu nome.

Nem um pio.

– Desculpe...

– Joga isso no Google, Lobinho! Cfudeu.com! Entende o que eu quero dizer? Então, você gostaria de ficar fora dos jornais?

– Eu não estou conseguindo acompanhar seu raciocínio. – Eu estava protelando. Percebi o que acontecia. Aquele desgraçado estava me chantageando.

– Faça tudo certinho – ele disse.

Eu não disse nada.

– O terror é ruim para os negócios, você não acha?

– Posso ligar para você depois?

– Faça o que tiver que fazer. E, enquanto estiver fazendo, pense em um número entre um e duzentos mil. E deixe que *eu* te ligo.

– Duzentos mil! Você é louco?

– Com atestado e tudo – disse ele, e desligou. Duzentos mil dólares. Esse era o preço do silêncio de Hajji. Sem saber o que fazer, liguei para o Ben.

– Ótima notícia – eu disse. – Estou sendo chantageado por um gângster indiano.

– Quem? Don *Curryone*? Tome um antiácido, é isso que eu faria. Aha!

– Isso não é nada engraçado. Na verdade, é racista.

– Ei, ninguém experimentou a dureza do porrete dos fanáticos como os irlandeses. Some a isso meu sobrenome e você terá o retrato de um homem que sabe um bocado sobre preconceito racial.

– Sério. Acabei de falar ao telefone com um dos sócios de Ahmed. Um cara chamado Hajji. Ele é um idiotinha que me seguiu outra noite. Diz que quer duzentos mil dólares, senão ele irá à imprensa e me vinculará ao Ahmed. O que eu devo fazer?

– Vamos à polícia.

– Para dizer o quê?

– Isso é extorsão.

– Que confusão. Nós vamos para a polícia, e então eu tenho que contar a eles sobre isso, aquilo e aquilo outro.

– Esse Hajji ameaçou você explicitamente, certo?

– Bem, não explicitamente. Estava implícito.

– Me dê o número dele. Eu sei exatamente o que dizer a pessoas que pedem doações.

– Ele é um cara muito desagradável. Tintura do cabelo ruim, unhas compridas, tudo. Ele me seguiu até a festa do Philip outra noite. Deve saber onde eu moro.

– Qual é o número dele?

Ditei o número a Ben.

– Ouça, vá tirar uma soneca e eu te ligo quando estiver terminado. Vou deixar claro para esse babaca que ele está mexendo com o estilista de moda errado. *Ciao*.

— Se você disser isso, eu sou um homem morto.

No meio da tarde, Ben me ligou de volta. Eu tinha passado o dia inteiro no apartamento. Estava morrendo de preocupação, então resolvi me trancar.

— A boa notícia é que eu falei com ele e o convenci a baixar para cento e setenta e cinco, mas agora você tem que adaptar dois ternos para ele. A má notícia é que eu o deixei muito irritado, e acho que devemos definitivamente ir às autoridades.

— O que aconteceu?

— Ele disse coisas. Fez ameaças...

Eu estava recebendo outra ligação de um número não identificado. 555.

— Ótimo, eu acho que ele está ligando para mim neste instante — eu disse.

— Não atenda. Deixe-o deixar uma mensagem. Talvez ele diga alguma estupidez que possamos entregar à polícia.

— Jesus!

— Eu vou buscar você.

— Espere. Deixe-me pensar.

— Pensar o quê?

— Eu não posso fazer isso. Não hoje. Estou exausto.

— Boy, esse cara parece muito perigoso. Você mesmo disse isso.

— Sim, mas acho que devemos fazer a coisa certa.

— E qual é a coisa certa?

— Acho que você deve ligar para o seu amigo George e tornar pública toda essa história. Não adianta nada esconder. Se dissermos que o Ahmed estava envolvido com a marca, o Hajji não tem mais nada, e eu não preciso me preocupar com a polícia. Isso vai acabar sendo divulgado, mais cedo ou mais tarde. É melhor que seja por nós.

— Bom argumento. Qureshi é um *suposto* traficante de armas, lembre-se. É melhor você ser vinculado a um suspeito agora do que a um terrorista condenado depois... Se, Deus nos livre, isso for verdade. É o menor de dois males. E quanto antes isso explodir, melhor.

— É isso que eu penso.

— Eu cuido disso — disse Ben. — Vou preparar uma declaração. Quem sabe, talvez nós tenhamos sorte e acabemos rindo de toda essa merda.

Verdadeiramente, nós pretendíamos apresentar a verdade. Ben ia cuidar de tudo. Talvez fosse tolice eu pensar que poderia evitar ter de falar com as autoridades indo diretamente à imprensa. De qualquer forma, isso não importava. Eu já estava atrasado.

O Evento Avassalador

Hoje está chovendo na Terra de Ninguém. O tamborilar em minha janela é um fenômeno que associo à vida na cidade. Sempre que chovia lá eu ficava superconsciente do som. Carros esparramando água das poças, o chiado no piso molhado do ônibus na Segunda Avenida. A mudança dos semáforos. O estalido dentro das caixas de lata que faziam os semáforos mudar. Tudo operado com muita eficiência, no momento preciso, mesmo na chuva. Você sabia o que esperar em cada cruzamento. Quando a mão vermelha do sinal de pedestres piscava, você sabia quanto tempo tinha observando os outros pedestres. Se não houvesse nenhum, então, observando a ânsia dos carros que avançavam para a faixa de pedestres. A gente aprendia a ler os sinais.

Aqui na Terra de Ninguém nada é certo.

Quando vou me reunir com meu representante pessoal?

Quando vou me reunir com meu advogado?

Quando vou ser libertado?

A incerteza é a maior arma deles. Não as correntes. Nem as algemas. Nem o pelotão SMERF. A incerteza.

Ela começa com a batida na porta no meio da noite.

Você pode estar preparando alguma coisa para comer, um lanche da meia-noite, talvez, ou só matando o tempo. Como aconteceu no meu caso, você pode estar entretendo uma ex-amante, respondendo à proverbial chamada para trepar que havia feito apenas algumas horas antes. Michelle tinha me enviado uma mensagem de texto perguntando se eu estava em casa, e eu tinha respondido: "SERIA ÓTIMO GOZAR SUA PRESENÇA XOXO". Usei essas insinuações sexuais bastante óbvias para ter certeza de que estávamos na mesma sintonia. Estávamos, pois ela respondeu: "CHEGO EM 20 – XXX". Achei meu *jeans skinny* muito restritivo para meu estado, então vesti o pijama de seda lavanda que guardava para uma ocasião como aquela. Depois pus lençóis limpos na cama e borrifei um pouco de colônia nos travesseiros. Michelle tinha o hábito de pegar um tubo de gel lubrificante durante o ato, então também providenciei isso, colocando-o estrategicamente na gaveta da mesa de cabeceira.

Michelle tocou o interfone e eu abri a porta para ela.

(Quase esqueci. A batida que você vai receber parece mais uma porrada, não uma batida comum. Esse é o ritmo das autoridades.)

Abri a porta e esperei. Escutei o eco dos passos de Michelle subindo os degraus do saguão de entrada, depois no corredor de concreto. Ela estava de salto alto. Seus sapatos faziam sons de cinema. Devia estar vindo de um encontro que acabara mal.

– Obrigada por me receber – ela disse. Estava perfumada, usava uma blusa e uma saia de verão. Tirou os sapatos à porta e enfiou os pés num par de Havaianas. Era algo familiar e automático. Nós calçávamos o mesmo número.

– Claro que eu ia receber você. Eu quero estar com você.

– Você sabe o que eu quero dizer. Não sei o que está acontecendo comigo. Eu simplesmente não conseguia ficar na casa da vovó esta noite.

Passava da meia-noite. Percebi como era tarde pelo brilho nos olhos de Michelle.

– E quanto ao seu outro amigo?
– Quem?
– O que eu vi com você no DuMont.

— Francamente, Boy. Eu lhe disse que ele não era ninguém. Que ele era um amigo. Nós mal nos falamos. Ele tem namorada. Mora no Queens. Preciso continuar?

— Acho que não.

— Você tem alguma coisa para beber?

— Há um *pinot* na geladeira.

Ela entrou na cozinha e voltou com dois copos de vinho. Fiquei contente de ver que ela não precisava perguntar onde as coisas estavam.

— O lugar parece ótimo. Você fez faxina.

— Eu contratei uma mulher.

— Você contratou sua própria filipina. Quem diria?

— Ela é polonesa de Greenpoint – eu disse.

— Melhor ainda. Enfim, está limpo. Dê um aumento a ela. Me mostre em que você está trabalhando.

Caminhamos até minha mesa de trabalho. Michelle tinha um olho muito bom para o que ela usaria e não usaria. Eu ainda confiava em sua opinião e fiquei lisonjeado quando ela começou a olhar alguns dos meus novos desenhos.

— Gosto destes – ela disse. – Destes eu não tenho tanta certeza. Eu repensaria o que você está fazendo. O que você está fazendo?

— Às vezes eu não sei o que estou fazendo quando esboço. Vou só trabalhando até ter uma pilha. Então eu olho a pilha e escolho o que acho que está bom. Nesse momento eu tenho o começo de uma coleção sem um nome.

— Que forma estranha de trabalhar. Não dá pra escrever uma peça assim. Não dá pra escrever e escrever e depois escolher uma cena. Tudo está no que veio antes dela. As coisas precisam ser ligadas de um jeito óbvio. O mesmo acontece com uma coleção, se não me engano.

— É assim, mas não no início. No início eu só preciso sentir o que estou fazendo. Preciso de liberdade. Nada é desperdiçado quando é só lápis e papel. Só o tempo.

– Nem todo mundo tem tempo.

– Todo mundo tem tempo. Do que você não gosta nestes?

– Eles ainda não parecem usáveis. Estes, sim. Estes, não. Mas eu só olhei de relance. Mostre-os aos seus amigos. Faça uma pesquisa.

– Usável. Eu quase não sei mais o que isso significa.

– Eu não estou falando de um jeito Target. Aqui é Nova York. Não é Paris nem Londres. Usável, você sabe.

– Você está certa – eu disse. – Estes não são usáveis. – Peguei a pilha de esboços e empurrei para o lado. Mostrei a ela as estampas que estava considerando para os *looks* que ela tinha admirado.

– Eu gosto destas – ela disse. – Rudi Gernreich?

– Rudi Gernreich para Target.

– Isso é engraçado. – Ela riu.

Beijei-a. Ela não estava esperando e resistiu um pouco com a boca, endurecendo os lábios, mas logo relaxou. Michelle já tinha bebido. Senti gosto de gim em seus lábios.

De repente, ela me empurrou.

– Onde estão os seus cigarros? – perguntou.

– Na cozinha. Gaveta da direita.

Ela foi pegá-los. Eu a segui. Ela ligou o fogão no máximo. Era um elétrico, com aqueles queimadores hipnóticos. – Você quer um? – ela disse. E já foi tirando dois da embalagem.

– Sim – eu disse.

Quando o queimador ficou vermelho, ela se inclinou e acendeu um cigarro por vez. Entregou o meu apenas meio aceso, ele exalava um cheiro químico. Ainda havia tabaco preso no queimador, fumaçando. Desliguei o fogão para ela.

– Preciso usar o banheiro – ela disse, e desapareceu novamente.

Levei nossos copos de vinho para o quarto e os coloquei ao lado do cinzeiro que mantinha na mesa de cabeceira. A cena era cinematográfica. Não só o cinzeiro, mas o ato de fumar na cama, antes ou depois, não importava. Michelle nunca se incomodava de ter um cigarro aceso queimando no cinzeiro durante a transa. Uma vez ela disse que isso a lembrava de Anne Bancroft no filme *A primeira noite de um homem*.

Sentei ao lado da cama na minha cadeira Wassily, perto o suficiente para alcançar o cinzeiro, e esperei.

Embora eu não soubesse, esse seria meu último momento de liberdade.

Em que eu pensava? Como cada segundo de liberdade que temos é tão crucial, tão fugaz, eu gostaria de lembrar exatamente o que estava em meus pensamentos. Eu certamente poderia inventar alguma coisa, algo tão dramático quanto o modo como a fumaça pairava no ar, saindo de meu cigarro no cinzeiro. E você certamente acreditaria em mim. Mas sinceramente não me lembro. De fato, não acredito que pensasse em nada importante. Não é uma vergonha? O último momento que eu tinha para mim e eu o desperdicei como vinho derramado. Sentei e esperei. Esperei que Michelle voltasse do banheiro. Esperei que eles viessem bater em minha porta.

O espaço de tempo que se seguiu foi parecido com o instante antes de uma batida de carro, pelo menos é o que consigo imaginar. Preso nessa fração de segundo, você não é nada. Está pairando. Tempo, espaço, percepção são distorcidos. Sua vida é secundária para o evento iminente. O evento é avassalador. Até mesmo o medo, que parece tão crucial para o evento, é de alguma forma suspenso. Li relatos de pessoas que foram assaltadas à mão armada, como elas conseguem pensar com uma clareza incrível, como são capazes de seguir as instruções com compostura. Fazem o que lhes é dito diante de uma arma carregada. Devo ter reagido da mesma forma. O medo não era um conceito para mim naquele espaço de tempo. Como já disse, eu não era nada.

Houve a batida na porta. Uma porrada. Três vezes, talvez, embora o número seja irrelevante. Porque não era uma batida para ser respondida. A porta caiu antes que eu pudesse descruzar as pernas. Fiquei congelado a meio caminho de descruzá-las. Os homens eram relevantes, irromperam da luz do corredor para o escuro do meu apartamento, e no escuro era difícil decifrar quantos eram. (É preciso lembrar também que a ordem da ação foi transformada pelos pesadelos que tive desde então. No entanto, isto é o mais próximo do evento real que consigo lembrar.)

Houve gritos: Levante as mãos, fique de joelhos, abaixe-se no chão etc. Os níveis de som foram alterados. Quando se pensa em experiências traumáticas, imediatamente se supõe que o som é suprimido, abafado, como debaixo da água. Mas não é assim. Os níveis são alterados, mas há uma consciência aguda. Eu entendia claramente o que os homens exigiam de mim. Já tinha sido reduzido a um cão bem treinado, e ao comando eu fazia exatamente o que me diziam.

O número de homens era mais ameaçador do que as armas apontadas para mim, embora a quantidade de armas e homens fosse igual.

Eles me seguraram contra o chão enquanto me algemavam. Nas mãos e nos pés. Isso foi muito doloroso. "Fique abaixado." Do chão eu podia ouvir a busca que eles faziam. Estava cada vez mais lúcido, percebendo várias coisas que aconteciam ao mesmo tempo. Michelle estava chorando. Embora seu choro ganhasse maior destaque a cada momento, ela não estava realmente chorando mais alto. Seus gritos e soluços simplesmente passavam a existir para mim. Vozes estavam tomando seus respectivos lugares na sala. Um homem empurrava o salto da bota contra meu pescoço, mas consegui virar a cabeça para o lado para ter uma visão melhor dos arredores. Quando ele entendeu que eu podia me mexer, aplicou pressão. "Não se mexa." Meu ateliê estava sendo saqueado. Mas minha preocupação era com Michelle, não com minhas coisas. Eu consegui ver os homens. SMERFS. Não os mesmos SMERFS que temos aqui na Terra de Ninguém, mas similares. Acolchoados, de colete, fortemente armados. Eles continuavam a virar tudo do avesso. O que estavam procurando? Acho que nem eles sabiam. Araras com meus vestidos foram derrubadas. Minha mesa de trabalho foi virada de lado, meus esboços espalhados no chão junto com canetas, agulhas, carretéis de linha. Minha máquina de costura foi recolhida do chão e levada embora. Rolos de tecido foram desenrolados rapidamente no ar, como alguém arejando um lençol no quintal. Ouvi o som de rasgar e soube que meus vestidos estavam sendo destruídos, provavelmente os inacabados, que ainda estavam nos manequins. Eu não conseguia localizar Michelle. Não podia virar a cabeça. Forcei os olhos tentando desesperadamente ver além de sua capacidade. Pelo choro distante, supus que eles tivessem prendido Michelle no banheiro. Por causa do que diziam para acalmá-la, entendi que não tinham vindo para roubar e matar. Mas ainda não entendia que eles eram agentes do governo que tinham vindo para me levar. Só entenderia isso um bom tempo depois. O homem com a bota em meu pescoço aplicava mais pressão. Eu queria fazer uma pergunta, mas não conseguia nem começar a formular as palavras.

Outra pessoa fez uma pergunta. Um dos SMERFS perguntou a outro: "Alguma arma?" Para um estilista de moda feminina, você pode imaginar o meu choque com a insinuação de que eu teria armas em minha casa como um criminoso comum. Certamente, pensei, estão cometendo um erro.

Fui encapuzado.

O capuz tinha sido embebido em algum produto químico. Nenhum sequestro é completo se a vítima não for drogada.

Quando eu acordei, estava em outro lugar.

Crimes de guerra

Hoje não farei nada além de transcrever minha reserva mais recente.
– Você está confortável aqui? – perguntou Spyro.
– Eu me acostumei – eu respondi. – Mas as condições são horríveis. – Contei a ele minha teoria sobre como é possível se adaptar a qualquer coisa. Ainda fico espantado com a rapidez com que os seres humanos conseguem se adaptar às suas circunstâncias.
Spyro pareceu desinteressado.
– Sabe – disse ele –, você tem recebido tratamento especial. Não que eu precise lhe dizer. Você não é burro.
– Como assim?
– Você está autorizado a escrever em sua cela. Desenhar. Ninguém mais tem direito a caneta e papel. Você recebe sabão novo, toalhas extras, cobertores, essas merdas.
– Eu tenho caneta e papel porque você me mandou escrever minha confissão.
– Eu obtive autorização. Tudo o que você tem é por minha causa. Revistas, recortes de jornal, a notícia sobre sua peça. Até tempo. Você tem tempo porque eu negociei isso.
– Você está querendo gratidão?
– *Estou querendo gratidão?* Não. Não, eu não estou querendo gratidão. Deixe-me lhe perguntar uma coisa. Você acha que vai poder perguntar isso a um interrogador militar?

– O que você quer dizer?

– Os outros. Os outros detidos. Quando eles são interrogados é pelos militares, não por nós. Você deve ter notado.

– Eles me mantêm basicamente no escuro.

– Bem, aceite minha palavra. Os outros repondem aos militares. São interrogados em todas as horas da noite. Os outros não estão autorizados a dormir muito tempo. Não são tratados como você. E isso é tudo por minha causa.

– Fico muito agradecido – eu disse.

Ele olhou para mim, calculando alguma coisa. – O que eu quero dizer é: Não vai ser sempre assim para você. Nosso tempo está chegando ao fim. Vou ter que passar você aos interrogadores militares. Eles vão lhe fazer perguntas referentes à sua detenção.

– É isso o que aconteceu comigo? Eu fui *detido*?

– Veja, coisas espertinhas como essa vão lhe pôr em apuros. Aqueles caras não brincam. Vão lhe fazer perguntas, as mesmas perguntas que eu lhe fiz, só que não vão ser muito cordiais. Você vai ficar de pé, não sentado. Vocês vão se encontrar à noite, não de dia. Você será deixado sozinho por horas e horas, e então será forçado a falar por doze horas seguidas.

– Nada a que eu já não esteja acostumado.

– E existem técnicas para fazer você falar. Não será agradável, posso lhe garantir.

– Eu sinto um grande e gordo "mas" à espreita.

Spyro arregaçou as mangas. Eu podia prever seus movimentos antes que eles ocorressem. Antecipei a cicatriz em seu antebraço, as gotas de suor na risca do cabelo, seus tiques físicos. Os dedos tamborilando, os lábios molhados etc. Quantas horas tínhamos passado juntos?

– Eu li tudo o que você escreveu até agora – ele disse. – Quando eu apresentar meu relatório junto com sua confissão à autoridade intimidadora em Washington, é assim que eles vão ver. Você se associou a traficantes de armas e criminosos conhecidos. Homens que estão em listas de observação internacionais. Homens banidos de certos países. Sua cobertura como estilista de roupas femininas é uma fachada perfeita. Potencialmente, o dinheiro que você estava prestes a ganhar com seu negócio, projetado ao longo de cinco anos, poderia financiar outro Onze de Setembro. Você tem acesso a alvos de elite. New York Fashion Week. A Biblioteca Pública de Nova York, por meio do Bryant Park. Seus sócios têm ligações com terroristas da Somália. E você ainda diz que é só um estilista de roupas femininas? Só houve um caso na história de estilista com relações como as suas, e isso foi em mil novecentos e quarenta e três.

– Quem?

– Coco Chanel – ele disse.

– Isso é absurdo!

– Ela foi presa e acusada de crimes de guerra por seu envolvimento com nazistas. Eu diria para você ir conferir, mas estaria desperdiçando meu tempo. Chanel trepou com um oficial da ss de mil novecentos e trinta e nove a mil novecentos e quarenta e três, por aí. Ele enfiava tanto seu *Schutzstaffel* no traseiro apertado dela que ela fazia qualquer coisa por ele, inclusive uma tentativa de intermediar um acordo entre os britânicos e os nazistas para o que restava da Europa. É claro que acabaram prendendo o traseiro elegante dela.[1]

– Você está inventando. E essa história dos somalis é um disparate. Eu nunca conheci nenhum somali. Você sabe tão bem quanto eu.

– E, exatamente como Chanel, você é visto como um colaborador em tudo isso. Um simpatizante de terroristas. Um financiador-chave.

---

[1] Isso é na maior parte verdade. Coco Chanel foi, de fato, presa por crimes de guerra em 1943, por seu envolvimento na conspiração nazista Operação *Modelhut* (Chapéu da Moda). No entanto, ela foi posteriormente absolvida de todas as acusações, devido a uma intervenção da família real britânica.

Você, o terrorista *fashion*. Eles pegaram você. O pessoal de Washington está praticamente decidido. Mas eles querem uma confissão.

— O pessoal de Washington acha que o jeito mais rápido de ligar dois pontos é traçar uma linha reta. Eu lhe dei minha confissão.

— Estamos quase sem tempo, Boy. Eu preciso que você comece a me contar o que eu preciso saber.

— Eu não fiz nada além de...

— Você fez tudo exceto me dar o que eu preciso. Você me deu um monte de merda.

— Eu não lhe dei nada além da verdade.

— Besteira.

— Sinto muito que você veja dessa maneira. Pensei que tínhamos um nível de entendimento.

— Quer parar com isso? Pare. Chega! Você sabia ou não sobre as armas antes da prisão de Ahmed Qureshi? Antes de vinte e cinco de maio de dois mil e seis.

— O fertilizante?

— Armas. Armas de destruição em massa. Seja lá o que isso signifique para você. Fertilizante de nitrato de amônio. O que for. Você sabia das armas? Você sabia de um negócio?

— Não.

— Veja, você está mentindo. Você sabia de um negócio. Está dito exatamente isso aqui mesmo em sua confissão.

— Ela diz que eu suspeitava que Ahmed era um mentiroso. Que eu não podia acreditar em metade das coisas que saíam da boca dele.

— E você não fez nada.

— Eu não fiz nada.

— Se você me contar agora, vai tornar tudo muito mais fácil para você antes que eu lhe passe ao CO para outra rodada de interrogatório.

— Por que eu tenho que falar com ele?

— Porque eu estou fora. Acabei o que tinha de fazer aqui. Sinto muito dizer isso, mas o nosso tempo juntos acabou. Tudo que é bom acaba.

E, quando eu for embora, eles vão começar tudo de novo. Toda a merda que você escreveu até agora é arquivada, e eles recomeçam do princípio. Então, se você me contar agora, vai se poupar de muito tempo e angústia.

– Eu lhe disse. Eu não sabia das armas. Só sei o que já lhe disse. Eu caí numa armadilha.

– Essa é uma grande palavra para você. Você sabe pelo menos o que ela significa?

– Armaram para mim. Essa é a única razão que eu posso deduzir para estar aqui.

– Ninguém armou para você. Você foi delatado. Seu amigo Ahmed apontou você acima de todos os outros. Qureshi falou. Seu outro amigo, Hajji, nem foi preso. Ele é ótimo. É uma testemunha que coopera. Ahmed apontou você quando o pressionaram. Ele *entregou você*. Disse que você é o cérebro por trás de tudo isso. Você é o dinheiro.

– O dinheiro vinha dele! Era todo dele!

– Mas você é de uma família rica. Uma família de médicos, você mesmo disse. Escola particular e tal.

– Minha família não tem dinheiro nenhum. Cheque isso. Eles me ajudaram aqui e ali quando cheguei a Nova York, mas foi só isso.

– Você veio para os Estados Unidos e se estabeleceu. Procurou Qureshi e foi morar no mesmo edifício. Você se associa a criminosos conhecidos. Os recursos estão todos disponíveis. Ahmed encontra os compradores. Somalis. Ele recebe a mercadoria. Fertilizante de nitrato de amônio é apenas o começo. Ele promete mais armas aos somalis. Lançadores de granadas antitanque, canhões antiaéreos, óculos de visão noturna, tanques, pelo amor de Cristo! Ficamos seguindo o cara durante um ano. Seu nome aparece nas fitas. Depois de conseguir o dinheiro, você o canaliza através de sua empresa, produz roupas femininas porque é muito lucrativo, e na outra ponta você tem o negócio com os somalis.

– Você entendeu tudo errado. É o contrário.

– Essa é a sua defesa? "Meritíssimo, é o contrário. Foi a galinha, não o ovo." Ponha-se no lugar deles. Eles veem um exemplo clássico de uma rede de terroristas em operação. E eu tenho que dizer que não parece bom para você, meu amigo.
– Quero meu advogado – eu disse.
– Agora você quer seu advogado. Você não precisou de um advogado quando começamos. Por que não?
– Porque eu acreditei em você. Pensei que você podia me ajudar. Só que você era apenas um peão como eu. Então agora eu quero meu advogado.
– Boas notícias, ele está a caminho. Ainda está esperando a liberação de segurança. Deve chegar a qualquer momento.
– Não vou dizer mais nada. Está tudo na minha confissão.
– Sua confissão tem um monte de furos.
– Eu desafio você a provar que estou errado.
– Essa é uma ameaça feita por um detento a um agente especial do FBI? Você sabe o que pode acontecer com você quando eu estalar os dedos! Antes que nosso tempo acabe e eu passe você aos *marines*, eu preciso saber, Boy. Escute, para eles você é apenas mais um número. Para eles não importa de onde você é – Sr. New York City figurão que-não-está-nem-aí. Você é apenas um número. – Spyro se levantou. – Eu tratei você como um homem. Como um homem honesto. E estamos no fim do nosso caminho juntos. Estou indo embora. E não vou voltar. Então eu preciso saber. É sua última chance de confessar antes que eu lhe entregue aos cabeças de jarro. Será que você sabia sobre alguma arma antes da prisão de Qureshi? Antes de vinte e cinco de maio de dois mil e seis. Se você teve qualquer envolvimento e confessá-lo agora, eu vou fazer minha mais alta recomendação para Washington. Você tem a minha palavra.
– Eu já sou um número. Sou o prisioneiro número dois-dois-sete.
– Você sabia sobre as armas antes de Qureshi ser preso, antes de vinte e cinco de maio de dois mil e seis?

– Não – eu respondi. – Eu já lhe disse. O que eu sabia eu pus em minha confissão.

– Esta confissão fede. Eu estou lhe perguntando aqui e agora. Pela última vez. Você sabia sobre as armas? Sabia do fertilizante? O que você sabia?

Senti que atender a meu interrogador naquele estágio seria desperdiçar meu tempo. Essas eram perguntas tortuosas. Perguntas que eu já tinha respondido.

Recusei-me a satisfazê-lo com mais uma resposta.

Na pista

Na noite do Evento Avassalador, trinta de maio de dois mil e seis, fui deliberadamente encapuzado para não poder identificar rostos, ruas, pontos de referência. Isso deve deixar claro de imediato que o que foi feito comigo, e com outros na mesma situação que eu, é ilegal. Mesmo criminosos calejados – assassinos, estupradores, traficantes de drogas, cafetões e ladrões – conseguem ver os rostos de seus captores. Aqueles que vão para a Terra de Ninguém, não.

Ah, claro, eu talvez tenha tido um vislumbre de um ou dois dos SMERFS que entraram por minha porta da frente, mas não posso identificar ninguém. Eles cobriram seus rastros muito bem! Se eu quisesse fazer acusações contra aqueles que me sequestraram, contra aqueles que me transportaram para cá, contra aqueles que me trataram de forma tão violenta através do céu noturno, como poderia?

O caminho para a Terra de Ninguém também é mantido em segredo. Aqueles que precisam chegar até aqui, o meu advogado, por exemplo, ainda estão tentando encontrar um jeito. Todo mundo sabe onde fica a Terra de Ninguém. Pode-se facilmente indicá-la no mapa. Mas a passagem para este lugar é um enigma. Eu não poderia nem começar a lhe dizer o caminho para a ilha proibida. Foi tudo feito no escuro, com um capuz em minha cabeça. Às vezes eles usavam fones de ouvido eliminadores de ruído. Devo contar para você como foi ser levado no meio da noite e transportado para um lugar desses? Claro, eu poderia falar de todos os sons e vozes que ouvi durante o trajeto: as estradas esburacadas, os rebites nas pontes, o estouro em meus ouvidos nos túneis, e depois motores a jato sendo ligados e aviões decolando. Mas eu estaria apenas especulando. A pura verdade é que não me lembro de como cheguei aqui. Quando você é levado como eu fui e está encapuzado, a única coisa em que presta atenção é sua própria respiração. Você se torna muito consciente de que ainda está respirando e de que gostaria de continuar respirando. Eu não ficava me perguntando para onde estava indo. Já tinha aceitado um destino muito pior do que o que tive – não ia continuar respirando por muito tempo.

O transporte é a sua introdução a um confinamento solitário, e por isso você recua em sua mente e tenta suportar a dor de seus sentidos serem sufocados. Imagine ficar em um caixão por trinta e duas horas, enterrado vivo, e no fim dessas trinta e duas horas (que é apenas um número arbitrário, pois eu não estava contando) ser solto, só que não sabe disso. Como seriam essas trinta e duas horas? Ora, eu vou lhe dizer. Cada centímetro de ar inalado é exalado como se fosse o último.

Quando me ocorreu que eu era um prisioneiro? Talvez assim que eu fui libertado do caixão, quando o saco foi tirado de minha cabeça e pude ver a luz e respirar um ar adequado.

Fiquei grato ao soldado que removeu meu capuz. Ele me deu vida. Chorei em seus joelhos quando ele me pôs sentado em uma cadeira e me acorrentou a uma argola no piso. Ele me puxou pelas algemas, meus pulsos e tornozelos estavam em carne viva depois de tantas horas presos. Onde eu iria começar minha nova vida? Olhei ao redor e vi que estava em uma sala. Apenas uma sala com quatro paredes. Iluminada. Uma mesa. Cadeiras. Uma porta. Ele saiu da sala pela porta, e eu fiquei sentado à mesa e esperei várias horas. Não disse nem fiz nada.

As muitas horas que passei encapuzado e transportado de um lugar a outro – tudo isso faz parte do medo que eles querem incutir em você. Eu realmente acredito que os americanos tentaram simular a morte. O transporte, como eu disse, é sua primeira prova da solitária, já que é um enorme vazio. Devo ter sido levado de carro, conduzido de um lugar para outro rapidamente. Drogado e transportado, encapuzado e ensurdecido.

Onde foi que eu acabei?

Ora, não muito longe de onde comecei naquela noite à espera de Michelle. Quando o capuz foi tirado eu estava em Newark, Nova Jersey. Só concluí isso muito mais tarde, quando outro soldado confirmou. Eu estava desorientado demais para ter consciência do lugar. Pelo que eu sabia, devia estar no Cairo ou em Kandahar.

O capuz foi retirado e eu estava sentado a uma mesa em uma sala. Era uma sala usada para questionamento. Interrogatório. Todos os aeroportos têm essas salas. Só posso imaginar que, após o grande susto de dois mil e um, elas se tornaram necessárias. Depois de várias horas de espera na sala, conheci meu primeiro interrogador, não militar, vestindo camisa e calça. Ele tinha uma prancheta e usava um cavanhaque bem aparado. Parecia ter seus quarenta anos, embora pudesse ser mais jovem. Ele aproximou um carrinho com rodízios com um polígrafo e começou a me ligar a ele. Depois sentou na minha frente e começou sua investigação.

Newark foi onde Ahmed, meu suposto cúmplice em tudo isto, meu "coconspirador", foi preso por vender fertilizante a um informante do FBI, e onde ele falou sobre todas as coisas ruins que poderiam, seriam e deveriam ser feitas em solo americano. Dizer, de minha cela na Terra de Ninguém, que ainda não consigo acreditar que Ahmed foi capaz dessas coisas seria uma ignorância desavergonhada. Ele me atraiu para seu jogo como bode expiatório, e eu mordi a isca.

– Você é Boyet Hernandez?

– Sim – eu disse. Fiquei surpreso com o som de minha voz. Fazia um bom tempo que eu não falava.

– Você é conhecido por outros nomes? Algum apelido?

O interrogador parecia ter algo entre os dentes, e assim sua língua lutava entre as bochechas e gengivas para libertar o que estava lá.

– Eu sou conhecido como Boy. Sou estilista de moda feminina.

– Apenas responda a pergunta.

– Eu não sou conhecido por nenhum outro nome. Não – eu disse.

Ele não me disse por que eu estava lá e eu não perguntei, porque não tive coragem. Eu supunha que era por causa do meu relacionamento com Ahmed. Devia ter gritado por um advogado, examinado a identificação do investigador, proclamado minha inocência, exigido toda e qualquer coisa que um prisioneiro apropriado tem, mas estava muito paralisado pelo medo. Puxa, como eu gostaria de ter agido de outra forma! Gostaria de ter tido força para dizer a eles que o que estava acontecendo era errado. Devia ter exigido que eles me acusassem de um crime ou me libertassem! Sabe, eu nem sequer sugeri a eles que tinham pegado o homem errado. Suponho que é nisso que todos insistem assim que são capturados. Não eu. Eu fui de bom grado. Durante meu primeiro interrogatório, não fiz nada além de responder às perguntas do cara.

Em questão de minutos as perguntas tomaram um rumo bastante absurdo. Perguntaram por que eu estava planejando uma viagem para o Paquistão. Quando eu disse que não estava, o interrogador me acusou de na verdade planejar uma viagem para pegar insumos. Então ele leu uma lista de nomes. Eu devia responder se conhecia alguém na lista com um simples sim ou não. Não devia explicar minha relação com os nomes, só confirmar se os conhecia. Foi aqui que eu tive problemas. Meu interrogador nunca definiu devidamente o que significa "conhecer". Eu não sabia se ele queria que eu confirmasse se os conhecia pessoalmente ou se eu simplesmente sabia da existência deles. O interrogador não fazia a pergunta: Você conhece fulano de tal? Ele só lia o nome, e eu tinha de responder. A lista era ainda mais absurda do que a alegação de uma visita próxima ao Paquistão. Quando começamos, fiquei muito confuso, especialmente com a maquininha dele fazendo suas marcas irregulares em um pedaço de papel. Alguns dos nomes que foram lidos para mim: Osama bin Laden, Khalid Sheikh Mohammed, Aman al-Zawahiri, George W. Bush, Dick Cheney, Ahmed Qureshi, Habib "Hajji" Naseer, Michael Jordan, Mickey Mouse, Ben Laden, Philip Tang, Michelle Brewbaker etc. A lista era composta de cerca de duzentos nomes. Eu devia simplesmente responder sim ou não. Não devia elaborar minhas respostas.

Quando terminamos com a lista, ele me desconectou de sua máquina e saiu da sala. Foi isso. Nunca mais o vi.

Ao escrever minha confissão, tentei captar a essência da minha vida. Porque tudo sobre o que escrevo está no passado, não me vejo mais vivendo. Isso é o que acontece quando se está preso. O presente é transferido instantaneamente para o passado, e o que antes parecia inimaginável – tormento, tristeza, sofrimento profundo – agora é real. "Uma realidade onipotente", meu agente especial diria, citando um de seus amados russos.[1]

Agora que me aproximo do fim de minha confissão, descubro que estou começando a perder o controle de meu personagem. Eu me distanciei do herói da minha própria história, sabe? Perder o controle de seu próprio personagem deve fazer parte da ordem natural das coisas na Terra de Ninguém.

Ainda assim, tentei captar meu eu, ou meu personagem, do modo mais sincero possível. Para recriar como era viver em minha pele.

Depois de vários minutos sozinho na sala do aeroporto de Newark, fui de novo encapuzado e algemado por dois homens não

---

[1] Aleksandr Solzhenitsyn, em *O arquipélago Gulag*.

identificáveis cujos rostos eram obscurecidos pela aba de seus bonés militares. Sem fone de ouvido desta vez, apenas o capuz negro sobre a cabeça, cobrindo meus olhos. Os dois homens me levaram para fora. Estávamos na pista. Senti o vento e ouvi o barulho das hélices enquanto era levado. Eles me colocaram na parte traseira de um furgão e sentaram à minha frente. Eu estava me acostumando com a sensação de metal debaixo dos meus pés e em torno de meus pulsos e tornozelos. As correntes tiniam contra o chão enquanto o furgão se deslocava com rapidez e regularmente pela pista.

– Não diga nada – disse um deles. Não se dirigia a mim, mas ao outro homem.

– Não – respondeu o outro.

Ouvi o clique de uma foto sendo tirada com um telefone celular. Era a gravação de um clique. Uma simulação. Foi assim que eu soube que era um telefone celular e não uma câmera de verdade.

– Eu vou tirar – disse um deles.

– Não.

– Quem vai saber?

– Se eles descobrirem vão pôr na nossa bunda. Na minha e na sua. Na minha porque eu deixei você fazer isso.

– Ninguém vai saber. Já estamos na pista.

– Cala a boca.

– Como se ele não soubesse.

O homem estendeu o braço e tirou o capuz da minha cabeça. Eles eram jovens, brancos, fortes. O que segurava o capuz cobriu o nariz e a boca com ele e balançou um celular com câmera na minha frente. Eu olhei para o painel de seu pequeno dispositivo móvel, a lente minúscula no canto. Era um Samsung. Ele estava tentando tirar uma foto, mas o furgão balançava muito. Estávamos em alta velocidade. O outro guarda cobriu o rosto com o boné.

– Bem-vindo a Newark, seu terrorista maldito – disse o guarda com o telefone através do capuz. – Este é seu último momento de liberdade. Diga xis.

– Não olhe para mim – disse o outro. – Olhe para a câmera. – Eu não estava olhando para nenhum dos dois. Estava olhando para o guarda que segurava a câmera, aquele que me acusou de ser um terrorista maldito. Não tinha a menor ideia do que ele estava falando.

Ele tirou a foto.

De alguma forma eu sabia que essa seria minha última oportunidade de falar livremente. – Para onde nós vamos? – perguntei a ele.

– *Nós?* Nós não vamos a lugar nenhum.

– Para onde eu vou? – eu disse.

Pude notar por trás do capuz que ele estava sorrindo. Eu sabia pela forma dos olhos.

– *Somewhere...* – ele cantou. – *Over the rainbow...*

Isso fez o outro guarda rir. O covarde ainda se escondia atrás do boné.

– Onde? – exigi.

O da câmera olhou para o colega e depois se voltou para mim.

– Terra de Ninguém – ele disse.

Rumo à honra

Hoje recebi uma visita do coronel. Ele era muito mais baixo do que eu esperava.

O que eu tinha feito para merecer tal honra?

O coronel me informou que no dia seguinte eu seria transferido para outro campo, onde não teria as provisões que tenho aqui. Tudo parecia muito oficial, como se fosse realmente acontecer. (Com "provisões", suponho que ele quis dizer minha caneta e meu papel.)

Eles têm uma declaração aqui na Terra de Ninguém, uma espécie de saudação entre um oficial superior e um de seus subordinados. É uma chamada e resposta. *"Rumo à honra!"*, diz o alto oficial. *"Para defender a liberdade!"* é a resposta dada. Até agora, eu nunca dera muita atenção a ela. A gente a ouve tantas vezes isso aqui que se esquece de ouvir. Só quando o coronel saudou Win nesta manhã eu comecei a pensar no significado da expressão. Por que agora, de repente? Ora, era a forma como o coronel dizia suas falas, com o tom de um ator de teatro poderoso. Ele falava com Win com tanta bravura, tanta autoridade – tanta graça! –, que eu pensei que ele devia ser o autor das palavras. – Rumo à honra, soldado! – disse o coronel.

– Para defender a liberdade, senhor! – disse Win.

Win saudou o coronel com um movimento rápido da mão em um ângulo inclinado, rápido e preciso. O coronel retribuiu a saudação; em seguida, com um aceno de cabeça, pôs Win à vontade.

Em poucos dias, meu julgamento vai começar. Quando eu disse ao coronel que gostaria que minha confissão fosse apresentada como prova no meu CSRT[1], ele me informou que ia providenciar isso, pessoalmente. – Você tem minha palavra.

– Palavra de escoteiro? – brinquei.

– Minha palavra é suficiente. Você vai descobrir que, quando eu dou minha palavra, ela produz resultados. Decisões são tomadas; as pessoas se movem ao meu comando. Há vidas em jogo...

– Et cetera, et cetera – eu disse.

– Por que você não pergunta ao soldado? – disse ele, balançando a cabeça para Win. – Soldado, o que acontece quando eu dou minha palavra?

– Senhor, decisões são tomadas, senhor – disse Win. – As pessoas se movem o mais rápido possível ao seu comando, senhor.

– Por que, soldado?

– Senhor, há vidas em jogo, senhor!

– Você vê. Aí está – disse o coronel.

Até agora, nenhum dos meus companheiros no bloco passou por julgamento.

– É um processo bastante novo – disse o coronel. – Mas você não deve se preocupar. O processo está sendo aperfeiçoado a cada dia.

– Quando eu me encontrarei com meu representante pessoal? – Eu perguntei. – O que me haviam prometido.

– Em breve – disse ele.

– Antes do julgamento? – perguntei.

– Ah, com certeza. O processo exige isso.

– E se eu escolher me defender?

---

[1] *Combatant Status Review Tribunal* [Julgamento de Revisão de Status de Combatente].

– Essa, é claro, é uma das suas opções, mas não é incentivada. Pode atrasar o processo ter de explicar tudo a você e assim por diante. Poderia ser muito confuso para todas as partes. Seu representante nesta matéria irá informá-lo de tudo que você precisa saber.
– E o meu advogado em Nova York?
– O que há com ele?
– Por que ele não pode me defender?
– Acredito que ele precisa ser liberado pelo Pentágono primeiro. Mesmo assim, este é um julgamento militar – um processo do exército dos Estados Unidos. Pessoal não militar é proibido. É uma questão de segurança nacional, você entende.
– Então eu vou me defender – eu disse.

Algo no lema deste lugar esquecido por Deus me fez pensar sobre meus captores. São homens que se dedicam ao que acreditam ser uma causa justa, uma causa honrosa, uma causa enterrada em algumas palavras simples. Eu digo enterrada porque dividir a frase em uma chamada e uma resposta, pontuadas por "senhor, sim senhor", confunde uma ideologia bastante respeitável: "Rumo à honra para defender a liberdade". Estou começando a ver como essas palavras poderiam ser aplicadas à minha própria situação. Ser livre ou morrer tentando.

– Vou me defender – repeti.
– Esse é um direito seu. Mas eu repito... não é estimulado.
– Diga ao meu representante pessoal para não se preocupar em vir.
– Eu não acho que isso vá ser aceito. Seu representante nesta matéria é essencial para que você entenda melhor o processo. Mesmo que você escolhesse se defender, ele ainda precisaria estar no tribunal.
– Mas o senhor entende o que estou dizendo, coronel. Eu não desejo mais me encontrar com ele. Estou cheio de esperar.

O coronel não se mexeu. Apenas ficou lá, endurecido, me olhando nos olhos.

– Há uma verdadeira tempestade de merda se armando por sua causa – disse ele.

– Pode repetir?

– Uma tempestade de merda. Isso é jargão para uma situação ferrada. Você está na mídia novamente. Parabéns. Uma verdadeira Patty Hearst. O coração dos Estados Unidos sangra. Mas eu não vou deixar você me queimar. Guarde minhas palavras. Eu sou um homem justo, mas ninguém vai passar por cima de mim.

– Eu não...

– Eu sei que você não sabe do que estou falando. Mas ouça. Aceite. Ouvir é divino, é isso que eu digo aos meus homens. E meus homens ouvem, acatam, agem. Há vidas em jogo. Eu não aceito ser humilhado, filho. Dirijo uma instalação segura que abriga os piores cérebros criminosos do nosso tempo. Este é um lugar de rotina e disciplina. Hitler estaria aqui hoje. Assim como Mussolini, Stálin, Pol Pot, Ho Chi Minh. O próprio Bin Laden estará aqui muito em breve. Espere para ver. Nós vamos pegá-lo. Isso vai explodir. Não me refiro à guerra, mas a essa tempestade de merda de mídia em que estamos prestes a entrar juntos. Ela não vai ser lembrada. Com as ações corretas, qualquer coisa pode ser extraída de corações e mentes. Suprimida, depois esquecida. Guarde minhas palavras. Aconteça o que acontecer, guarde minhas palavras.

O coronel se virou rapidamente e saiu. Win fez posição de sentido e saudou um corredor vazio.

Posfácio
Por Gil Johannessen

Comecei minha história pelo fim. No lado a barlavento da baía, onde as hutias correm desenfreadas, onde as iguanas vivem sob uma ordem protegida como a águia-careca americana, onde homens treinam outros homens para rastejar como cães, para comer e cagar quando mandam e ficar agachados por intervalos longos e intensos. É um desenvolvimento controlado de pesadelo, uma ciência de punição estranha, cruel e incomum. Para nós, inclinados sobre o lado errado do ferro em brasa, é loucura e caos. O Delta é um inferno infernal. A morte. Não, pior. Morte incerta.

Boyet R. Hernandez
Da "Declaração de Encerramento",
Julgamento de Revisão de Status de Combatente,
Campo Echo

I.

Na manhã de onze de novembro de dois mil e seis, aproximadamente às quatro horas, Boy Hernandez foi despertado pelo som de correntes. Era o Dia dos Veteranos, uma ocasião celebrada no Campo América com uma cerimônia de manhã cedo programada para seguir o Juramento de Fidelidade. Dois policiais militares chegaram, deixando cair as algemas ao pé da porta da cela de Boy. O soldado de primeira classe Jeffrey Cunningham, guarda da noite de Boy, tinha cochilado por alguns minutos e acordou sobressaltado. Um dos policiais militares, um anspeçada, repreendeu Cunningham por dormir em serviço. Ele informou Cunningham das suas ordens, levar o detento para outra unidade. Cunningham sabia que Boy devia ser transferido naquele dia, embora o transporte estivesse originalmente programado para ocorrer após a troca de guarda de Cunningham. Os homens tinham vindo várias horas mais cedo. Foi quando um dos policiais militares sussurrou no ouvido de Cunningham o código: "passarela". Cunningham entendeu a ordem e se afastou. Ele sabia que quando esse código fosse dito nada deveria ser anotado no diário do detento. Hernandez seria levado da sua cela sem registro.

Quando o soldado Winston "Win" Croner chegou para render Cunningham às seis horas, como fazia todas as manhãs, encontrou-o guardando uma cela vazia. "Eles o levaram", disse Cunningham a Croner.

Win Croner olhou a última entrada no diário.

– Não se preocupe – disse Cunningham. – Ele se foi. Minhas ordens são para esperar.

Então os dois homens esperaram durante a chamada para a oração, o Compromisso de Fidelidade. Ouviram os trumpetes da cerimônia dos veteranos fora dos blocos. Ninguém veio explicar a Cunningham quais eram os próximos passos, e ele nunca mais viu Boy. Ele deixou o diário com Croner e voltou para o quartel, frustrado. No dia seguinte, Cunningham foi transferido para a ala de isolamento Quebec, onde guardava, entre outros, o australiano David Hicks e Omar al-Shihri[1].

Em dezembro de dois mil e seis, o Pentágono divulgou um cronograma oficial daquele dia. O registro indica que Boy foi transferido para uma nova cela no Campo Echo e chegou no horário previsto, às onze horas.

O Campo Echo fica a leste do Campo Delta e chegou a ser um dos mais severos acampamentos em todo o Campo América. Durante o período que Boy passou lá, servia como uma instalação de detenção para prisioneiros programados para se reunir com advogados, representantes pessoais ou interrogadores. A viagem do Delta

---

[1] Hicks foi o primeiro a ser julgado e condenado nos termos da Lei de Comissões Militares de 2006, foi libertado e mandado para a Austrália em 2007. Al-Shihri, que também foi libertado, em 2007, apareceu recentemente em um vídeo de propaganda da al-Qaeda em que se envolve com o bombardeio de uma embaixada na Arábia Saudita. Al-Shihri foi libertado sob custódia da Arábia Saudita, onde foi submetido a um programa de reabilitação para ex-jihadistas, apenas para ingressar de novo na al-Qaeda.

ao Echo em um dia bom dura aproximadamente quinze minutos, de jipe.

Os registros do Pentágono contradizem a história que Cunningham me contaria quando nos encontrássemos em Nova York no outono de dois mil e sete. Depois que o período de convocação acabou, Cunningham deixou o serviço e se mudou para Nova York, onde desenvolveu uma carreira como modelo masculino. Cunningham possui uma beleza americana clássica, um sorriso com covinhas e cabelo loiro curto. Boy, aparentemente, tinha convertido seu guarda noturno à perspectiva de trabalhar em moda. Ele tinha recomendado um agente de *booking* na Elite Model Management, que agora representa Cunningham.

Se o cronograma divulgado pelo Pentágono é preciso – Boy de fato chegou às onze horas à sua cela no Campo Echo em onze de novembro – e se o que Cunningham me disse também é verdade – Boy foi levado às quatro horas –, então ainda há sete horas inexplicadas naquela manhã.

Cunningham não especulou a respeito de para onde Boy foi levado nesse intervalo. Ele disse que parou de pensar em Hernandez quando foi transferido para a ala de isolamento Quebec. Mas sugeriu a prática de interrogatórios secretos feitos em uma instalação fora do mapa. Quando perguntei quem dirigia os interrogatórios, ele riu.

– Adivinha – ele disse.

– Os militares? – perguntei.

– OAGS.[2] Todo mundo sabe disso.

OAG é jargão militar para CIA.

---

[2] OAG: outra agência governamental.

II.

A foto de Boy que foi tirada pelo policial militar tenente Richard Flowers na noite do transporte de Boy na pista do Aeroporto de Newark é hoje um retrato famoso da injustiça humana. O mal iluminado instantâneo de 1.3 megapixel foi tirado com um celular *flip* Samsung modelo LRT. O desespero de Boy na foto é enervante. Com o cabelo bagunçado, ele está suado; seu rosto, descarnado; e seus olhos, côncavos por falta de sono. A gola de sua camisa branca está manchada de amarelo, de suor ou vômito. Foram necessários vários meses para que a foto finalmente aparecesse, mas quando isso ocorreu, a história de Boy, que tinha sido reduzida a uma sátira que ficou pouco tempo em cartaz na Broadway envolvendo uma fedelha insossa de família rica e um estilista de moda que virou terrorista vagamente baseado em Boy Hernandez, virou de novo manchete no jornal.

A divulgação da foto explica a presença do coronel Albert T. Windmaker, alto comandante da base naval de Guantánamo, nas páginas finais da confissão de Boy. Windmaker era conhecido por ver os prisioneiros apenas quando havia discórdia nos blocos, ou se a base estivesse abrigando um hóspede muito conhecido. É fácil ver, como o coronel admitiu prontamente, que sua visita foi inspirada pela situação da mídia nos Estados Unidos, que estava prestes a se tornar incontrolável. Vinte e quatro horas depois da sessão de Windmaker com Boy, o detento desapareceu por período desconhecido de tempo.

Seja lá qual foi a intenção do tenente Flowers ao tirar a foto de Boy em trinta e um de maio de dois mil e seis, está completamente diluída em declarações políticas e pedidos de desculpa feitos em nome dos dois indivíduos. A conclusão da confissão de Boy nos leva a crer que a intenção de Flowers era humilhar seu prisioneiro. Em vez disso, a imagem se tornou um símbolo de tudo o que deu errado nos Estados Unidos desde onze de janeiro de dois mil e dois, o dia em que a prisão da baía de Guantánamo abriu as portas. O retrato de Boy superou as imagens que já haviam nos assombrado, aquelas de homens em uniformes laranjas ajoelhados no cascalho, mascarados com óculos *blackout* e fones de ouvido eliminadores de ruído. O que Flowers fez foi dar um rosto aos que eram vítimas de abuso, o rosto de um promissor estilista de moda feminina.

Dias após a divulgação da foto, o artista Sheriff Michaels pegou a famosa foto de Boy e sobrepôs a ela tons molhados de vermelho, branco e azul – "cartunificando-a", como diz Michaels (um processo que leva apenas alguns minutos) — e estampou a palavra COMPORTE-SE na base da imagem. Assim nasceu um símbolo da década. Quando o tão adiado CSRT de Boy começou, a imagem COMPORTE-SE se espalhou. Foi pintada em edifícios e tapumes de construção em Nova York, Miami, Chicago, Portland, Seattle, Los Angeles, St. Louis, e até mesmo Tallapoosa, Missouri, onde, ironicamente, o escândalo Hernandez havia causado certo temor cinco meses antes.[3] COMPORTE-SE era a antítese do que Boy (a pessoa) tinha simbolizado para a administração presidencial. Hernandez, o terrorista *fashion* que tinha sido a captura especial mais divulgada da administração na guerra global ao terror, era agora um mártir da justiça.

III.

Quando comecei a investigar a detenção de Boy Hernandez, os funcionários de Guantánamo e do Pentágono não quiseram comentar nada. Ninguém na secretaria de imprensa da Casa Branca retornava minhas ligações. De fato, sendo alguém que escrevia sobre moda, eu não

---

3 "Pânico em Tallapoosa", *New York Post*, 4 de junho de 2006.

era levada a sério por ninguém (embora isso fosse algo a que eu estava acostumado). A revista *W* não se dispôs sequer a publicar um artigo que sugeri, de acompanhamento da situação de Boy após sua detenção por tempo indeterminado. A revista o considerou demasiado político, mesmo envolvendo um estilista prestigiado, aquele que tinha ornado suas páginas menos de um ano antes. Nenhum dos outros grandes que eu consultei tampouco apoiou o projeto. Minha intenção no início era fazer um pouco de jornalismo investigativo, algo totalmente diferente das matérias de moda ligeiras pelas quais eu era conhecido. Chame isso de meu despertar político. Eu diria que sentia até uma ligação emocional com a história, igualando a notícia da detenção de Boy à notícia da morte inesperada de um amigo. Na verdade, quando comecei minha investigação, era como se o mundo da moda houvesse simplesmente aceitado que Boy já estava morto.

Quando o movimento COMPORTE-SE eclodiu, a causa de Boy foi cooptada pela grande imprensa, sobre a qual eu não tinha a menor influência, sequer acesso.

Ainda assim, eu segui o rastro, e, no final de dezembro de dois mil e seis, um soldado, não Jeffrey Cunningham, finalmente se apresentou, ligando para mim de um telefone público em Miami. O soldado, a quem chamaremos Coco, estava disposto a falar comigo desde que pudesse permanecer anônimo. Embarquei imediatamente num avião para Miami.

IV.

Há um automóvel no Campo América descrito por Coco como um furgão branco com vidros *blackout*. Muitos dos guardas o chamam de "máquina de mistério", o nome do veículo nos desenhos animados de Scooby-Doo. Dentro do furgão há uma gaiola grande o suficiente para um prisioneiro. É sabido entre os guardas que a máquina de mistério se desloca livremente para dentro e para fora do Campo América, transportando prisioneiros e agentes da OAG sem ser registrada nos vários pontos de checagem.

Parece provável que Boy tenha sido transferido nesse furgão às quatro horas, quando Cunningham diz que ele foi levado do Campo Delta. No entanto, em onze de novembro, Boy não foi levado diretamente para Echo, como afirma o Pentágono, mas para uma instalação isolada ao norte do Campo América, conhecida por alguns como Campo No. Campo No é o nome extraoficial; o governo atualmente nega sua existência. Mas, de acordo com Coco e dois outros guardas que desde então se apresentaram, Campo No existe de fato, e Boy foi mantido ali não apenas por sete horas, mas por sete *dias* antes de ser transferido para Echo.

Boy chegou pouco antes do amanhecer. As celas em No são construídas para isolamento. É uma instalação solitária projetada para quebrar os prisioneiros. Ao contrário dos blocos com gaiolas de aço do Campo América, as celas de No são feitas de concreto. Boy passaria vários dias em uma caixa de concreto de um metro e vinte por dois metros, sem luz natural. Havia dois baldes, um para defecar, o outro para urinar. Havia uma torneira de água fria, que era às vezes cortada, e uma esteira fina no chão onde ele devia dormir. Nas paredes da cela de Boy havia o que pareciam ser manchas de sangue. Ele deve ter achado que o último prisioneiro tinha sido espancado até a morte.

Boy passou seus primeiros dois dias no Campo No em completo isolamento e não viu ninguém. À noite, ele ficava acordado por causa dos gritos de outros prisioneiros. Muitas vezes parecia que os homens estavam sendo severamente torturados, outras vezes parecia que uma mulher estava sendo estuprada e espancada. Eram simulações para quebrar os prisioneiros. Coco disse que era uma tática eficaz usada pelos interrogadores da OAG. Eles afirmavam que o detento estava ouvindo sua esposa ou filha na cela ao lado, quando na verdade era uma interrogadora interpretando o papel.

Em treze de novembro, depois de três dias de isolamento, Boy foi visitado por um interrogador da OAG, um homem à paisana. Esses interrogadores, de acordo com Coco, são geralmente homens brancos com idade entre quarenta e poucos e cinquenta e muitos anos. Eles usam sapatos pretos e meias brancas. A OAG interrogou Boy naquele dia, durante cerca de sete horas sem intervalo. Então deixaram Boy descansar por uma hora antes que o mesmo interrogador voltasse descansado e pronto para recomeçar. O interrogador permaneceu por mais cinco ou seis horas antes de permitirem que Boy dormisse. Quando não havia gritos para mantê-lo acordado, era música alta vinda de uma cela vizinha.

O mesmo interrogador visitou Boy por três dias consecutivos em condições semelhantes. Um longo trecho de interrogatório sem pausa, depois um segundo intervalo à noite. No sexto dia da prisão de Boy no Campo No, Coco relatou, o interrogador da OAG parecia "extremamente agitado". Ele não estava confiante ou alerta como no início das sessões. Algo parecia estar pesando sobre ele, qualidades que Coco raramente detectava em interrogadores da OAG no Campo No.

Durante a sessão final de Boy, o mesmo interrogador começou cedo, às seis horas, e saiu da cela de Boy menos de uma hora depois, sacudindo a cabeça. Ele parecia "perturbado", segundo Coco. O homem caminhou pelo corredor escuro até onde outro interrogador, que fazia um intervalo, estava fumando. – Essa merda é inútil – disse o interrogador de Boy. – Ele não sabe porra nenhuma.

O homem que fumava fez um gesto com os ombros, indiferente, e o interrogador disse: – Tire já ele daqui.

Pelo que consegui verificar, Boy foi transferido para o Campo Echo não em onze de novembro, como atestam os registros do Pentágono, mas em dezoito de novembro, uma semana depois.

As celas em Echo são divididas em dois cômodos. Um é o alojamento do prisioneiro, com cama e um combinado de privada com pia. A outra metade tem uma mesa de aço, duas cadeiras, e um tensor cimentado no chão. Era aí que Boy acabaria por se encontrar com o advogado.

Boy estava sem a caneta e o papel com os quais se ocupou no Campo Delta. Tudo o que ele havia sido autorizado a manter na cela antiga tinha sido tomado, inclusive o exemplar em inglês do Corão que pertencera ao prisioneiro David Hicks. Não havia mais nenhum guarda com quem Boy pudesse conversar. E ninguém mais podia ser ouvido no novo bloco de celas. Em vinte e sete de novembro, depois de vários dias desgastantes em isolamento extremo, despojado de sua capacidade de escrever ou se comunicar com qualquer pessoa, Boy tentou tirar a própria vida.

Com a toalha e tiras de pano de uma camiseta branca, ele fez uma corda e a amarrou nas barras que dividiam os dois aposentos de sua cela. Enfiou o restante do tecido na boca para abafar qualquer ruído que fizesse durante o ato.

Quando os guardas, que rotineiramente verificavam os prisioneiros a cada dez minutos, encontraram Boy, ele ainda estava vivo, lutando para apertar o nó em volta do pescoço. Estava com um dos pés apoiado na beira da cama, mal sustentando o corpo.

Os guardas correram e o soltaram.

Ele passou apenas dois dias na enfermaria sob avaliação, até que foi considerado apto a voltar para a cela no Campo Echo.

O Julgamento de Revisão do Status de Combatente de Boy foi mais uma vez adiado.

Ted Catallano encontrou Boy pela primeira vez no início de dezembro de dois mil e seis. Agora o COMPORTE-SE estava em toda parte, e o Pentágono não podia mais adiar os pedidos de Catallano para se encontrar com seu cliente. Mas eles conseguiram retardar a consulta o suficiente para que Catallano dispusesse de apenas uma semana para se preparar para o CSRT de Boy, que havia sido remarcado. Catallano não conseguiria defender Boy porque era um processo militar, mas foi notificado de que Boy faria sua própria defesa. Isso preocupou Catallano por várias razões. Os CSRTS eram contestados desde que foram criados. Eram considerados "julgamentos simulados" por muitos litigantes respeitáveis envolvidos nesses casos. Catallano disse: "Em qualquer outro momento esses processos seriam ilegais. E sempre que apresentamos uma moção no julgamento para fechá-los, o governo desconsidera a decisão judicial, o que em minha opinião é um abuso nojento do poder executivo". O que mais o preocupava era que Boy havia recusado se encontrar com seu representante pessoal designado, um pedido que o comando de Guantánamo respeitou sem alarde.

Quando Catallano chegou a Echo Camp, levava consigo um *mocha latte* quente da Starbucks, um Big Mac, batatas fritas e um *milk-shake* de baunilha. Tudo isso que ele havia comprado no lado oposto da baía, onde ficavam os litigantes. No primeiro dia, Boy estava sombrio e não se dispôs prontamente a cooperar. Ele se sentia traído por seu interrogador federal, o agente especial Spyro Papandakkas, e estava traumatizado pelo período que passara em confinamento e pelas técnicas estressantes a que tinha sido submetido. A ideia de tratar de sua defesa com alguém completamente novo, poucos dias antes do julgamento, deixou Boy esgotado.

– Ele não ficou nem um pouco feliz por me ver – disse Catallano. – O homem tinha sido quebrado. Na minha opinião, ele não estava apto a se defender em um julgamento. Apresentei uma petição para que tivéssemos mais tempo, mas ela foi negada. Eu tive de conquistá-lo em um prazo muito curto. Catallano tentou convencer Boy a aceitar o advogado dos militares, mas não teve sucesso. Assim, restando apenas alguns dias, Catallano começou a preparar Boy para o julgamento de sua vida. À noite ele leu uma cópia da confissão de Boy, um documento que tinha sido apresentado como prova, conhecido durante o julgamento como Prova 3B. A preparação deles foi concisa, mas no final ele se sentia confiante de que Boy conseguiria lidar com o julgamento. – Ele era uma figura pública que adorava ser o centro das atenções. Depois que consegui me entender com ele, eu sabia que ele ia avançar. Tínhamos preparado a declaração de abertura e de encerramento, que ele mesmo escreveu. E só por suas palavras eu sabia que ele conseguiria.

O julgamento ocorreu em nove de dezembro de dois mil e seis, em uma sala de julgamento improvisada dentro de um *trailer*. Catallano assistiu ao processo em um monitor preto e branco em um *trailer* vizinho instalado para jornalistas e advogados. Boy se encontrou com seu representante pessoal pela primeira vez na manhã de seu CSRT, quando chegou ao tribunal.

De acordo com as alegações feitas no julgamento de Hernandez, a detenção de Boy se deveu ao seguinte:

(1) Em nove de outubro de dois mil e seis, um júri federal em Newark, Nova Jersey, considerou AHMED QURESHI culpado de cinco acusações de terrorismo e outros delitos, inclusive o apoio material dado por ele a um grupo de terroristas da Somália conhecido como ASPCA (Armed Somali People's Coalition of Autonomy). QURESHI foi preso em Newark, Nova Jersey, em um hotel da rede Sheraton, depois de ter vendido insumos para a fabricação de bombas (fertilizante de nitrato de amônio) a uma testemunha que colaborava com o FBI. (2) AHMED QURESHI declarou que cultivou uma relação com a ASPCA a fim de vender dispositivos para fabricação de bombas tendo pleno conhecimento da intenção do grupo: atingir vários espaços densamente povoados e marcos dentro e em torno da cidade de Nova York, inclusive o Bryant Park durante a Fashion Week, entre outros. QURESHI declarou que esperava manter um relacionamento com os somalis, que estavam interessados em obter mais materiais para fabricação de

bombas e outras armas, como canhões antiaéreos e mísseis Stinger. QURESHI também declarou que tinha um homem infiltrado, um "dorminhoco", já trabalhando na indústria da moda de Nova York. QURESHI identificou o homem infiltrado como o Detento BOYET R. HERNANDEZ. QURESHI declarou que HERNANDEZ era o "dinheiro" por trás da "operação", que ele controlava os fundos e era conhecido em certos grupos como "o emir da Sétima Avenida ". QURESHI também declarou que HERNANDEZ era um associado de BIN LADEN (sic)⁴. (3) Uma segunda testemunha afirmou que o Detento planejava viajar ao Paquistão para adquirir materiais. Em duas ocasiões distintas a TC transferiu $ 50.000 dólares dos Estados Unidos para a conta da empresa do Detento, para o Detento.⁵ (4) QURESHI declarou que o Detento era o facilitador desses pedidos de fundos e que o Detento sabia sobre a ASPCA e seus alvos. (5) O Detento enviou uma mensagem de texto a QURESHI em dois mil e quatro que dizia: "Levei Rudy à cela do sono e a apresentei ao meu líder". (6) O Detento fez uma anotação de diário em dois mil e quatro na qual afirmou que iria "travar a guerra" contra outros "estilistas" nos Estados Unidos. (7) O Detento fez uma segunda anotação em seu diário em dois mil e quatro na qual afirmou que iria demolir a Fashion Week se não tivesse permissão de mostrar sua coleção "desta vez". (8) QURESHI declarou que o Detento lhe disse em uma ocasião que estava trabalhando em um "contra-ataque" com BIN LADEN. (Que fique registrada a semelhança entre o relações-públicas do Detento, Benjamin Laden, também conhecido como Ben Laden, e OSAMA BIN LADEN. Qualquer confusão nessa ocorrência e em ocorrências anteriores será esclarecida nesta audiência.)

---

4 Suspeito que o governo manteve propositalmente esse erro de digitação para que as acusações tivessem maior gravidade. No entanto, ela foi alterada ao final das acusações.

5 A segunda Testemunha Cooperativa no caso *Hernandez* foi posteriormente identificada como Hajji, também conhecido como Habib Naseer.

Ted Catallano é da opinião de que todas as alegações feitas contra Boy poderiam ter sido esclarecidas em uma tarde na Federal Plaza e a detenção de Boy, totalmente evitada. Mas, como o ambiente após dois mil e cinco era muito volátil, a paranoia era contagiante, e as ações foram levadas ao extremo. Foi menos de um ano antes da prisão de Qureshi que quatro homens-bomba atacaram o sistema de trânsito de Londres usando ingredientes similares ao que Qureshi vendia: fertilizante de nitrato de amônio.

– As alegações eram absurdas – disse Catallano. – Elas nunca teriam se sustentado em um tribunal dos Estados Unidos. Eram boatos disfarçados de forma inteligente, baseados no que um suposto informante alegara ao tentar salvar o próprio traseiro. Qureshi era um criminoso conhecido, propenso a contar mentiras. Sabiam isso desde o início.

O julgamento durou uma semana. O veredicto foi decidido pela autoridade intimadora em Washington, e não pelo conselho de militares presentes na audiência. Diante da pressão crescente, a autoridade intimadora tomou sua decisão em poucos dias. Eles determinaram que as provas contra Hernandez eram insubstanciais, e que não havia "nenhuma informação crível de que Hernandez houvesse dado apoio material a grupos terroristas". O *status* de Boy como combatente não inimigo foi oficializado. Ele voltaria para casa.

V.

Escrevi a Ted Catallano enquanto Boy ainda estava à espera da transferência para seu país de origem, as Filipinas. Catallano me convidou para ir a seu escritório na Rua 24 Oeste, perto da região de artigos de vestuário. Ele me informou que o Pentágono tinha colocado Boy sob uma ordem de silêncio, uma das condições de sua libertação, e que ele não podia falar com a mídia sobre suas experiências dentro da prisão pelo prazo de um ano. Foi a maneira que o governo encontrou de abafar qualquer constrangimento adicional. Achei muito estranho que os Estados Unidos estivessem mantendo um homem acusado injustamente sob controle tão rigoroso quando ele havia sido considerado inocente pelo próprio tribunal do país. Quando perguntei a Catallano, ele disse – É uma condição estabelecida pelos militares. Estamos trabalhando para conseguir anulá-la. Eles ameaçaram mandá-lo de volta aos Estados Unidos e processá-lo se ele descumprir o acordo.

– Então ele não pode falar comigo em nenhuma circunstância? – perguntei. – Nem como amigo?

– Claro, ele poderia falar com você como amigo, mas se você publicasse qualquer coisa que o Pentágono considerasse uma violação do acordo, eles poderiam ir atrás dele. E o que eles julgam ser uma violação do acordo é exatamente o que é incerto. Veja, eles inventaram tudo desde o início. A cada dia esperamos para ver o que vão apresentar a seguir. Veja a Lei de Tratamento de Detentos. Veja a Lei de Comissões Militares.

A Lei de Tratamento de Detentos de dois mil e cinco tirou dos tribunais federais a jurisdição para julgar pedidos de *habeas corpus* apresentados por prisioneiros. Na esteira da decisão da Suprema Corte no caso *Hamdan vs. Rumsfeld*, que decidiu que as comissões militares violavam as Convenções de Genebra assinadas em mil novecentos e quarenta e nove, a Lei de Comissões Militares de dois mil e seis voltou a autorizar comissões militares para julgar os acusados de violações da legislação de guerra, proibindo de forma explícita a invocação das Convenções de Genebra ao executar o mandado de *habeas corpus*.

No entanto, no momento do meu encontro com Catallano, eu não estava familiarizado com esses desenvolvimentos.

– Eu não as conheço – admiti.

– Bem, então conheça.

Catallano foi bastante áspero sobre a situação. Ele havia saltado um obstáculo atrás do outro no caso *Hernandez*, e quando sentia que estava havendo progresso, ele de repente trombava com uma cláusula que tinha sido reinterpretada pelo governo, atrasando seu progresso durante meses. Embora ele não tenha dito, eu podia sentir que Catallano considerava meu artigo banal e mal orientado. Ele achava que eu ignoraria o que era mais importante no caso *Hernandez*. E em certo sentido ele estava correto. Eu estava procurando o ângulo da moda na história de Boy, a vida de um estilista depois da prisão.

– Apenas se lembre – ele advertiu no final da nossa reunião. – Tudo o que você escrever, agora ou daqui a um ano, vai ser olhado por eles. E a vida de um homem está em jogo. Por isso, é bom que valha mesmo a pena.

Eu ainda não tinha tentado falar com Boy diretamente. Ele havia sido transferido para o Campo Iguana, a cerca de um quilômetro do Campo Delta, onde os combatentes não inimigos eram mantidos enquanto os Estados Unidos negociavam a sua libertação. Esse era um processo que poderia demorar vários meses, até anos. Por exemplo, muitos iemenitas e os uigures ficaram presos lá indefinidamente por causa do clima político em seus países de origem. O Departamento de Estado tinha de encontrar países que os recebessem. Embora Iguana fosse relaxado em comparação com os outros campos, uma carta enviada a Boy ainda precisaria passar por inspeção. Eu não queria pôr em perigo a libertação dele, considerando as condições da ordem de silêncio. E assim eu me abstive de qualquer contato até que ele estivesse seguro em casa nas Filipinas.

Boy passou oito semanas em Iguana, um período curto, considerando o tempo que os demais eram mantidos em espera. Em Iguana os detentos usavam uniformes brancos e viviam juntos em celas comunitárias. Muitos deles falavam inglês, que aprenderam em anos de cativeiro.

A camaradagem que Boy viveu ali mudou sua vida, e ele fez muitas amizades duradouras. Ele dividia uma cela com Abu Omar e Khaliq Hassan, dois jornalistas de Islamabad que haviam sido presos pelas autoridades paquistanesas. Os dois haviam criticado o governo paquistanês e escrito sobre ele regularmente. Boy também compartilhou a cela com Shafiq Raza e Moazzam Mu'allim, que haviam sido capturados no Afeganistão e entregues em troca de recompensas de dois mil dólares. Cada um desses homens havia servido de três a cinco anos na Baía de Guantánamo antes de serem considerados combatentes não inimigos.

Em dezessete de fevereiro de dois mil e sete, quando Boy desceu do avião em Manila, no Ninoy Aquino International, teve uma recepção presidencial. O aeroporto tinha estendido um tapete vermelho para seu retorno e montado barricadas ao longo de toda a pista para as centenas de jornalistas do mundo inteiro. Os *flashes* dos fotógrafos eram esmagadores. Ele foi recebido por sua mãe, que estava acompanhada por Ted Catallano. O pai de Boy havia falecido de câncer no estômago no início daquele ano. Ben Laden estava na pista, ao lado de centenas de membros da família estendida, para lhe dar as boas-vindas. Foi um encontro emocionante para Boy. Ele andou de braços dados com a mãe pelo tapete vermelho, sorrindo e acenando. Repórteres gritavam perguntas, mas ele respondia apenas: "Obrigado por terem vindo". O tempo estava incrivelmente úmido naquela noite, e no final do tapete parecia que Boy ia ter um colapso. Catallano e Laden ajudaram a mãe de Boy a levá-lo para o terminal. A manchete do dia seguinte no *Philippine Examiner* dizia: "O GAROTO DE MANILA VOLTOU".

Enviei um e-mail para Boy após sua libertação, mencionando que eu vinha acompanhando seu caso desde o dia em que ele fora capturado. "É uma injustiça absurda o que aconteceu, e isso me deixa envergonhado", escrevi. Eu expressava minha mais profunda simpatia e o informava de que, se houvesse algo que ele precisasse de mim, pessoal ou profissionalmente, não devia hesitar em pedir.

Meu *e-mail* não foi respondido.

Semanas depois, recebi uma carta sob o disfarce de um pseudônimo, uma certa senhora Ellie Nargelbach. Era um anagrama de Gabrielle Chanel.

Caro Gil,

    Eu teria muito prazer em encontrá-lo, mas, como você provavelmente já sabe, tenho ordens estritas de me manter calada como um rato. Uma farsa *inhumaine*! Por enquanto, querido amigo, deixo-o com a ideia de vir a Manila para cobrir a inauguração da nova loja Balenciaga em Makati, no próximo mês. Há um café maravilhoso nas proximidades com lagoa artificial e gôndola. Ouvindo uma ópera, tomando um *dopio espresso*, duas pessoas podem fingir que estão em Milão observando todos os metidinhos. Basta seguir o som de Puccini para o corredor noroeste da praça. O café é vizinho ao Bubba Gump Shrimp.

                                               Cordialmente,
                                              Ellie Nargelbach

Na resposta a Ellie Nargelbach, informei a ela que eu iria participar da inauguração da Balenciaga no mês seguinte, só que minha carta foi devolvida duas semanas depois. Não foi um problema. Eu já havia comprado uma passagem para Manila.

    A viagem de Nova York levou quase vinte e quatro horas. Fui transferida em Narita para uma companhia aérea egípcia. Voando na classe econômica na conexão, eu dispunha de pouco espaço entre minha poltrona e a da frente, e depois de cerca de meia hora comecei a ter cãibra nas pernas. Pela primeira vez tentei imaginar como devia ter sido para Boy durante sua detenção. Li que os detentos eram colocados em posições estressantes ao serem transportados; eram acorrentados ao chão com óculos *blackout* e fones de ouvido, privados de seus sentidos perceptivos. Tentei imaginar Boy em sua cela, o homem de quem me lembrava. Concluí que eu não teria aguentado. Como teste, tentei permanecer em meu assento enquanto minhas pernas estavam dormentes. Mas só isso foi demais para mim, e tive que pedir licença e me levantar. Não é possível simular as condições que ele teve de suportar. O fato de Boy ter conseguido sair, não apenas vivo, mas vivendo uma vida em algum lugar, era um tremendo exemplo de resistência humana.

Era início da noite quando ele apareceu no ponto de encontro. O Café Italia era exatamente como ele havia descrito, à beira de um lago artificial em uma praça comercial sofisticada. Havia um filipino escuro em um terno de risca de giz e um chapéu de palha conduzindo uma gôndola. Uma ópera, não Puccini, soava de um conjunto de alto-falantes escondidos em uma palmeira alta acima do pátio. Eu tinha chegado ao café no começo da tarde, já que ele não havia especificado um horário em sua primeira e única carta como Ellie Nargelbach.

A princípio não foi fácil reconhecê-lo. Sua pele estava notavelmente clara, de uma cor pálida, e ele vestia uma saia evasê branca e uma blusa *navy* que parecia ser de Vivienne Cho. Usava um par de sapatos baixos Chanel, e suas pernas estavam recém-depiladas. Seu rosto estava mascarado atrás de óculos de sol *vintage* ovais, e uma peruca preta até os ombros, com franja, lhe cobria a testa. Parecia uma estrela de cinema dos anos sessenta. Mas o que o entregava era a bolsa Marc Jacobs. Na verdade, era um item masculino, e muito caro, que eu reconheci.

Ele se aproximou da minha mesa e estendeu a mão.

– Ellie Nargelbach – disse ele, casualmente. – Que bom que você pôde vir.

Eu já estava de pé e peguei a mão dele. Era a mais recente encarnação de Boy ou uma precaução paranoica? Devo admitir que era difícil

saber. Decidi que iria jogar o jogo dele. – É bom finalmente encontrar você – eu disse. – Gostaria de se juntar a mim?
– Eu adoraria. Mas não posso ficar muito tempo.
– Por favor, sente-se.
– Você tem um Kleenex?
– Tenho um guardanapo.
– Serve.

Boy pegou o guardanapo e limpou a cadeira antes de sentar. Olhou ao redor da praça, para os compradores que circulavam com grandes sacolas de compras Gucci e Louis Vuitton, em seguida olhou para o lago, para o homem na gôndola.

– Perdão, posso usar outro guardanapo? – ele perguntou. Boy bateu de leve em cada um dos olhos debaixo de seus óculos de sol. – Eu não consigo evitar.

– Está tudo bem – eu disse.

– Eu sou alérgico a este lugar. A poluição. A névoa. Minha pele está horrível.

– Você parece muito bem.

– Obrigado, você é muito gentil.

Ele me contou que vinha sofrendo de insônia ultimamente. Mesmo as pílulas para dormir que agora tomava regularmente só o faziam dormir duas ou três horas. Na semana anterior ele havia ficado acordado por três dias seguidos e tinha até pensado em se internar.

– Realmente não devemos ficar aqui – ele disse. – É melhor pedir a conta e ir para outro lugar.

Ele sugeriu que fôssemos a um clube onde a namorada dele, Star Von Trump, ia se apresentar. Von Trump era uma cantora transgênero que se apresentava em muitos dos caraoquês populares da cidade. Ela tinha muitos fãs em Manila.

Paguei a conta e pegamos um táxi para The Fort, o distrito de Fort Bonifacio (anteriormente Fort McKinley, base militar dos Estados Unidos até mil novecentos e quarenta e nove). No táxi, Boy tirou os óculos escuros. O crepúsculo estava chegando. O começo da noite em Manila era sobrenatural; a névoa criava um pôr do sol vibrante, quase radioativo.

Boy orientou o motorista em Tagalog, e houve um momento de confusão. O motorista parecia ignorá-lo, Boy ficou irado e levantou a voz.

– O que você disse? – perguntei, quando estávamos nos deslocando.

– Chamei de idiota.

– Por quê?

– Ele me chamou primeiro. Ele é um bosta e um homofóbico. – *Não é?* – disse ele ao motorista.

– Ele me probocou, *sir* – disse o motorista, educadamente. – Ele me probocou.

– Ah, cale a boca – disse Boy. – Preste atenção no trânsito e dirija.

O homem obedeceu. A discussão tinha acabado. O rosário pendurado no espelho retrovisor do táxi balançava para um lado e para outro enquanto mergulhávamos na estrada. Tentei colocar o cinto de segurança, mas uma parte da fivela estava faltando.

– Jesus salva.

– Perdão? – eu disse.

– Jesus salva – Boy repetiu, apontando para o anúncio de uma megaigreja na parte de trás do assento do motorista, prensado entre um anúncio da Reebok e uma foto espetacular de Michael Jordan, saltando, sem fazer propaganda de nada.

Boy se recostou no banco e tirou a peruca. Seu cabelo era curto, e não pude deixar de notar como estava ralo. Tentei dissipar a tensão perguntando sobre alguns dos estilistas que ambos conhecíamos. Boy se animou imediatamente. Parecia outra pessoa quando falava de moda. O sucesso da linha de fragrâncias de Vivienne Cho o surpreendera.

– É realmente muito bom – ele admitiu. – Eles vendem aqui. Ela está no *duty free*.

Ele admitiu ter comprado um vidro para Von Trump. Contei a ele que Vivienne estava planejando abrir várias lojas em Singapura e Tóquio.

Quando a conversa se voltou para o ex-colega de classe de Boy, Philip Tang, que o ajudou muito em Nova York, Boy apenas sacudiu a cabeça. Ele estava chateado com uma citação de Tang publicada em jornais sensacionalistas.

– Oh, meu amigo dos bons tempos – Boy comentou. – Tenho tantos agora.

No caminho para o clube, Boy apontou onde estava vivendo. Era um complexo de apartamentos de luxo chamado Manhattan City, uma pequena réplica do Midtown de Manhattan, no coração do Fort. Manhattan City tinha cinco edifícios, nenhum com mais de trinta andares, cada um no estilo de um marco de Nova York. O apartamento de Boy ficava no mais alto, um mini-Empire State Building. Havia também um mini--Chrysler Building, uma réplica do Rockefeller Plaza, e até mesmo um edifício MetLife elevando-se sobre um ambicioso e bem ornamentado Grand Central Terminal (na verdade, uma estação de ônibus e trens chamada GCT). Quem se aproximasse do distrito The Fort pela estrada podia ver uma miragem do *skyline* do Midtown de Manhattan, talvez como Boy o vira do Queens em seu primeiro dia nos Estados Unidos.

Ele pegou outra peruca da bolsa e admitiu que o que estava usando era roupa de Von Trump. – Eu pego emprestado dela quando tenho que sair. Engraçado, eu fiz roupas femininas na maior parte da vida e ainda não consigo me acostumar a me vestir assim.

– Você sentiu que precisava se disfarçar quando voltou para cá?

– Não. Foi depois de chegar aqui. Fui morar com minha mãe, no quarto onde cresci. Depois de algumas semanas comecei a notar que estava sendo seguido por um furgão branco, aonde quer que fosse. Se eu ía às compras, lá estava ele. Uma noite, cheguei a vê-lo estacionado em frente à casa da minha família.

– Você chamou a polícia?
– Nem imaginei quem poderia ser. Apenas saí de Manila e fui para Samar, a ilha onde minha mãe nasceu. Minha família ainda tem uma casa lá, na baía. O cenário era familiar em vários sentidos. Na verdade, foi lá que eu conheci a Star. Ela me salvou, sabe?
– Como assim?
– Fui para lá com a intenção de nunca mais voltar. Meu pai tinha um *banka* onde eu brincava quando criança. É apenas um barquinho sem graça. Eu planejava sair com ele na baía, até onde conseguisse chegar.
– E você fez isso?
– Não. Ele nem estava mais lá. O mar o havia levado. O caseiro tinha um *banka*, mas eu fiquei com muita vergonha de pegar, era o único dele. Eu me ofereci para pagar, sabe, mas ele disse pode levar. Não aceitou meu dinheiro. Queria me emprestar o barco. Nessa altura a ideia estava ficando complicada. A única importância do barco era que ele estaria lá quando eu chegasse.
– Você foi seguido na ilha?
– Não. Eu não vi nenhum furgão branco, nada fora do comum. E então conheci Star. Ela estava se apresentando em um pequeno clubinho que meu primo possuía na cidade de Calbayog. No dia seguinte eu a vi na praia de minha janela. Desci e falei com ela. Ela ficou na ilha, e logo a minha ideia de sair para a baía começou a desaparecer. Star me pressionava a voltar a Manila com ela, mas eu relutava. Então, uma noite, quando estávamos brincando, experimentando perucas – ela tem uma coleção de perucas incrível –, eu disse tudo bem. Mas decidi que precisaria me precaver.
– E está dando certo? Você ainda está sendo seguido?
– Tenho visto o furgão, mas já faz um tempo desde a última vez. Tomo vários carros para uma única viagem. Um para o *shopping*, o Greenbelt, ou o Galleria, e então troco de carro, ou troco a peruca no

carro. Se eu fizer isso, eles não conseguem me seguir. Ao vir para cá eu peguei três carros só por segurança.

Boy colocou uma peruca castanha curta, um *look* de duende. Ajeitou-a usando o espelho retrovisor do motorista.

– Chegamos – ele disse.

No clube vimos algumas *drag queens* medíocres cantar canções *pop* das paradas de sucesso. As seleções eram típicas de qualquer bar de caraoquê. Von Trump era a principal atração do clube naquela noite. Ela parecia uma mulher ideal vista pelos olhos de um turista americano de meia-idade: pele azeitonada, seios perfeitos, uma figura de ampulheta alta, pernas longas. Hoje estava loura, amanhã poderia estar ruiva. Era linda em sua afetação. Embora não possuísse uma grande voz, ela a usava com um efeito sedutor. Transbordava sexualidade. Fechou a apresentação com *"Bésame mucho"* e fez um bis de *"Girl, you'll be a woman soon"*. De vez em quando ela olhava na direção de Boy. Nós não nos falamos muito durante a apresentação. Só observamos e ouvimos. Depois, Boy sugeriu que passássemos para uma câmara de caraoquê privada, onde poderíamos conversar.

A *hostess* nos levou para a sala favorita de Boy. Ele era um cliente assíduo. Von Trump se apresentava no clube havia vários meses. Ela atraía muita gente, e Boy vinha uma vez por semana para assistir ao *show*.

O assunto mudou para a ex-namorada dele, Michelle Brewbaker, a mencionada dramaturga cujo espetáculo, *O inimigo em casa ou: Como me apaixonei por um terrorista*, teve temporada curta na Broadway antes que o movimento COMPORTE-SE a eclipsasse inteiramente. Boy, como se pode perceber pelo tratamento que deu a Brewbaker em sua confissão, era bastante implacável quando falava sobre ela. – Na prisão passei muito tempo pensando sobre nós dois.

Brewbaker insiste em que pretendia que o título da peça fosse irônico. De acordo com ela, não se propôs a fazer uma declaração grandiosa sobre o caso de Boy. Pensou que tivesse escrito um estudo sobre um personagem contemporâneo tratando de duas pessoas apanhadas na rede de paranoia pós-Onze de Setembro. Brewbaker, agora queridinha da direita, tem se esforçado seriamente para se desfazer desa imagem.

– Você falou com ela?

– Sou amargo demais para perdoar Michelle por ter escrito aquela peça.

Com o controle remoto, ele escolheu uma canção de Chloë, a atriz-cantora-compositora que estrelou a produção da Broadway de *O inimigo em casa*. Por um momento, apenas observamos a letra de seu *single* de sucesso, *"Chas-titty"*, encher a tela durante uma apresentação de *slides* de fotos do mundo inteiro: Londres, Bangcoc, Amsterdam, Helsinki.

– Fico decepcionado ao ver como as coisas aconteceram – ele disse.

– Sinto muito, Boy. – Foi a única coisa em que consegui pensar para responder.

– Preciso fazer uma confissão – ele disse.

Isso me deixou muito nervoso. Eu tinha medo de que ele estivesse prestes a violar a ordem de silêncio, e, mesmo que eu não fosse escrever sobre isso, temia que o Pentágono de alguma forma descobrisse. – Você não precisa dizer nada, Boy. Estou aqui como amigo. Não como jornalista.

Ele riu.

– Não, eu não faria isso com você, cara.

O que se seguiu foi a primeira coisa que ouvi sobre o documento que tinha sido pedido que Boy escrevesse para o interrogador federal. Catallano estava trabalhando para obter do Pentágono a liberação do documento e estava bastante otimista quanto a recuperá-lo, em parte porque ele fora usado como prova no CSRT de Boy e devia ser tornado público.

– Quero que você o leia – ele disse. – Se você puder, me diga se ele pode ser publicado. É importante para mim que ele seja lido por alguém que eu conheço... que me conhecia antes de tudo isso.

A confissão, como Boy explicou, detalhava sua vida nos Estados Unidos antes do momento da captura. O que eu não sabia era que ela era também um retrato da prisão na ilha durante o período de maior efervescência.

Concordei em ajudá-lo.

Boy falou de novo sobre a peça de Brewbaker. Ele não conseguia aceitar que fosse a única obra escrita sobre sua vida como terrorista *fashion*. Se ele ao menos conseguisse divulgar sua confissão para o mundo, seu tempo na prisão não teria sido um completo desperdício. Essa era a maneira de Boy retomar o controle, retirar o poder que seus captores ainda exercem sobre ele. Se suas palavras tinham tido a força necessária para convencer a autoridade intimadora em Washington de sua inocência, então, ele acreditava, elas também poderiam reverter seu exílio. Para Boy, a publicação de sua confissão poderia ser o primeiro passo em sua jornada de volta aos Estados Unidos.

Houve uma batida na porta, e Von Trump se juntou a nós. Ela ainda estava usando o tubinho vermelho de paetês e a peruca loira de seu *show*. Depois de se apresentar, ela sentou ao lado de Boy no sofá de pelúcia e colocou as mãos no colo dele. Mais uma vez a conversa se voltou para a moda. Boy queria que Von Trump soubesse como ele tinha sido grande em Nova York, como seu nome havia pipocado nas conversas, como suas roupas tinham aparecido em editoriais de moda em todas as grandes revistas. Queria que ela ouvisse o que outros estilistas tinham pensado dele, o que eu tinha pensado dele, e não conseguia disfarçar sua própria necessidade de também ouvir tudo isso. Sua mania e sua vivacidade faziam parecer que ele estava saltando pelas paredes acarpetadas da salinha vermelha. Von Trump disse que nunca o vira assim. Ele passou o braço em volta dela e perguntou: – Gil, qual era mesmo o título do artigo que você escreveu sobre mim? Conte para ela, eu esqueci.

– Era "O outono de Boy".

Eu sabia que ele não tinha esquecido. Era impossível. Mas ele precisava saber que outra pessoa ainda se lembrava. Então seus olhos ficaram distantes como se ele olhasse através de mim, imaginando todo mundo que um dia o conheceu pelo nome.

Este livro foi composto com tipografia Dante MT e impresso em papel Norbrite sessenta e seis gramas pela Bartira Gráfica no octogésimo sétimo ano da publicação de *O processo*, de Franz Kafka. São Paulo, novembro de dois mil e doze.